葉嘉瑩作品集

詩歌自有其生生不已之生命，呼喚著讀者的共鳴。

美玉生煙

葉嘉瑩細講李商隱

葉嘉瑩 著

目錄

第一講 從《錦瑟》詩談起

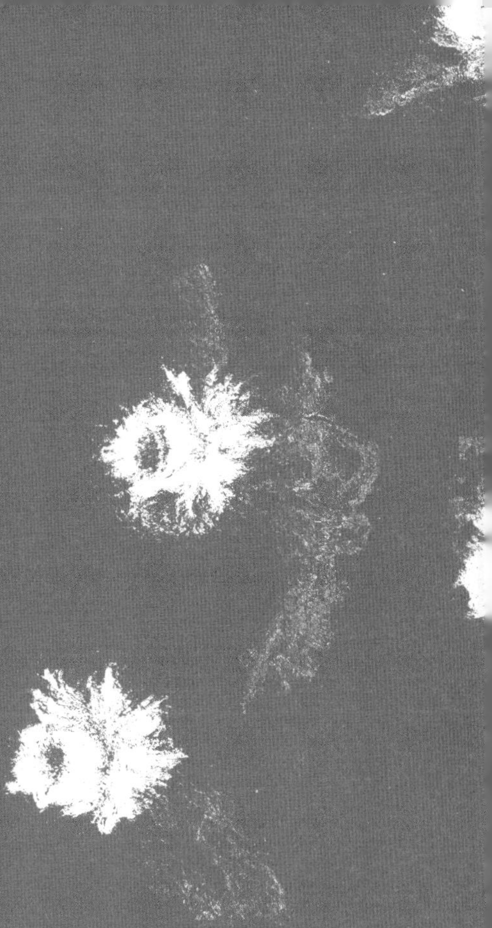

我只是一個詩詞愛好者，終身沉迷在詩詞之中，我覺得詩詞裡面有那麼美好的東西，我願意把我所體會的美好的東西傳達給大家。

李商隱那麼有名，可是大家認為他的詩是詩謎，因為他的詩很難懂，不知道他說些什麼。比如大家常常會背的一首詩《錦瑟》：

錦瑟無端五十弦，一弦一柱思華年。
莊生曉夢迷蝴蝶，望帝春心託杜鵑。
滄海月明珠有淚，藍田日暖玉生煙。
此情可待成追憶，只是當時已惘然。

葉嘉瑩讀誦《錦瑟》

大家都不知道這首詩說的是什麼。其實這首詩還不是李商隱最難懂的一首詩，李商隱還有很多首非常難懂的詩，像《燕臺四首》的第一首開頭：「風光冉冉東西陌，幾日嬌魂尋不得。蜜房羽客類芳心，冶葉倡條遍相識。暖藹輝遲桃樹西，高鬟立共桃鬟齊。雄龍雌鳳杳何許，絮亂絲繁天亦迷。」你不知道他說的是什麼，所以大家就說李商隱的詩是詩謎。金元時代有個詩人叫元好問（號遺山），他說：「詩家總愛西崑*好，獨恨無人作鄭箋。」*《詩經》有毛傳，然後有鄭玄（鄭康成）的箋注。他說李商隱的詩也很美好，可惜沒有人像《詩經》的毛傳、鄭箋一樣，給李商隱的詩作很好

望帝春心託杜鵑，佳人錦瑟怨華年。
詩家總愛西崑好，獨恨無人作鄭箋。
——元好問《論詩絕句》其十二

的說明和解釋。

不過呢，我跟李商隱似乎有一點特別的緣分。他的詩雖然如此之難懂，可是我從十二、三歲——我六、七歲時背詩，十二、三歲時讀詩——就特別喜歡李商隱的詩。

現在先從我小的時候對李商隱的理解談起。李商隱的詩很難懂，但是我一個小孩子，為什麼就喜歡上李商隱的詩呢？第一首要談的是我很早的一篇作品，題目叫作《詠蓮》。這是一九四〇年夏天寫的，那年我十六歲。我出生在北京，夏天有很多荷花，我北京老家的院子是一個有三進的很大的四合院，中間的院落就養著大盆的荷花。院子裡沒有池塘，於是用大的荷花缸養荷花。我家是一個很保守的舊家庭，女孩子不能出去亂跑，所以都是在家裡長大的。我小時候寫的詩詞，都是寫院子裡的景物。我出生在夏天，陰曆的六月，家裡人說，六月是荷花的月，我出生的月份是荷花的生日，所以我的小名就叫作「荷」。因為這個緣故，我從小對於荷花，就有一種特別的感情。一次偶然的機會，我看到了李商隱的《送臻師》二首。臻師是一個名字叫作「臻」的法師。這兩首詩是送給修道的臻師的，我們現在說其中的一首。

苦海迷途去未因，東方過此幾微塵。
何當百億蓮華上，一一蓮華見佛身。

西崑體：北宋太宗、真宗時，君臣時常唱和詩詞，蔚成風氣。西元一〇〇五～一〇〇八年間，楊億、劉筠、錢惟演等人奉詔修撰《冊府元龜》。修書餘暇也相互唱和，楊億將其中二百五十首詩編輯成冊，名為《西崑酬唱集》，取意崑崙山為傳說中西王母之居所，後人遂稱之為「西崑體」。

「見」字在中國古代和「現」字是通假字。他說的是什麼事情呢？按照佛經《大般涅槃經》的說法，人世之間，不管是生離還是死別，一切都是憂傷，一切都是痛苦。人生就是在苦海之中。所有的人類都在苦海之中迷途了，我們都失落了自己，不知道從何而來，也不知道要到何方去。我們不知道人生的意義和價值在哪裡。我們有戰亂，有流離，有貧窮，有離別，有死傷，有痛苦，為什麼？為什麼這個世界是如此痛苦？

多年前我在溫哥華，大概是七十年代，我偶然在英屬哥倫比亞大學（ＵＢＣ）的布告欄上看到一則布告，說東城一個很小的劇院在演瑞典斯特林堡（Strindberg）＊的一個戲，叫作《夢劇》（*Dream Play*）。我是個很好奇的人，對於西方有些新鮮的東西也非常愛好。我就一個人開車到東城的那個小戲院去看斯特林堡的《夢劇》。那個劇場很小，一進去都是暗的。而且劇場很嚴格地規定，只要開場了、開演了，就再也不許人進去。劇場四面的牆上有幾扇門，每個門上有一盞燈，很黯淡的燈光。整個劇場裡演奏著弦樂，我不知道那是什麼，也許是提琴，非常幽微、抑揚、哀怨的一種絲弦的音樂。人們都很安靜。忽然間，空中有了一個聲音，這個聲音是神的聲音，祂說：「我創造了人類，我希望他們在世界上過幸福、美好的生活。我希望知道他們現在的情況是什麼樣。」聲音是從空中傳下來的，舞臺上沒有人。劇場造了一個通道，從天上到地下，神可以從通道的洞穴之中聽到世界上的聲音。祂說：「為什麼我在天上聽到地下的聲音都是哀哭？」都是悲哀，都是痛苦，那是什麼緣故呢？祂說：「我要瞭

＊奧古斯特．斯特林堡（August Strindberg, 1849-1912），瑞典戲劇家、小說家、詩人。是繼易卜生之後又一位北歐戲劇大師，僅劇作就有六十多部，被譽為世界現代戲劇之父。

解，為什麼人類會走向這樣一個痛苦的境況？我創造了人類，為什麼他們的生活是如此悲哀和痛苦？我要叫人去考察一下。」

《聖經》上說，是神派遣他的愛子，道成肉身，耶穌基督來到世界上。斯特林堡寫的那個劇，就說神派遣祂的一個女兒從天上降到地下來考察。當空中說了這麼一大段話以後，從舞臺的旁邊就上來一個全身黑衣服的人，他不是正式的演員，是一個隱身的、無形的人，手裡拿著的東西像我們掛衣服的衣架，衣架上掛鈎的地方畫的是一個少女的頭像。衣架拿上來以後，從戲院的頂上飄下來一匹白綢子，白色的柔軟的長長的綢子。黑衣人拿著衣架在那裡承接，然後這一匹白綢就披在衣架上了。於是，本來只是一個少女的臉，現在披上白綢，就變成一個美麗女子的圖像。舞臺旁有很多小門，每個門上有燈光，然後每個門後陸續出來一些既不是常人也不是演員的拿著衣架的隱身人。衣架上面畫的頭像，有老人，有年輕人，有男子，有婦女，來自人類各階層、各方面的人物。每個人上來，空中的談話所說的就是這種人的痛苦、那種人的痛苦。人類有不同的遭遇，不同的痛苦，整個劇演的就是人類不同的遭遇、不同的痛苦。

我從來沒有看過一場戲讓我覺得這樣感動。戲結束以後，我坐在劇場中，很久都沒有離開。為什麼世界會是如此呢？——就是在舞臺上所演出的人類的種種的不幸。那年大概是二十世紀七十年代，我在溫哥華。現在我要說的是四十年代，我讀了李商隱的《送臻師》；他說「苦海迷途去未因」，人世間有這麼多痛苦，我們都沉沒在苦海之中，不知道我們從哪裡來，也不知道要到哪裡去，我們活著帶來什麼，死去又帶走什麼。我們不知道。「去」是過去，「未」是未來，我們迷失了過去、未來的因果。他說「東方過此幾微塵」，佛教是從西方傳來的，所以是東來，像玄奘去西方求法、求佛經。「東方過此」，經過了多少大千的微塵世界，佛教說世界有三千大千世界，每一個世界在整個宇宙看來，都不過是一粒塵沙而已，所以他說「苦海迷途去未因，東方過此幾微塵。何當百億蓮華上，一一蓮華見佛身」。人類這麼痛苦，都在苦海之中。「何當」，就是當什麼時候。我們要等到哪一天，等到什麼時候，我們能夠看見，這個世界上有百億的蓮花。「億」是極其多，「百億」是極言其多。這是見於佛經的，李商隱詩上有注解，說出於《大般涅槃經》，他引了一段佛經，佛經上的神話說，人的身上有無數的毛孔，而釋迦佛的每一個毛孔都會生出一朵蓮花，每一朵蓮花上都會坐著一尊佛像。佛經上這樣說，所以李商隱就說「何當百億蓮華上」，是什麼時候，我們才能在佛的毛孔所生的百億蓮華上，每一朵的蓮花上，都出現了佛身，都是對世界的救贖。我們能夠得到佛這麼多的救贖來救贖我們嗎？

其實那個時候（一九四〇年），我不過十六歲，可是我讀了李商隱的這首詩，就很感慨，因為我經歷了很多。我出生的那一年是一九二四年，那時國民革命剛剛成功，不過國父孫中山說「革命尚未成功」，表面上把清朝推翻了，可是革命並沒有成功，當時有南北的戰爭，有軍閥的混戰，有袁世凱的稱帝，有張勳的復辟，那時候的中國充滿了戰亂，各地方都有軍閥和土匪。中國是一個疆土廣大的國家，一旦失去控制——中國有各個亂離的時代，不用說東晉的五胡亂華，就是晚唐以後的五代十國，中國都是分裂成多少個小國——所以一旦失去了清朝王權的統治，馬上出現各地的軍閥混戰，有軍閥同時就有土匪。所以我小的時候，中國是在軍閥混戰的背景之下。而軍閥還沒有平定，國家也沒有完全建設起來的時候，就發生了「七七事變」。

「七七事變」是一九三七年，我十三歲，剛上初中二年級。因為「七七事變」是突然發生，所以暑假開學，日本或者偽政府來不及準備新課本，我們用的還是舊課本，上面記載著從甲午戰爭開始日本侵華的種種惡跡。但是這個歷史，日本人不能讓它留在那裡，於是就把歷史書統統改寫。所以一個國民，要知道自己本國的歷史，當你有一天失去了國家，你就再也沒有機會讀本國的歷史，因為它們被篡改了。第一天上課，我們把歷史跟地理書拿出來，老師說第幾頁的紙要整頁都撕掉，第幾頁的第幾行到第幾行，要拿毛筆統統塗掉，不讓你有本國的歷史和地理的認識，都要完全按照它的新的歷史來講。然後就要慶祝，慶祝上海陷落，慶祝南京陷落，慶祝漢口陷落。日本在一九三七年盧溝橋事變以後不久，接連打下了我們多少城市！而它叫我們所慶祝的那些陷落的城市，都是我父親的所在地。我父親是北大外文系畢業的，想要報國，所以投身於航空事業，翻譯、介紹西方的航空事業。最近有個朋友，幫我找到我父親當年翻譯的文章，就是介紹西方航空事業的文章。前些時候，有一部片子是演河南的大饑荒，叫《一九四二》。那個時候我們在北京也是幾個月吃不到白米白麵，但是有混合麵，就是老舍在《四世同堂》中所敘寫的，我們還有東西可以吃，還不至於餓死，可是一九四二年的大饑荒，不知道死了多少人。不用報紙上說死了多少人，我早晨去上學，門一開開，牆角上就會有凍死、餓死的人。到學校同學就互相問，你今天在路上看到了幾個「倒臥」？「倒臥」就是倒在街上凍死、餓死的人。那是我所經歷的少年時代。

「苦海迷途去未因，東方過此幾微塵。何當百億蓮華上，一一蓮華見佛身。」所以你就知道，為什麼當時我讀了李商隱的這首詩會被他感動，因為我不知道我們的國家、我們整個世界的救贖在哪裡。所以我就寫了一首小詩《詠蓮》：

> 植本出蓬瀛，淤泥不染清。
> 如來原是幻，何以度蒼生。

「植本出蓬瀛」，荷花是從水裡邊生長的，「蓬瀛」是指蓬萊、瀛洲、方丈，是傳說中的海上神山*，蓮花是在水裡生長的，所以說「出蓬瀛」。「淤泥不染清」，它生在污穢的泥土之中，可是蓮花長出來，一塵不染。不用說塵不染，連水都不染。你看蓮花瓣或者蓮葉，如果是下雨，或者是往上面灑水，它在荷葉上變成一顆水珠，它不沾在那裡，你一搖，水珠「噗嚕」就掉下去了，它不被污染，所以宋朝的周敦頤

*海上有三座仙山，蓬萊、瀛洲、方丈，山上是仙境，有長生不老藥。
——《山海經》

說蓮花是「花之君子者也」，「出淤泥而不染，濯清漣而不妖」。現在的科學家說，蓮花這種植物上有奈米，奈米是現在的名詞，我不知道是什麼。總而言之，蓮花是不沾染其他東西的。所以我說：「植本出蓬瀛，淤泥不染清。」可是我們說有佛，有如來，救我們脫離苦海，但如來在哪裡？我家是沒有宗教信仰的，所以我說「如來原是幻，何以度蒼生」。我雖然很小，但我看到國土的淪亡，看到戰亂，看到死傷，不禁想為什麼——「如來原是幻，何以度蒼生」。這是李商隱的詩那麼早就打動了我的原因。

我再講一首李商隱的詩，也是我小時候讀的。小的時候家裡長輩說背《唐詩三百首》，從開頭第一首背，「蘭葉春葳蕤，桂華秋皎潔」，張九齡的《感遇》*。我覺得這個太沒有意思了，什麼「蘭葉春葳蕤，桂華秋皎潔」*，念起來不是很好聽，也不是很使我感動，當然後來知道這也是很好的詩。我就拿了《唐詩三百首》自己亂翻，翻到李商隱的又一首詩，題目叫《嫦娥》：

雲母屏風燭影深，長河漸落曉星沉。
嫦娥應悔偷靈藥，碧海青天夜夜心。

大家聽我讀，我雖然不是廣東人，我不會說p、t、k結尾的入聲字，但是從小我的家長就告訴我，詩裡邊有平聲、仄聲，入聲字屬仄聲。北方話沒有入聲的字，

蘭葉春葳蕤，桂華秋皎潔。
欣欣此生意，自爾為佳節。
誰知林棲者，聞風坐相悅。
草木有本心，何求美人折？
——張九齡《感遇十二首》其一

首兩句寫現實生活的「身」的寂寞，後兩句寫超現實生活的「心」的寂寞。

葉嘉瑩讀誦《嫦娥》

家裡長輩告訴我，只要遇到入聲的字，把它讀成短促的去聲、短促的仄聲就可以了。所以「雲母屏風燭影深」*，蠟燭的「燭」，你念ㄓㄨˊ，與詩的平仄不合，「燭」字是入聲字。雲母是一種礦石，上面有一些花紋，這種礦石可以磨得很薄，甚至可以磨成半透明的。它不像玻璃，什麼都能看穿，這個有點隱蔽，也就是說它既漏光，也很隱蔽。那個時候沒有現在各種各樣的玻璃，就把雲母磨光了做成屏風。在雲母屏風的遮掩之下，你隱約地看見房間裡面的這個人沒有睡，還點著一根蠟燭，在深深的臥室之內，有蠟燭的光影在搖動。

「長河漸落曉星沉。」*天上有銀河。小時候家裡那個四合院的院子很大，夏天很熱，就找一領蓆子，鋪在地上，我喜歡仰睡在蓆子上，看天上的星星。因為我父親是外文系畢業的，後來進了航空署，所以家裡有很多航空方面的書。英文書我看不懂，可是它有天上的星辰圖，因為有時候飛機在夜間航行，要認天上的星辰的方向。我看我父親的書，就認得這個是北斗星，那個是大熊星座，這是牽牛，那是織女。當我讀李商隱這首詩，我就感覺很親切。「雲母屏風燭影深，長河漸落曉星沉。」其實這個天河不是落了，是當天慢慢亮起來了，天上這銀河就慢慢、慢慢消失了，就看不見了。「曉星沉」，本來東方有一顆啟明星，很亮的一顆啟明星，可是天再亮起來，那個星星也不見了。黑夜過去了，白天來臨了。昨天晚上，那碧空之上有一輪明月，月亮在碧海青天之上。最近剛剛過了六月十五，前幾天 Jenny 告訴我說：「葉老師啊，你知

首句「雲母屏風燭影深」寫詩人所居處的室內之情景。「屏風」而飾之以「雲母」，可以見其精美；「燭影」而掩映於「屏風」之中，可以見其幽深。

「長河漸落曉星沉」寫詩人所望見的天空之情景。兩句合參，則此詩人必已是長夜無眠之人。

道我到你這裡，回家路上看天上的月亮好漂亮，很亮、很亮的月亮。」我們這幾天都是晴天，月亮非常美麗。上個禮拜，陰曆從十二、三到十七、八，天上的月亮非常圓，非常亮。所以等到「長河漸落曉星沉」，月亮也不見了。

這個李商隱真是妙。世間有不同的詩人，杜甫的詩說「致君堯舜上，再使風俗淳」（《奉贈韋左丞丈二十二韻》），我要使我的國君成為堯舜一樣美好的國君，我要轉變這種惡劣的、貪婪的風氣，讓它變得更純良，更美好，這是杜甫的詩篇；李太白的詩說「遙見仙人彩雲裡，手把芙蓉朝玉京」（《廬山謠寄盧侍御虛舟》），我夢見天上有很多神仙——所以每個詩人有每個詩人不同的感受、不同的想像，各有他們的特色，各有他們的好處。李商隱看到昨天晚上那麼亮的一輪圓月，現在當「長河漸落曉星沉」時，那個月亮就消失了。*可是嫦娥就是住在那個月亮裡面的。嫦娥本來是古代一個會射箭的人——后羿的妻子，因為她偷吃了長生不死的藥，所以就飛上天空，住到月宮裡邊去了。這是我們小時候都聽過的一個神話故事。他說嫦娥應該後悔當年偷吃了靈藥，離開了人間。離開人間是一件好事情啊，我們都要死，她可以在月亮上長生不死，應該也是好事。我們以為那是好事，可是你如果真替嫦娥想一想，嫦娥從此離開了人間，沒有親人，沒有朋友，也沒有悲歡離合，她永遠長生不死，感受長生不死的寂寞和孤獨，再也沒有對話的人，再也沒有來往的人，所以他說嫦娥「應悔」，她應該後悔偷吃了靈藥。下邊是無邊的碧海，上邊是無際的青天，她夜夜在天上是孤獨的、

「碧海青天」之孤獨寂寞既已令人深悲深恨，而復益之以夜夜，則一夜復一夜，一年復一年，此深悲沉恨乃竟將長此而終古。

寂寞的、冷落的，是沒有人答應、理會的，是「碧海青天夜夜心」。

我小的時候念了這首詩，當時以為我懂了，什麼雲母屏風啊，什麼天河、曉星、嫦娥啊。所以我不但會背，我家孩子小的時候都要吟唱*。也不是長輩們特別教我吟唱，是家裡邊有這種習慣。我伯父、我父親，甚至於我伯母、我母親，讀詩、讀古文都拿著調子。我伯父跟我父親就大聲吟詩，大聲地吟唱，我伯母跟我母親就小聲地吟唱。我在臺灣一共住了二十年，經歷了很多事情，在臺大教了十五年書。我在臺灣大學也講詩詞，可是從來沒有給臺灣大學的同學吟誦過任何一首詩詞。因為吟誦的調子不是唱歌，大家聽起來覺得很奇怪。我現在是九十歲的老太婆了，臉皮越來越厚，我那個時候才三十歲左右，覺得不好意思給大家吟誦。現在回想起來，總覺得對不起臺灣的同學，沒有教給他們吟誦。所以現在我其實一邊講課，一邊也教吟誦。

我小時候也讀詩，也吟詩，這是我十幾歲時候的事。一九四八年我二十四歲，便結了婚。我先生在南京，在海軍一個士兵學校教書。我本來在北京教書，出嫁從夫，所以我就離開北京到南京去。我們是三月底、「三二九」青年節結的婚。一九四八年是國共大變化、大轉折的時代，到十一月底，國民政府就把所有的機關都撤到臺灣去了——我父親的航空公司也撤退到臺灣，我先生在海軍的士兵學校也撤退到臺灣，我既從父又從夫，就跟他們到了臺灣。一九四八年到了那裡，一九四九年的春天，我就到彰化一個女子中學去教書，那時我已經懷孕，暑假回到左營生了我的第一個女兒。

我初讀義山這首《嫦娥》詩時，不過只有七八歲……我忽然體味出這首詩後兩句的好處所在，並且有了頗真切的感受，這時距離我初讀此詩時已經有二十餘年之久了。

——《迦陵論詩叢稿·從李義山〈嫦娥〉詩談起》

我平生教書一直到現在，不但從來沒有休息過，就連產假都從來沒有請過。因為兩個女兒都是暑假生的，滿月就上課。到了十二月，女兒四個月的時候，我先生從左營到彰化來看望我們母女，那是十二月二十四日的晚上。十二月二十五日聖誕節的早晨，天沒亮，就有人敲門，海軍來了幾個官兵，說我的先生有思想問題，有「匪諜」嫌疑，就把他抓走了。我很不放心，我還有吃奶的孩子。我的孩子是吃母乳的，沒有買奶粉的問題，我就帶著我的女兒，帶著小孩子換的衣服跟尿片子——沒有現在那種現成的尿布，過去的尿布都是把破衣服、破布撕成一條一條的，小孩有了大便小便，要親手去拿刷子刷洗再晾乾——跟他們一起從彰化到了左營。那個時候臺灣還不發達，沒有快速火車，也沒有私家汽車，我們就上了那個南北縱貫的火車。我在左營住了幾天，想打聽我先生到底是什麼罪名，判決有什麼結果，但沒有消息，打聽不到一點點消息。可是我先生被關了，我要留在那裡，我無以為生，我還要謀生啊。沒有工作就沒有宿舍，沒有薪水，沒有薪水就沒有飯吃，所以我抱著孩子坐著火車就又回到了彰化女中。人家說你先生怎麼回事，我說沒有什麼事情。你不能說他有「匪諜」嫌疑，那還得了，那我就不能生存了。所以我面如常色，一切如常，我照常教書，教到暑假。剛剛考完學期考試，又來了一批人。我當時住在女中校長家裡，校長是女的，還有一個女老師也住那。我們三個女老師，有三個孩子。那批人不但把我們三個老師帶走了，同時也帶走了學校裡另外幾個老師，一共六個人，都抓進去關起來了。這就是臺灣的「白色恐怖」。

我是帶著吃奶的孩子被關的，後來雖然被放出來了，卻無以為家。沒有工作，就沒有宿舍，我就寄居在親戚家，每天晚上在走廊上帶著女兒打地鋪，就在這種生活之中，過了一段日子。其實平常我清醒的時候都不大作詩，因為生活種種的憂患困苦逼人而來，就沒有閑情逸致去寫詩。可是寫詩成了習慣的我，就會半夜做夢，夢到一些詩句。大家不要覺得很奇怪，這是真的。後來我寫了《夢中得句，雜用義山詩，足成絕句三首》。現在是講我與李商隱詩的一段因緣，我是怎麼認識李商隱的詩，怎麼理會李商隱的詩的。

第一首：

換朱成碧餘芳盡，變海爲田夙願休。
總把春山掃眉黛，雨中寥落月中愁。

這裡邊用了很多李商隱的句子，用的是李商隱詩《代贈二首》中的句子。「代贈」是他代朋友寫的詩，送人的詩。原詩是這樣的：

東南日出照高樓，樓上離人唱石州。

總把春山掃眉黛，不知供得幾多愁？

「東南日出照高樓」，「出」是入聲字，念ㄔㄨ的話，平仄是不對的，所以我念ㄔㄨˋ。「樓上離人唱石州」，「石」字是入聲字，所以我念ㄕˋ。「總把春山掃眉黛，不知供得幾多愁？」那時候我常常喜歡念李商隱的詩，念來念去就背下來了。我夢中夢到一兩句詩，它不是完整的，夢都是非理性的，不是清醒的，就忽然間跳出一句，也不知道哪裡跳出來的。那怎麼樣湊成呢？我就用李商隱的詩來湊成。「東南日出照高樓」，漢朝有一首樂府詩《陌上桑》：「日出東南隅，照我秦氏樓。秦氏有好女，自名為羅敷。」說東南的太陽出來了，照在高樓上，高樓上有一個美麗的女子。「樓上離人唱石州」，樓上的女子跟她所愛的人分別了。在古代，詩人寫女子時，思婦、怨婦是一個永恆的題材，是一個命定的題材，因為這是過去的女子被注定了的命運。中國古代是男人主外，女人主內，女子應該大門不出二門不邁，在家裡侍奉公婆，教養子女，主持中饋，燒飯洗衣服，是不能出去的。男子的理想是什麼？男子志在四方，豈能株守家園？不管做官也好，做買賣也好，男子非要出去不可。所以命定男人是一定要出去，女人是一定不許出去的。所以中國傳統詩詞中的女子都變成了思婦，就是相思怨別之中、獨守空房的一個女子，如果丈夫在外邊拈花惹草，這女子就從思婦變成怨婦了。所以古代的女子注定就是思婦和怨婦。他說「東南日出照高樓，樓上離人唱石州」，「石州」是一首離別的曲子。這個在離愁別恨之中的女子，「總把春山掃眉黛」，她每天還是要化妝，儘管丈夫不在了。「黛」是一種描眉的顏色，不是用春山來掃眉黛，而是總把眉黛掃成春山的樣子。晚唐五代的韋莊說「一雙愁黛遠山眉」*，說女子的眉毛像遠山，所以李商隱說「總把春山掃眉黛」。這個像春山一樣的眉黛，總是哀愁的，這個女子的眉毛像外邊的山一樣，在下雨的時候山是寥落的，在月光底下它是哀愁的，「不知供得幾多愁」，不知道這春山一樣的眉毛上能承載多少愁。

「雨中寥落月中愁」，是李商隱寫的又一首詩中的句子，原詩題目叫作《端居》。

遠書歸夢兩悠悠，只有空床敵素秋。
階下青苔與紅樹，雨中寥落月中愁。

李商隱寫的詩，雖然大家總說不懂，其實他還有很多詩是很容易懂的，而且很容易喚起讀者的共鳴。「端居」就是我什麼都不幹，我就在家裡待著。那麼端居的時候，李商隱有什麼樣的感想呢？他說「遠書歸夢兩悠悠」，我一個人離家在外——李商隱的一生是非常不幸的，一生都是在幕府之中做書記、秘書，幕府就是當時地方長官的府署，因此永遠是離開家的，是漂泊四方的，所以他說「遠書歸夢兩悠悠」，我遠方的家人有信來了。我覺得現在的人真是幸福；我看張靜在我家，一下有短信，一下有

絕代佳人難得，傾國，花下見無期。一雙愁黛遠山眉，不忍更思惟。閒掩翠屏金鳳，殘夢，羅幕畫堂空。碧天無路信難通，惆悵舊房櫳。記得那年花下，深夜，初識謝娘時。水堂西面畫簾垂，攜手暗相期。惆悵曉鶯殘月，相別，從此隔音塵。如今俱是異鄉人，相見更無因。

——韋莊《荷葉杯·絕代佳人難得》

手機視頻，而且視頻還可連在電視上，她可以和家人在電視上面對面的講話，現在是多麼美好的一個時代。我從一九四八年離開故鄉北京到臺灣，一直到一九七四年回家以前，我沒有機會跟家裡人通信，更不要說見面了。因為，你想，我沒有收到大陸的一封信，還說我們是「匪諜」，把我們關起來了，你敢跟大陸通信嗎？我的弟弟也沒有敢跟我們通一封信，這樣還說他有海外關係，在大陸也被關起來了。我們兩邊敢通信嗎？就從此消息斷絕。「遠書」，遠人的書信沒有收到；「歸夢」，回家的夢夢不成。你希望做夢回家，你果然就能做夢回到家嗎？夢是不由你掌握的。遠書既無憑，歸夢也無憑，現在在遠方陪伴我的，只有「空床敵素秋」。沒有家人跟我在一起，我一個人，一張床，而且是空床，包圍床的是秋天的淒涼和寒冷。「敵」，我要面對它，我要抵擋這一份孤獨和寂寞。「階下青苔與紅樹」，臺階下，下雨過後長了一片青苔，秋天天氣冷了，樹葉都變紅了。從我一個離別的人來看，是「雨中寥落月中愁」。雨天，我看那青苔是非常寂寞寥落的，在月光之下，那青苔與紅樹，都是哀怨憂愁的*。這是李商隱的兩首詩。

其心靈所感受到的寒意的酷烈，抵禦的悲辛，不言可知。

我呢，不是夢中得句嘛，我得的是哪兩句呢？前面這兩句：「換朱成碧餘芳盡，變海為田夙願休。」那真是我當年的感情。我生長在北京，在故鄉有我的兄弟，有我的父母，我現在一個人到了臺灣，先生還被關起來了，我帶著吃奶的女兒無家可歸，所以我說「換朱成碧餘芳盡」。人家都說有什麼青春，有什麼芳華，我的芳華是在患難之中度過的。我先生被關起來那一年，我不過只有二十六歲。「變海為田夙願休」，人生有那麼多恨事，像李商隱說的「苦海迷途去未因」，怎麼樣能夠把苦海填上？「何當百億蓮華上，一一蓮華見佛身。」所以我也曾經想過，也希望像蓮花一樣度蒼生。那我現在還說什麼度人不度人，我有什麼理想？我現在自身不保啊，所以「換朱成碧餘芳盡，變海為田夙願休」。

睡著的時候沒有什麼清醒的意識，糊里糊塗的，它就莫名其妙地跑出來。醒來以後拚命要把詩作好，反而越作越不對了。所以我因為常常背李商隱的詩，就把李商隱的詩拉來兩句，「總把春山掃眉黛」「雨中寥落月中愁」。反正我在夢裡人家也不知道我說些什麼，我就是引了李商隱的詩，人家也不知道我說些什麼。

我雖然遭遇到種種的不幸，我雖然「換朱成碧餘芳盡」，芳華都斷送了，我雖然「變海為田夙願休」，願望理想也都沒有達到，可是我沒有放棄我自己，「總把春山掃眉黛」，我仍然要堅持我的美好，雖然是寂寞的，或者雖然是悲哀、痛苦的，「雨中寥落月中愁」。

那個時候，我白天不作詩，晚上還常常夢到詩，我就又夢到了兩句。這都是真的，不是我在說夢話。

第二首：

波遠難通望海潮，朱紅空護守宮嬌。
伶倫吹裂孤生竹，埋骨成灰恨未銷。

我在夢中得到的也只是前面兩句：「波遠難通望海潮，朱紅空護守宮嬌。」後面兩句是李商隱的《鈞天》和《和韓錄事送宮人入道》。「鈞天」就是上邊的那個昊天、蒼天，那個老天爺，在天上的。李商隱寫了這麼一首詩，題目就是《鈞天》：

上帝鈞天會眾靈，昔人因夢到青冥。
伶倫吹裂孤生竹，卻為知音不得聽。

「竹」字是入聲字。他說「上帝」，我們中國很早就認為天上有一個主宰，就把祂稱作上帝。基督教 God 翻譯成中文，就用原來的名詞——上帝。所以上帝就在那個鈞天、那個天堂、那個天空上。「上帝鈞天會眾靈」，上帝召集了天上所有的神靈來聚會。天上眾仙靈的聚會你怎麼知道的？他說「昔人因夢到青冥」，有人曾經做夢就夢到天空，看到天上聚會的眾靈。你不用說現實中你沒有到過天堂，你夢中到過天堂嗎？「伶倫吹裂孤生竹，卻為知音不得聽。」上帝在鈞天之中不但召集眾仙靈來聚會，而且還演奏了美妙的音樂。「天樂」，無比美妙的音樂。地上有一個叫作伶倫的音樂家，會吹笛子。「伶倫吹裂孤生竹」，這就是李商隱，吹竹笛就吹竹笛，他說這個竹笛是孤生的竹子。《古詩十九首》說「冉冉孤生竹」*，是說這個竹子它不是一叢竹子，它是特立獨行的，它是唯一的一根竹子。我就用這唯一的一根竹子做成了笛子。前幾天，我忘記是哪個節目上，講音樂，說有「爨尾琴」。東漢時候的蔡邕，也就是蔡文姬的父親，懂得音樂，有一天他走在一個地方，人家在燒柴火，他聽到木柴在火中燃燒的聲音，噼噼啪啪，響聲格外與眾不同，他說這是好的梧桐木，如果做成了琴，那個迴音是非常美好的，於是趕快把它救出來。天下事就是如此，如果這一段已經丟在火中的梧桐木，當年蔡邕沒有把它救出來，它早已燒成灰燼。可是，被一個知音的蔡邕聽見了，從木柴爆裂的聲音聽出來這段木柴做成琴一定是好聽的，就把它搶救出來，然後找了琴工做成了一把琴。而這木頭的尾巴還有一段燒焦的痕跡，所以叫「焦尾琴」。*他說「伶倫吹裂孤生竹」，所以這個人生的難得，是只有這一段竹子，唯一的一根，那段被燒焦的梧桐木，只有那一段，那是多麼難得的一個材料，可是沒有人知道，沒有人賞識。如果那個梧桐木沒有被蔡邕救出來，就會燒成灰燼。他說伶倫把一個孤生竹做成一把笛子，他盡他最大力量去吹，把笛子都吹裂了，「卻為知音不得聽」。我盡了我最大的力量，我要奏出最美好的音樂和曲調，你們有誰知道？有誰欣賞？有誰瞭解？有哪一個人是知音？他說，我雖然吹裂了孤生竹，卻沒有一個知音，沒有一個人理解，沒有一個人欣賞。這是李商隱的詩。

冉冉孤生竹，結根泰山阿。與君為新婚，菟絲附女蘿。菟絲生有時，夫婦會有宜。千里遠結婚，悠悠隔山陂。思君令人老，軒車來何遲？傷彼蕙蘭花，含英揚光輝。過時而不採，將隨秋草萎。君亮執高節，賤妾亦何為？
——《古詩十九首・冉冉孤生竹》

吳人有燒桐以爨者，邕聞火烈之聲。知其良木，因請而裁為琴，果有美音，而其尾猶焦，故時人名曰焦尾琴焉。
——《後漢書・蔡邕傳》

李商隱還有一首詩，《和韓錄事送宮人入道》。韓，是一個人的姓。錄事，是一個人的官職。一個姓韓的錄事，送一個宮人，就是宮中的女子去學道。唐朝的時候學道的風氣很盛，楊貴妃還曾經做過女道士，公主也可以做道士，很多宮中的女子都去做道士。這個韓錄事送宮人入道，從他的詩來看，可能跟入道的宮人有一段感情：

星使追還不自由，雙童捧上綠瓊輈。
九枝燈下朝金殿，三素雲中侍玉樓。
鳳女顛狂成久別，月娥孀獨好同遊。
當時若愛韓公子，埋骨成灰恨未休。

李商隱有各種的詩篇，有的詩你完全看不懂，不知道它說什麼。但是李商隱有時候喜歡寫一些風流浪漫的詩句，他自己曾經跟人家說：我雖然在詩裡面寫得很浪漫，可是我的生活並不浪漫。他確實寫了很多浪漫的詩，有的是托詞，給朋友寫的。總而言之，這個韓錄事應該是跟一個宮中的女子有相當的感情，這個宮女後來入道了。

「星使追還不自由」，就是上天的使者想把這個女子叫回來，這個不是可以隨便叫回來的。「雙童捧上綠瓊輈」，宮中的人護送著她上了輈，輈是一種運輸的工具，把這個女子送走了。「九枝燈下朝金殿，三素雲中侍玉樓」，是說這個女子在九枝燈——如果是一支蠟燭，光線有限，所以中國古代有九枝燈，一個銅托上面插九支蠟燭，這是最講究的蠟燭——「九枝燈下朝金殿」，這是宮人嘛，她要跟皇帝告別；「三素雲中侍玉樓」，她就居住在最高層的樓中。「鳳女顛狂成久別」，本來這個女子跟韓錄事可能有很浪漫的一段感情，可是現在兩個人分別了。「月娥孀獨好同遊」，她現在就像月亮中的嫦娥那樣，一個人在那兒了，是不是你還可以去拜訪她呢？「當時若愛韓公子」，如果這個宮人當時果然是很愛韓錄事韓公子，那麼現在兩個人分別了，就「埋骨成灰恨未休」。

李商隱有時候也寫一些玩笑的詩，沒有很深的意思。那麼我呢，夢中得了兩句，還是前面兩句，「波遠難通望海潮，朱紅空護守宮嬌」，這是我自己夢中得的句子。就跟剛才我說在夢中得到了那兩句詩一樣，是「換朱成碧餘芳盡」，我的青春年華早已沒有了，我「變海為田」，我的願望也落空了，所以「變海為田夙願休」。那現在我說的是什麼呢？「波遠難通望海潮」，其實「望海潮」本來是個詞的牌調，夢的時候呢，也不管它通不通，反正就有這麼一句，就說這個距離很遠，這個水波不能夠達到。「朱紅空護守宮嬌」，這是中國古代的一個傳說。古代的男子對女子都有專有的、佔領的慾望，所以他想證明一個女子的貞潔，就養一隻壁虎，用朱砂餵這個壁虎，等壁虎的身體整個都變得通紅了，他就把女子的手臂刺破，擠出血來，把這個用朱砂餵的紅色壁虎的血液揉進去，揉進去後，這個女子的手臂上就有一塊紅印，如果這個女子不守貞潔，紅印就消失了。我現在說的是，「波遠難通望海潮」，雖然我期待的、我盼望的，或者我的理想是如此之遙遠，「朱紅空護守宮嬌」，但是我的理念、我的品格、我的堅持、我的操守沒有改變。所以儘管是「波遠難通望海潮」，雖然一切是落空，但是「朱紅空護守宮嬌」，朱紅仍然保護著守宮的嬌紅的顏色。後邊我醒了就湊不出來了，就把李商隱兩句詩湊上了，「伶倫吹裂孤生竹」「埋骨成灰恨未休」——就像那個音樂家伶倫找到一支最好的竹子，我盡量在吹，把竹子都吹裂了，沒有人聽，是埋骨成灰，你的遺恨也不會消滅的。（原來的句子是「恨未休」，我為了押韻改成「恨未銷」。）

但是我沒有停留在李商隱詩的這種悲觀絕望之中。後面還是用李商隱的詩，我要講一講我的轉變。

第二講　李商隱詩對我一生的影響

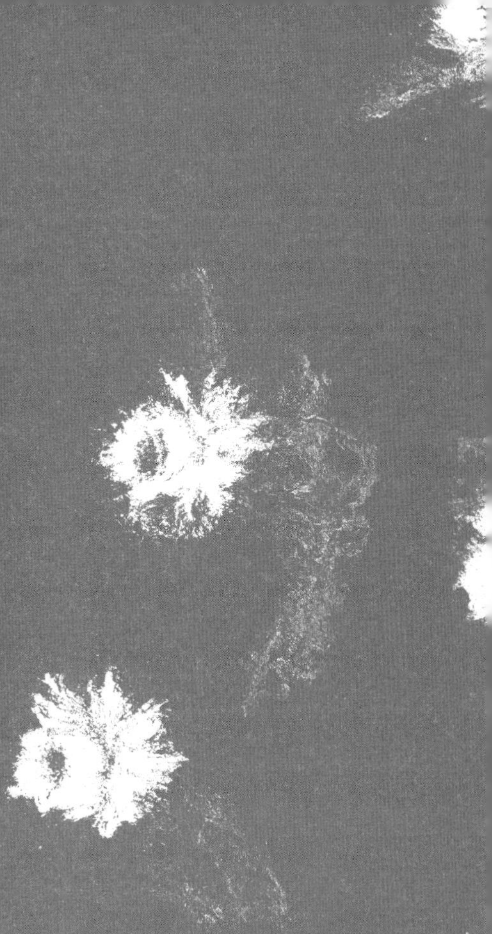

我遭遇到很多人生中的挫折、苦難、不幸的事情，都是用李商隱的詩來化解，但是我是怎麼樣從李商隱的那種悲觀的心態裡慢慢地轉化出來的。李商隱的詩大半都是悲哀、傷感的詩，我們還會介紹李商隱的生平，看看李商隱為什麼會形成如此憂鬱、悲觀的性格。我當年也曾經喜歡過李商隱憂鬱、悲觀的性格，可是我後來從李商隱的憂鬱、悲觀中轉化出來了。

不是說「夢中得句」嗎？有兩首已經講過了，還有第三首，也是夢中得句，也是用李商隱的詩。前兩首詩是我有了兩句詩，然後用李商隱的詩把它們湊完整。現在是前面三句都是李商隱的詩，只有最後一句才是我夢中所得。這最後一句就是「獨陪明月看荷花」。荷花跟我有緣，所以我常常在詩裡寫荷花，夢見荷花。

去年冬天，北京塵霾瀰漫。我在（天津）南開大學的宿舍在八樓，空氣也不好，我不常出門，從八樓望出去，天空一天到晚都像被霧氣籠罩，都是塵霾。所以我就說「連日塵霾鬱不開」，這個天上老看不見太陽，都是陰陰沉沉的。「樓居終日困塵霾」，我在高樓上住，每天都被塵霾圍困住。又下了一場雪，我說「何知一夜狂風起，天舞飛花瑞雪來」。那天早晨飄飄灑灑下了一天大雪，我以為這個塵霾應該散開，應該晴了，可是「雪後依然鬱不開，樓居仍是困塵霾」。我就做夢，我真的做了夢，「相思一夜歸何處，夢到蓮花碧水崖」，夢到一個青山碧水的地方，水邊都是蓮花。於是我就寫了一首詩。

可我那次夢就夢到一句「獨陪明月看荷花」。這一句更不像詩了，所以我就用李商隱的詩，把前面三句湊上了。這三句原來在李商隱的詩中是不連貫的，是我把它們連在一起的：

一春夢雨常飄瓦，萬古貞魂倚暮霞。
昨夜西池涼露滿，獨陪明月看荷花。

我們先說前面的三句。第一句「一春夢雨常飄瓦」出自於李商隱的《重過聖女祠》，原詩是：

白石巖扉碧蘚滋，上清淪謫得歸遲。
一春夢雨常飄瓦，盡日靈風不滿旗。
萼綠華來無定所，杜蘭香去未移時。
玉郎會此通仙籍，憶向天階問紫芝。

「一春夢雨常飄瓦」雖然不容易懂，卻充滿了誘惑力。這句詩的魅力就在於你不明白它，但它說得很妙，對你有很大的誘惑力。春天是個做夢的季節，很好的夢，他說這個夢啊，像雨絲一樣飄飛在瓦上。聖女祠是一個真實的地方，有一座山中的廟宇，名字是聖女祠。李商隱從長安東西往來，常常從這裡經過，所以他寫《過聖女祠》《重過聖女祠》《再過聖女祠》。既然叫聖女祠，這個祠堂裡應該敬供的是女神。這個聖女祠是什麼樣子呢？「白石巖扉碧蘚滋」，廟門都是石頭的，上面長滿了青苔。這個神仙是怎樣的？「上清淪謫得歸遲」，她是天上被貶謫下來的仙女，所以她很久沒有回去了。「一春夢雨常飄瓦，盡日靈風不滿旗」，寫得真是美！如果是個女神仙，那個女神仙的廟是什麼樣子呢？整個春天，雨絲飄動在瓦上，迷迷濛濛的，就像那女子的夢一樣迷離，在瓦上飄飛。「盡日靈風不滿旗」，整天颳著風，那個風是小小的微風，好像帶著神靈的仙氣的微風，「不滿旗」，風力小到不能把旗子吹起來。這個女神仙是誰呢？他說可能有的時候是萼綠華來了，「萼綠華來無定所」，也不知道她到底在哪裡，沒看見；「杜蘭香去未移時」，杜蘭香也是個女神仙，有的時候是杜蘭香來了又走了，「未移時」，走了剛剛不久，萼綠華*、杜蘭香*都是古代相傳的仙女的名字。你想像，有個仙女剛剛要來，有個仙女又剛剛離去，而你都沒看見。「玉郎會此通仙籍」，如果有一個美麗的男子玉郎，如果能夠在這裡，跟這個女神仙能夠有一種交會，能夠相遇，「憶向天階問紫芝」，那麼兩個人能有一個美好的結果，一直到上天去問有沒有紫芝，有沒有長生不老這樣的幸運。李商隱學過道，所以他在詩裡常常用一些道家的神仙的想像。

萼綠華者，自云是南山人，不知是何山也。女子，年可二十，上下青衣，顏色絕整，以升平三年十一月十日夜降羊權。自此往來，一月之中，輒六過來耳。云本姓楊，贈權詩一篇，並致火浣布手巾一枚，金玉條脫各一枚。條脫乃太而異，精好。神女語權：「君慎勿泄我，泄我則彼此獲罪。」訪問此人，云是九嶷山中得道女羅鬱也。

——南朝梁．陶弘景《真誥．運題象第一》

漢時有杜蘭香者，自稱南康人氏，以建業四年春數詣張傳，傳年十七，望見其車在門外，婢通言：「阿母所生，遺授配君，可不敬從？」傳，先名改碩，碩呼女前視，可十六七，說事邈然久遠。有婢子二人：大者萱支，小者松支。鈿車青牛，上飲食皆備。作詩曰：「阿母處靈岳，時遊雲霄後邊還是李商隱的詩，《青陵臺》：

青陵臺畔日光斜，萬古貞魂倚暮霞。
莫訝韓憑爲蛺蝶，等閒飛上別枝花。

「斜」字押韻念ㄒㄧㄚˊ。蝴蝶的「蝶」，入聲。青陵臺是個地名，關於青陵臺，有一個傳說。古代宋國國君手下有一個人叫作韓憑。韓憑的妻子非常美麗，宋王就奪取了韓憑的妻子。韓憑的妻子懷念韓憑，有一天她想自殺，從高樓上跳下來。旁邊的侍女就抓住她的衣服，想把她拉住，可是韓憑的妻子事先已經用了些什麼東西把衣服弄腐爛了，大家要抓她卻抓不住，她就摔死了。韓憑的妻子曾經跟宋王說，我希望死後跟我的丈夫合葬，因為她丈夫也被宋王殺死了。宋王就故意把他們兩個分開葬，說你們兩個如果真正相愛的話，你們自己合起來，於是就把他們埋葬在兩個墳墓。不久墳墓上面各長出一棵樹來，然後這兩棵樹越長越密，變成了連理枝，結合在一起了。「青陵臺畔日光斜」，一個悲哀的、殉情的故事。這兩個相愛的人死去，在青陵臺畔。落日西斜的時候，「萬古貞魂倚暮霞」。這「青陵臺畔日光斜」，還可以是寫實的，青陵臺旁邊，落日西斜。「萬古貞魂倚暮霞」，李商隱的想像真是好。我們在溫哥華這麼美麗的環境，有一次朋友開車帶我到 Richmond，黃昏時分我們吃過晚飯，回程經過

際，眾女侍羽儀，不出墉宮外，飄輪送我來，豈復恥塵穢，從我與福俱，嫌我與禍會。」至其年八月旦，復來，作詩曰：「逍遙雲漢間，呼吸發九嶷。流汝不稽路，弱水何不之。」出薯蕷子三枚，大如雞子，云：「食此，令君不畏風波，辟寒溫。」碩食二枚，欲留一，不肯，令碩食盡。言：「本為君作妻，情無曠遠，以年命未合，且小乖，太歲東方卯，當還求君。」蘭香降時，碩問：「禱祀何如？」香曰：「消魔自可愈疾，淫祀無益。」香以藥為消魔。

——《搜神記》

一個大橋，這時海闊天空一片，天上的晚霞呈現出各種顏色、各種形狀，那真的是美麗。李商隱說，這麼美麗的雲霞，就作為貞潔的、對愛情持守的那個韓憑妻子的背景，那美麗的黃昏的晚霞，都是那貞潔的、癡情的女子的身影。「莫訝韓憑為蛺蝶，等閒飛上別枝花」，可是有的時候，你雖然貞潔了，你卻不知道對方怎樣。他說韓憑跟他的妻子都死了，死後化成蝴蝶了，化成蝴蝶後的韓憑，是不是飛到別的花朵上了呢？人生是難以保障的。所以這是首很妙的詩。

後面還有李商隱的一首詩，《昨夜》：

不辭鶗鴂妒年芳，但惜流塵暗燭房。
昨夜西池涼露滿，桂花吹斷月中香。

「不辭鶗鴂妒年芳，但惜流塵暗燭房。」一定要把入聲字讀成仄聲才好聽。李商隱說得真是好，他都是層層地深入。鶗鴂是種鳥，《楚辭》上說，每當這個鶗鴂鳥一叫，春天就走了，百花就零落了。*所以他說「不辭鶗鴂妒年芳」，當鶗鴂鳥叫的時候，一年的芳華、所有的花都零落了。他說，我知道人一定會衰老，也一定會死亡的，花開一定會花落的，我不逃避，我「不辭」，這是必然的結果。「但惜流塵暗燭房」，我所惋惜的，覺得可惜的，就是塵土、流塵把那燃燒的蠟燭、把那光明給遮暗了。人

恐鵜鴂之先鳴兮，使夫百草為之不芳。
——《離騷》

生衰老是必然的，死亡也是必然的，但是你在世的時候，心頭的那一點心焰的火光，有沒有被遮蔽啊？如果連那個都遮蔽了，真是可惜的。他說我「不辭鶗鴂妒年芳」，花的零落、人的衰老，我「不辭」，我所惋惜的是「流塵暗燭房」，為什麼我心頭的那一點光明就被你們給遮暗了？「昨夜西池涼露滿」，昨天晚上我在西池的水邊，天上灑下了滿天寒涼的露水。我仰望天上的明月，據說天上的月亮中有一棵桂花樹，「桂花吹斷月中香」，我就是到不了月宮，我希望能聞到月中桂花的香氣，可是桂花的香氣被狂風吹斷了。我不僅不能到達月宮，連桂花的香氣也不能聞到。李商隱總是進一步寫他的悲哀，寫他的失落，寫他的無可挽回。退一步說你就覺得他更加悲哀。

這是李商隱三首不同的詩。我呢，夢裡面只有一句「獨陪明月看荷花」，我就摘取李商隱三首詩中各一句，把它們湊到一起。有人說湊得很好，很像是天生來的，好像就是一首詩。我湊的是：「一春夢雨常飄瓦，萬古貞魂倚暮霞。」其實這是兩首詩的句子，但是我把它結合在一起了。也許你平生的追求、你的夢想、你的感情，像「一春夢雨常飄瓦」；可是你的持守、你的堅定、你的志意，卻「萬古貞魂倚暮霞」。以你這樣的感情，以你這樣的持守，你面對的是什麼？——「昨夜西池涼露滿」，昨天晚上我一個人在水池旁邊，滿天寒涼的露水，我「獨陪明月看荷花」。李商隱是悲哀，我已經不是完全的悲哀了，我要陪天上的明月看水中那不染塵土的荷花。所以這已經有一點轉變了。

後來我還有另外的轉變，《絕句二首》：

一任流年似水東，蓮華凋處孕蓮蓬。
天池若有人相待，何懼扶搖九萬風。

不向人間怨不平，相期浴火鳳凰生。
柔蠶老去應無憾，要見天孫織錦成。

隨著我年齡的老大，我已經從一九四七年講到二〇〇七年，六十年過去了：「連日愁煩，以詩自解，口占絕句二首。首章用義山《東下三旬苦於風土馬上戲作》詩韻，而反其意。」我反用了李商隱的意思。「次章用舊作《鷓鴣天》詞韻，而廣其情。」這是我二〇〇七年、活了六十年以後的覺悟。我說什麼呢？還是先看李商隱說什麼吧。

路繞函關東復東，身騎征馬逐驚蓬。
天池遼闊誰相待，日日虛乘九萬風。

李商隱的詩《東下三旬苦於風土馬上戲作》，是李商隱從函谷，從西往東走——

向長安去的路途中作的。我們今天淨講詩，就是這虛無縹緲的感情，接下來我們講李商隱的生平。李商隱是個非常不幸的人，「年方就傅，家難旋臻」，他的祖先是三世孤寒，孤兒寡母，都是父親早死，李商隱的父親也是很早就死了，他十歲左右就要作為長子擔負起一家的責任。無以為生，怎麼辦？「傭書販舂」（李商隱《祭裴氏姊文》）。唐朝的時候印刷術還不流行，所以他就被雇傭給人家抄書；販舂，給人家搗米，養活他的母親、兄弟和姊妹。所以李商隱寫了這樣的詩。他一心想著苦讀，他真是苦讀，而且真是有才華，他的詩文都寫得非常好，可是終生不遇，他終生沒有能夠得到一個施展才華的機會。他寫《東下三旬苦於風土馬上戲作》，我從西方到東方去，我要到長安去，長安是首都所在，長安能夠給我一個機會嗎？不知道啊。我已經走了三十天了。古代沒有現在的汽車、飛機，就是騎著馬在黃土路上走。「苦於風土」，要知道北方的風沙厲害得很，所以「馬上戲作」。「路繞函關東復東」，我從函谷關向東走，一天一天地向東走。「身騎征馬逐驚蓬」，我騎著的是一匹正經歷遠行的、疲倦的老馬，我身邊飄散的是秋天被吹斷的斷梗飄蓬。「天池遼闊誰相待」，我騎著這樣的征馬，在風塵之中奔馳，一天一天地「身騎征馬逐驚蓬」，我要去的地方是一個美好的地方嗎？真的有人在等著我嗎？他用了《莊子》的典故。《莊子》說北海有一條大魚，「北冥有魚，其名為鯤」，這個魚的名字就叫作鯤。這個鯤變成一隻大鳥，「化而為鳥，其名為鵬」，它的名字叫作鵬。本來是北海的魚叫鯤，變成了鳥，叫作鵬，要去哪裡呢？

要從北海飛到南海去。《莊子》上用的是「南冥」，遙遠的南海。南海是什麼地方呢？「南冥者，天池也」*，是天上一個美麗的地方。李商隱就用了這個典故，說要從北海飛到南海去，天池那麼遙遠，那裡有人等著我嗎？真的有人等著我嗎？我真的能在那裡碰到一個相知、相識的人嗎？「天池遼闊誰相待，日日虛乘九萬風」，我就一天一天地隨著風沙飄蕩。李商隱是悲哀的。

我用了李商隱詩的韻，但我改變了他的感情。我說：「一任流年似水東」，二○○七年我八十三歲，他不是「東繞函關東復東」嘛，我說「一任流年似水東」，人生是不可逆轉的，我就任憑我的年華流逝，像東流的逝水一去無還。但是我知道，「蓮華凋處孕蓮蓬」，就在蓮花的花瓣零落的時候，它裡邊有蓮蓬，蓮蓬裡邊結的是蓮子。我一輩子教書，現在教了七十年沒有停止，我說「天池若有人相待」，只要有一個人因為我的講解而真的喜歡了詩，真的能夠把詩傳承下去，我「何懼扶搖九萬風」，這種九萬風的遙遠、勞苦我是無所畏懼的，我願意盡我的力量。所以我從李商隱的傷感中跳出來了。

後邊我說「舊作《鷓鴣天》詞韻，而廣其情」。「不向人間怨不平」，人生當然有很多不幸的事情，像我經過白色的恐怖，經過很多的不幸，這都不用細說。「相期浴火鳳凰生」，火中可以生鳳凰。「柔蠶老去應無憾，要見天孫織錦成」，李商隱說「春蠶到死絲方盡」，我說「柔蠶老去應無憾」，只要我吐出來的絲有人能夠把它織成錦，

北冥有魚，其名為鯤。鯤之大，不知其幾千里也。化而為鳥，其名為鵬。鵬之背，不知其幾千里也，怒而飛，其翼若垂天之雲。是鳥也，海運則將徙於南冥。南冥者，天池也。

——《莊子．逍遙遊》

我「要見天孫織錦成」，這是我老年說的狂言。

這是李商隱的詩對我的影響；我一生不管是悲哀還是歡喜，我常常引用李商隱的詩。那麼李商隱的詩究竟如何呢？我們下次就介紹李商隱的生平，介紹李商隱的詩。

第二講　李商隱詩的悲哀

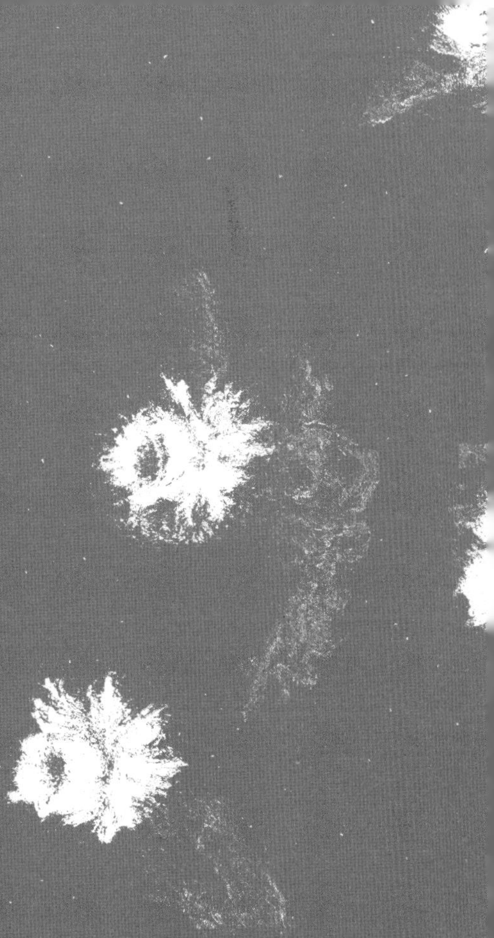

講完了我的夢中得句，我用了很多李商隱的詩。雖然用了很多李商隱詩的句子，但是我的詩裡邊所表現的意境，跟李商隱並不是完全相同的。

兩個禮拜前一個星期天的早晨，《世界日報》登了一篇文章，是耶魯大學教授孫康宜女士寫的《好花原有四時香》，裡面其實提到了我的一些轉變。昨天晚上鳳凰臺有一個節目叫《文化與人生》，也說了一段我的故事，就是我是怎麼樣轉變的。那麼我是怎麼樣轉變的，李商隱何以沒有轉變，這個等最後再說。我先說李商隱為什麼不能夠轉變，為什麼沒有轉變。為什麼我能夠轉變，為什麼他不能？這中間我跟他有很多的差別，有時代、個人、遭遇等多方面的因素。

中國的讀書人、詩人、男子，天生就注定了一個命運。古人說一般士子是「學而優則仕」。「士」是讀書人，「仕」是仕宦。讀書讀得好的人，你的目的在仕宦、在做官。中國古人所講的「修養」，是修齊治平，修身、齊家、治國、平天下，這是中國給古代士人制定的一個人生的途徑。而你要求仕，沒有別的路子，就只有科考。科考像杜甫就沒有考上，李商隱是考到第三次才考上。所以李白了不起，李白說，我不考，等皇帝來請我。皇帝果然請了他，這是李白了不起的地方。但是一般人都是等著科考，只有李白是等著皇帝去請他。為什麼所有的讀書人都特別羨慕諸葛亮？諸葛亮說：「先帝（劉備）三顧臣於草廬之中，咨臣以當世之事，由是感激，遂許先帝以驅馳。」劉玄德三顧茅廬，諸葛亮高臥不起，把劉玄德凍在外邊，不理他，而劉玄德來了三次。一個在上位的君主這樣誠懇地、低聲下氣地來求他出山——所有的讀書的士人夢想的都是這樣。為什麼沒有一個劉備來求我呢？所以他們只好去考試。而這些人去考又往往考不中。怎麼辦呢？唐朝就有一個辦法叫「行卷」*。「卷」，就是你寫的作品。「行」，就是你要到處去推銷。「行銷」，現在不還說這個詞嗎？我寫了幾篇好文章，我把文章都整理出來，然後到達官貴人那裡，送你一卷，再送他一卷。李商隱當然就做了這些行銷的事情。

李商隱為什麼要做這些行銷的事情呢？我們現在就要講回來。追求仕宦，每個人都追求，這是中國傳統讀書人的必經之路。可是李商隱在求仕的路途上，他感受到的壓力特別大。要講一個詩人，《孟子・萬章下》說：「頌其詩，讀其書，不知其人，可乎？是以論其世也。」我們要講李商隱為什麼不能改變，要從知人論世的角度講。李商隱生在唐朝的中唐以後，經過憲宗、穆宗、敬宗、文宗、武宗、宣宗，這麼多皇帝。而且李商隱一共不過才在世界上生活了四十幾年，卻經過了這麼多皇帝的變換。他生在憲宗時代，死在宣宗時代。先說這個時代。在中唐以後，宦官得勢，皇帝的生殺——讓你活還是叫你死，立廢——立你做皇帝還是把你廢除，這生殺廢立的大權都操縱在宦官的手裡。憲宗在唐朝是一個比較有作為的皇帝，他曾經辦了一件大事，就是平定了淮蔡的節度使之亂。可是憲宗最後怎麼死的？歷史上說憲宗皇帝「一夕暴卒」，一天晚上忽然間就死了，於是外面就傳說「為宦官所弒」，就是被宦官給殺死了。憲宗

* 唐代，在政治上、文壇上有地位並與科舉考試主考官關係特別的人，可以推薦人才，考官除詳閱試卷外，有權參考舉子平日的作品和才譽，以決定去取和名次。因此，應試的舉人便將自己平日優秀的詩文習作加以編輯，寫成卷軸，在考試前送給有地位者，以求薦舉，此後形成了風尚，稱為「行卷」。

以後的穆宗就是宦官所立的。敬宗立的時候呢，年歲還很小。宦官喜歡立小皇帝，因為小皇帝就在他們的掌握之中。當時唐朝流行一種運動，馬球，這個年少的皇帝沉醉於這種遊戲之中，他在位不過兩年，有一天晚上回來也被宦官給殺死了。

文宗是這些皇帝裡邊比較有作為的，他很希望能夠誅除，就是除去或殺死這些得勢的、掌權的宦官。所以文宗曾經跟外面的大臣，一個叫李訓，一個叫鄭注的，就「謀誅宦官」，就想把宦官誅除。有一天，他們提前在宮殿的帳幕之後埋伏了士兵，然後就來報告皇帝，說庭院之中的石榴樹上有甘露，甘露是中國古代傳說中一種祥瑞的現象，就請皇帝去看。因為那時皇帝永遠被宦官包圍，所以請皇帝去，就可以把宦官抓住殺死。當然宦官也很聰明，他要有些什麼行動的時候，就先叫小宦官去探望一番，於是小太監就去了。小太監去到那裡的時候，天公不作美，一陣風過，把帳幕吹起來了，這小太監看到後面藏的都是拿著兵甲的武士，回來報告。大宦官聽了，知道是要殺他們了，大怒，不但把李訓、鄭注抓了起來，連當時的宰相王涯和滿朝的文武大臣都不能倖免，殺了幾百人，而且株連了眷屬。這是唐朝歷史上一次重要的事變，叫「甘露之變」。歷史上記載，「甘露之變」發生在大和九年（西元八三五年）。這個「大」字歷史上一直有爭議，說這個究竟念「大和」還是「太和」？我的意思是念「太和」，因為「大」字古代是通「太」字的。「甘露之變」發生的時候，李商隱多大呢？李商隱二十四歲，國家有了這麼大的國變，李商隱寫了一首詩。

現在就配合著時代的背景，來看李商隱的幾首詩。我們按照時代先後，先看李商隱的第一首詩《無題》，「八歲偷照鏡，長眉已能畫」，一首五言詩。根據李商隱詩的編年，這首詩是在敬宗寶曆二年（八二六年）寫的，當時李商隱大概是十七歲。我們講到李商隱十七歲還不夠，我們要先講一講李商隱的生平。

李商隱姓李，據李商隱說，他們家跟唐朝是本家。唐朝是李唐，姓李，都是西涼的武昭王暠的後代，他本來是皇族，是龍種。所以後來李商隱寫他的小兒子，還說「寄人龍種瘦」*。李商隱總在外邊給人家做秘書，他的兒子、妻子都寄居在娘家，所以說「寄人龍種瘦」。他們李家跟李唐王室本來是一家，不過雖然祖先是一家，但是後代的支族各有不同的生活和遭遇。在李商隱的時代，從他的曾祖開始，他的祖父、他的父親是三代孤貧。他的曾祖父很早就死了，留下他的祖父，是孤兒——無父為孤，男孩子父親死了，就叫孤。他的祖父又很早死了，剩下他父親，也是孤兒。李商隱差不多十歲的時候，他的父親就死了。李商隱有兩個姊姊，出嫁以後都很不得意：一個姊姊出嫁以後遭遇很悲慘，很早就死了；一個姊姊出嫁以後沒有子女，也很早就死了。李商隱有紀念姊姊的文章，裡邊寫到他自己，「某年方就傅，家難旋臻」*，他說我的年歲正當跟老師讀書的時候，「方」是正當，「就傅」是跟老師讀書，家裡邊就很快地遭遇到災難，「旋」是很快，「臻」是來到。什麼災難？他父親死在外地。他們是河南人，他父親在江南做官死在外地。他是李家最大的男孩子，一切的責任都落在男

聞君來日下，見我最嬌兒。
漸大啼應數，長貧學恐遲。
寄人龍種瘦，失母鳳雛癡。
語罷休邊角，青燈兩鬢絲。
——李商隱《楊本勝說於長安見小男阿袞》

某年方就傅，家難旋臻。躬奉板輿，以引丹旐，四海無可歸之地，九族無可倚之親。既祔故丘，便同逋駭。生人窮困，聞見所無。及衣裳外除，旨甘是急。乃占數東甸，傭書販舂。日就月將，漸立門構。清白之訓，幸無辱焉。
——李商隱《祭裴氏姊文》

孩子的身上，所以就「躬奉板輿，以引丹旐」。雖然是十歲左右的男孩子，但是他現在是一家之主了。男子為一家之主，沒有父親，這個兒子就是一家之主。他就親自把父親的棺材運回去。「躬」是親自，「奉」是侍奉，「板輿」是他父親的棺材。古人還不講什麼火葬，棺材也不能埋在外地，要運回到家鄉去埋葬。「引丹旐」，古人說的引魂幡，像小旗子一樣。我十幾歲的時候母親去世了，母親出葬的時候，是我弟弟打著這個幡。離開家鄉很久了，家鄉沒有住處了，「四海無可歸之地，九族無可倚之親」，四海之內，我歸向何方？九族，父族、母族、妻族，這是三族，三族又各有三族，所以是九族。這是極言眾親族沒有一個我真正可以依靠的親人。

我自己初到臺灣時經歷的苦難，那時候可以說也是「四海無可歸之地，九族無可倚之親」。大陸跟臺灣斷絕了來往，我的親人都在大陸。不過幸而我先生有個姊姊在臺灣，我就到她家的走廊上去打地鋪，帶著我吃奶的孩子。而李商隱呢，是個十歲左右的男孩子，「九族無可倚之親」。

經過了很久的時間，古人說父母之喪要有三年，三年之內不許出來工作，也不許出來交往，「既祔故丘，便同逋駭」。「祔故丘」，「祔」是祔葬，古代人都要把屍骨埋到祖墳去埋葬，所以他要把他父親的棺木運回到故鄉河南。可是他說，他把父親的棺木埋葬以後，他「便同逋駭」，「逋」是捕抓的人，「駭」是每天驚慌的人，因為他沒有戶籍，無所歸屬。「生人窮困，聞見所無」，人生在世，遭遇到的那種窮困，可以說是平常沒有看見，也沒有聽說過的。就是這麼窮苦、無依無靠的生活。「及衣裳外除，旨甘是急。」你還不是只是受苦就好了，男孩子作為一個長子，有養家的責任，你不能只在那裡受苦啊。「衣裳外除」，就是把喪服脫掉。「旨甘」，「旨」是美好的，「甘」是甜蜜的，代表好吃的東西，「旨甘」說是子女奉養父母，要把最美好的東西奉養父母。他還有母親呢，父親死了，奉養母親是他的責任。守孝的時候應該穿喪服，把喪服脫掉了以後，他馬上要找工作養活母親跟全家。「乃占數東甸」，他們就勉強找到一個戶籍，就把名字登記在東甸，「東甸」，就是東都的鄉下，東都就是洛陽。他是河南人，杜甫也是河南人，所以河南人很光榮，有這麼多好的詩人。他要找個工作，找什麼工作？一個沒有功名、沒有考過科舉，還不說考上考不上，考都沒有考過的小孩子，能找什麼工作來養家？「傭書販舂」，這就是他的生活。「傭」，就是被雇傭，「書」是抄寫。因為唐朝當時所有公文、書籍都要人抄寫，所以他就做一個抄寫工。做抄寫工仍不能養家，就「販」，賣力氣，賣勞力做什麼？就「舂」，舂米，把穀子的穀殼搗碎。他所處的時代，是晚唐的時代，宦官專權、藩鎮跋扈，天子的生殺廢立都出於宦官，這是時代的背景；他自己個人的家庭背景，是這樣的孤苦伶仃，所以「傭書販舂」。凡是這樣出身的人，在中國文學史上的記載，都是特別刻苦、特別奮發的人。除了李商隱，還有一個很有名的人，就是柳宗元。柳宗元的祖先曾經做過很高的官，因為武則天時代，不肯附和武氏的政權，他們柳家就中途衰落了。柳宗元從小就很有才華，所以「眾謂柳氏有子矣」。這就是為什麼中國這麼重視生男孩子，而且父母對男孩子寄予這麼大的希望——要讓他光宗耀祖，尤其是以前有過光榮歷史而中間衰落的家族，就更盼望有個好的男子振興他們的家族。這是李商隱精神、感情上所有的負擔。

李商隱刻苦讀書，讀書讀得非常好，「以古文出諸公間」（《樊南甲集序》），在那些老先生面前，他的古文是被大家讚美的。古文是相對駢文而言的。「駢」，本義是兩匹馬並行；「駢偶」，是對句。像王勃的《滕王閣序》，這篇文章寫得非常漂亮，「落霞與孤鶩齊飛，秋水共長天一色」，就是對偶的句子。當時唐朝流行的是駢文，不只王勃寫的《滕王閣序》是駢文，當時唐朝寫章奏、公文都要寫出對偶的句子。可是李商隱最初所寫的是古文，「以古文出諸公間」。歷史上記載，李商隱自己說他寫過《才論》和《聖論》。就是說，他所追究的是人生的基本問題。他的古文，所論的是人基本的稟賦和修養。基本的稟賦是什麼？你所應該有的基本的修養是什麼？你怎麼樣才能夠真的成為一個聖者，使自己的品性達到一個聖的境界？這就不是一般讀書人所追求的，這是真正有思想、有理想的，要追求人生基本的價值、意義和目的的人所思索的問題。我曾經寫過一本書，是專門講清末民初的學者王國維先生的。王國維早期寫過幾篇文章，《釋理》《原命》《論性》。我們人生有什麼是可以掌握、可以依賴的？是講理嗎？講道理、是非，就可以依賴嗎？其實不止王國維說，莊子也說：

「彼亦一是非，此亦一是非。」*（《莊子．齊物論》）這樣的人可以跟你說出一個道理來，那樣的人也可以跟你說出一個道理來，所以天下沒有一個終極的完全正當的道理，理是不可靠的。那麼《論性》，人性是善的還是惡的呢？當然有人主張性善，有人主張性惡。孟子主張性善，荀子主張性惡。以王國維的研究，他的結論是：人性是永遠不停止的善惡的鬥爭，每個人的天性裡邊都是有善也有惡的，在內心之中每天有善和惡的鬥爭，每個人都是善惡交爭的戰場，沒有絕對。所以他說，性是善是惡，這是不可依賴的；道理是對是錯，也是不可依賴的。那麼命，他說所謂命者，有幾種：一種是吉凶禍福，這是世人所占卜的、迷信的命；一個是業，業就是你之成為現在的你，你為什麼生在這個家庭、沒有生在那個家庭，你為什麼生下是這樣的材質、不是那樣的材質，你為什麼是這樣的性格、不是那樣的性格，冥冥之中，「莫之為而為者，天也」*（《孟子．萬章上》）。按照王國維的追求，他的《論性》《釋理》《原命》，人生一切都是不可靠的。李商隱寫的《才論》和《聖論》，人的稟賦是天生的，你怎麼樣完成你的才，這個在你自己，人的稟賦雖然不同，但完成的力量在你自己。而你所要追求的，你是不是如同「水之就下」*（《孟子．告子上》），就隨波逐流了？你還是能夠持守你自己，能夠讓它向上？成聖或者成愚，這個在你自己。這是非常奇妙的事情。不但中國這些哲人、才子討論這些事情，《聖經》上也說，雖然耶穌是救世主，你信祂就可以得救，但一定是要你自己敲門，神就給你開門，你不敲門，神永遠不會

物無非彼，物無非是。自彼則不見，自知則知之。故曰：彼出於是，是亦因彼。彼是方生之說也。雖然，方生方死，方死方生；方可方不可，方不可方可；因是因非，因非因是。是以聖人不由而照之於天，亦因是也。是亦彼也，彼亦是也。彼亦一是非，此亦一是非，果且有彼是乎哉？

——《莊子．齊物論》

舜、禹、益相去久遠，其子之賢不肖，皆天也；非人之所能為也。莫之為而為者，天也；莫之致而至者，命也。

——《孟子．萬章上》

水信無分於東西，無分於上下乎？人性之善也，猶水之就下也。

——《孟子．告子上》

給你開門。你求你就得道，你不求你就不得道。一個人要向上還是向下，你走上哪一條道路，在己不在人。所以李商隱最初寫的是這樣的《才論》《聖論》，他有一個想要完成自己的人生追求。可是有誰理你呢？有誰用你呢？李商隱的這兩篇文章並沒有留存下來，這只是我從他文章的題目所作的推想。

而這個時候，有一個人影響了李商隱的一生，就是鎮守河陽的令狐楚。在朝廷做過大官的令狐楚，到河南來做地方官。李商隱是河南人，所以就把他平常寫的詩文拿給令狐楚看。我們說過唐朝人要行卷，要讓卷子在那些權貴之間流傳。令狐楚一看非常高興，說這個年輕人太有才華了，就叫李商隱到他的幕下來，說你寫這樣的文章，當不了官，你要想出來做官，你要學流行的文筆。流行的是什麼？是駢文。李商隱除了詩集還偶然流露他的感情跟性靈以外，也留下了兩卷文集，叫《樊南文集》。打開看都是駢文，寫的是什麼？不是寫他自己的思想感情的文章，而是他給人家做秘書，替那些長官寫的應酬文字。所以每當我看到李商隱的《樊南文集》，就非常替李商隱悲哀，這麼好的才華，這麼好的文筆，去給那些長官寫這種無聊的文字，真是非常悲哀的事情。

第四講

詩謎代表作：《無題》《燕臺四首》

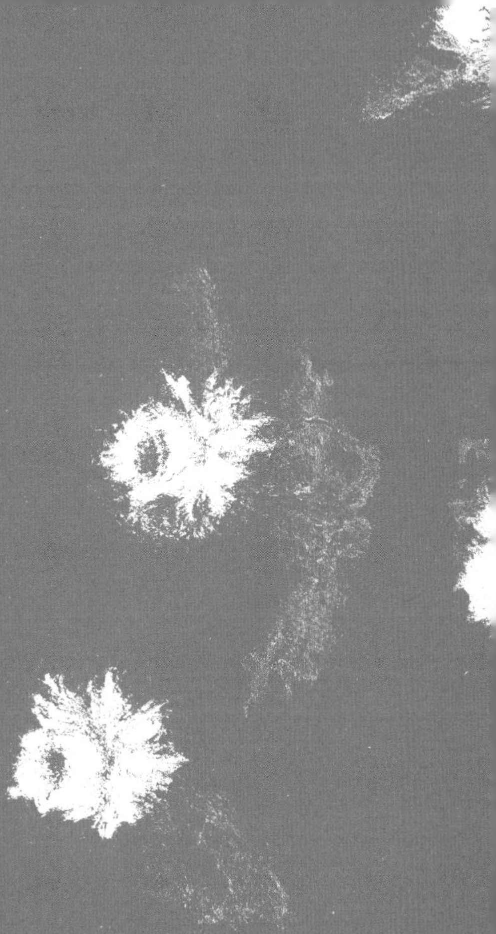

現在要講李商隱的一首詩，詩的題目是《無題》，是一首五言古詩。在中國古典詩歌的傳統之中，有一種習慣，就是常常用男女來表示君臣，用婚姻來表示仕宦。中國古人講道德，都講三綱五常。仁、義、禮、智、信，是每個人日用生活必須遵守的常法，所以叫作五常。什麼是三綱呢？三綱是三種重要的人際關係，就是「君為臣綱，父為子綱，夫為妻綱」，做君主的是做臣子的主人，做父親的是兒子的主人，做丈夫的是妻子的主人，一定要尊奉著君、父、夫，遵守著他們的管理。如果用英文說，上面統治的是 dominate，下面被統治的是 subordinate。既然君臣的關係相當於夫妻、男女的關係，中國古代的詩人、讀書人，就常常用男女的這種愛情關係來暗喻君臣。

李商隱寫了很多《無題》詩，《無題》詩並不是都講的是愛情，很多人都以為李商隱的《無題》詩，什麼「相見時難別亦難」，肯定說的都是愛情，其實不完全如此。裡邊有的是愛情，有的不是愛情。李商隱寫得最早的這首無題詩，作於敬宗寶曆二年，那年李商隱大概十七歲。他寫的是一個女孩子：

八歲偷照鏡，長眉已能畫。
十歲去踏青，芙蓉作裙衩。
十二學彈箏，銀甲不曾卸。
十四藏六親，懸知猶未嫁。

十五泣春風，背面鞦韆下。

他完全寫的是一個女孩子。他說這個女孩，從八歲就知道愛美了。當然，愛美是人之天性。八歲的女孩就偷偷地照鏡子，因為母親還不許她照鏡子，母親說，你現在還沒有到化妝的年齡呢，塗塗抹抹幹什麼？她不但偷偷地照鏡子，還學著畫眉毛。而且他說「長眉已能畫」，已經能夠畫出那麼修長的眉毛了。這說的不是一個現實的女孩子。他是用女子的愛美和要好，比喻男子對於才智美好的追求，是用女子的容顏比喻男子的才智。「八歲偷照鏡，長眉已能畫」，你要得到別人的欣賞，希望國家能夠任用你，自己要努力充實自己。要是自己什麼都不幹，每天遊手好閒，整天說沒有人瞭解我，沒有人任用我，那你就活該，誰讓你自己不努力呢？「十歲去踏青，芙蓉作裙衩」，我十歲的時候，出去踏青，春天年輕的少男少女都出去踏青。踏青的時候就希望能夠有遇合，能夠找到一個自己所喜愛的對象或者伴侶。打扮得很漂亮才出去，我十歲去踏青的時候，我裙子的衩，裙子的下襬、分叉的地方，綉的都是芙蓉花。

我不但追求外表上容貌、衣飾的美，而且我要有才能的美，所以「十二學彈箏」，十二歲我就學習彈箏。彈箏的時候都是用指甲，但是你用指甲來彈，指甲容易斷掉，古人都是戴指甲套，這個女孩子戴了一個銀的指甲套來彈。她說我學彈箏的時候，「銀甲不曾卸」，銀甲不曾摘下來，我整天都在學習彈箏。我，準備好了我自己，有這麼美好的容顏，有這麼美好的才能，這麼努力地學習，誰知道「十四藏六親，懸知猶未嫁」。古人說男女授受不親，等到十四、五歲就不可以男女雜處了，除了見自己的父母兄弟以外，外在的親戚、男孩子，你不可以再去見了。「懸知」，外邊的人猜想，遙遠地聽說，這個女孩子容貌也美麗，才能也很好，可是還沒找到主兒呢，還沒有嫁呢。「十五泣春風，背面鞦韆下。」古人說，男子生而願為之有室，女子生而願為之有家*。古代的女子，十五歲就是結婚的年齡了，十五歲叫「及笄」，就是頭髮不再像小孩一樣披散著，要把它盤起來。可是她還沒有找到對象。所以當她打鞦韆的時候，就背著面，在鞦韆架下流下淚來。這是李商隱。李商隱急於想遇到一個知賞他的人，希望能得到一個好的工作機會，表現自己才能的機會，但沒有得到。

下面一組詩真的像詩謎一樣，就是《燕臺四首》。《燕臺四首》一共四首詩，我們要講的詩太多，四首詩裡面我選擇了一首，就是第一首《春》。我們說李商隱的詩是詩謎，其實並不完全是詩謎。像剛才所說的「八歲偷照鏡」，這種比喻、寓托，他用男女比喻君臣，用找到一個愛她的人，表現要找到一個賞識、任用他的人，這種寓托是比較明顯的。可是《燕臺四首》就比較難懂了。它分《春》《夏》《秋》《冬》四首來寫。中國詩裡面常常有春夏秋冬的循環，凡是有春夏秋冬循環的，都代表這種追尋是永恆的、綿延的，是不斷絕的一種追尋和嚮往。從春天寫起，哪一年寫的呢？根據李商隱詩的編年，是唐文宗大和九年寫的。

丈夫生而願為之有室，女子生而願為之有家。父母之心，人皆有之。
——《孟子．滕文公下》

我們說過大和九年發生了「甘露事變」，他寫這首詩的時候，「甘露事變」還沒有發生。「甘露事變」是大和九年十一月發生的，李商隱寫《燕臺四首》的時候雖然還沒發生「甘露事變」，但宦官專權已經是非常明顯的了。李商隱作為一個有理想、有才幹的人，當然覺得這對國家是很不幸的，是很悲哀的一件事情。皇帝，他是生來的，因為他是上一個皇帝的兒子，他就當了皇帝，不是按照才能選出來的。像晉朝的晉惠帝，根本是個白癡，就因為他是上一個皇帝的兒子，他就當了皇帝。所以皇帝不一定都是有出息的，不一定都是有才幹的。當然歷史上也有很多很好的皇帝。李商隱生在憲宗的時代，經過穆宗、敬宗，現在到了文宗了。他眼看前邊的皇帝，有的是被宦官殺死的，有的是被宦官擁立的，有的是先被宦官擁立又被宦官殺死的，而且當時的唐朝，外邊藩鎮跋扈，裡邊呢，是大臣的黨爭。而李商隱現在還沒有考上科舉。

詩有絕句，有律詩。絕句是四句一首，律詩是八句一首，古詩是不限句數的。《燕臺》是七言古詩，而且不止一首，它是一組，也就是我們所說的組詩。組詩有很多不同的種類，像三國魏晉之間，阮籍寫了《詠懷》詩，有八十二首；晉朝的陶淵明寫過《飲酒》詩，有二十首；李商隱呢？這一組是四首，而且標題標得很清楚，是《春》《夏》《秋》《冬》。絕句不換韻，比如：「打起黃鶯兒，莫教枝上啼。啼時驚妾夢，不得到遼西。」（金昌緒《春怨》）律詩，如「相見時難別亦難，東風無力百花殘」*（李商隱《無題》），也不換韻。可是古詩是長篇，長篇是換韻的。換韻都要趕到雙數的句子，

葉嘉瑩讀誦《無題二》

相見時難別亦難，東風無力百花殘。春蠶到死絲方盡，蠟炬成灰淚始乾。
曉鏡但愁雲鬢改，夜吟應覺月光寒。蓬山此去無多路，青鳥殷勤為探看。
——李商隱《無題》

雙數的句子才換韻。所以要注意讀長篇的古詩，它有一個停頓，是它換韻；而且還要注意到平仄，古詩也有一個平仄。

我只念第一首《春》。注意我念的時候，凡是入聲字，我都讀成短促的仄聲。

風光冉冉東西陌，幾日嬌魂尋不得。
蜜房羽客類芳心，冶葉倡條遍相識。
暖藹輝遲桃樹西，高鬟立共桃鬟齊。
雄龍雌鳳杳何許？絮亂絲繁天亦迷。
醉起微陽若初曙，映簾夢斷聞殘語。
愁將鐵網罥珊瑚，海闊天翻迷處所。
衣帶無情有寬窄，春煙自碧秋霜白。
研丹擘石天不知，願得天牢鎖冤魄。
夾羅委篋單綃起，香肌冷襯琤琤珮。
今日東風自不勝，化作幽光入西海。

「風光冉冉東西陌，幾日嬌魂尋不得」，這是押韻的。「蜜房羽客類芳心」，第三句不押韻。「冶葉倡條遍相識」，「識」字是入聲。「暖藹輝遲桃樹西，高鬟立共桃鬟齊。雄龍雄鳳杳何許？絮亂絲繁天亦迷。」換了一個韻。

關於這首詩，先說一個故事，一個叫作柳枝的女子的故事。「柳枝，洛中里娘也。」*柳枝是洛陽城裡一個住在邊街巷中的女孩子。「父饒好賈」，她父親很有錢，是做生意的。「風波死湖上」，因為出外做生意，遇到風浪，死在外邊了。「其母不念他（ㄊㄨㄛ）兒子，獨念柳枝」，她母親不關心別的孩子，只特別關心這個柳枝。為什麼要關心這個柳枝呢？因為柳枝「年十七」，她已經有十七歲那麼大了，可是呢，「塗妝綰髻未嘗竟」，她化妝的時候，她梳頭的時候，化妝不化完，梳頭也不梳整齊，「已復起去」，她坐在這裡，但不久就站起走開了。她化妝這邊描一描，那邊描一描，這邊眉毛描了，那邊眉毛還沒有描呢，就站起來走了。而且她喜歡「吹葉」，拿片葉子在口中吹出聲音來，「嚼蕊」，拿個花瓣在嘴裡嚼。「調絲擫管」，她喜歡擺弄樂器，絲樂、弦樂、管樂。她拉出來的旋律是什麼樣的聲音呢？「作天海風濤之曲，幽憶怨斷之音。」這是李商隱在描寫這個女孩子，他們倆之間有一段遇合。

李商隱接著說，「居其旁」，住在他們家旁邊，「與其家接，故往來者」，與他們家有交接、常常往來的人，「聞十年尚相與，疑其醉眠夢物斷不娉」，說這個女孩子瘋瘋癲癲的，一定嫁不出去了。這是別的親戚朋友的批評。李商隱說，「余從昆讓山」，我的一個本家的兄弟叫讓山，「比柳枝居為近」，他的住家和柳枝住家很接近。「他日」，有那麼一天，「春」，是春天，「曾陰」，天上陰得很，有濃重的陰雲。「讓

柳枝，洛中里娘也。父饒好賈，風波死湖上。其母不念他兒子，獨念柳枝。生十七年，塗妝綰髻未嘗竟，已復起去，吹葉嚼蕊，調絲擫管，作天海風濤之曲，幽憶怨斷之音。居其旁，與其家接，故往來者，聞十年尚相與，疑其醉眠夢物斷不娉。余從昆讓山，比柳枝居為近。他日春，曾陰，讓山下馬柳枝南柳下，詠余《燕臺》詩。柳枝驚問：「誰人有此？誰人為是？」讓山謂曰：「此吾里中少年叔耳。」柳枝手斷長帶，結讓山為贈叔乞詩。明日，余比馬出其巷，柳枝丫鬟畢妝，抱立扇下，風障一袖，指曰：「若叔是？後三日，鄰當去濺裙水上，以博山香待，與郎俱過。」余諾之。會所友有偕當詣京師者，戲盜余臥裝以先，不果留。雪中，讓山至，且曰：「東諸侯取去矣！」明年，讓山復東，相背於戲上，因寓詩以墨其故處云。

——李商隱《柳枝詩序》

山下馬柳枝南柳下，詠余《燕臺》詩」——我想讓山可能對這個女孩子很有興趣，他們也是鄰居嘛——這個讓山就下了馬，在柳枝家南邊的一棵柳樹底下開始吟唱。吟唱什麼呢？吟唱的就是李商隱的《燕臺》詩。

「柳枝驚問」，柳枝聽了以後非常吃驚，就問：「誰人有此？誰人為是？」我認為這兩句話問得非常好，接連兩句，問得非常急迫，問得非常重要。「誰人有此？」誰人有此情？每一個人內心之中的思想跟情意是不一樣的，是什麼人內心之中有這麼精微、細緻的思想跟感情？「誰人為是？」什麼人能把這種思想感情寫出來，「為是」，寫出來這麼美好的詩篇。所以這女孩子一聽就動心了。「讓山謂曰」，他說我的堂兄弟讓山告訴她：「此吾里中少年叔耳。」這就是我們本家的一個年輕人。「柳枝手斷長帶，結讓山為贈叔乞詩。」女人有腰帶嘛，「衣帶漸寬」就是指那腰帶，所以柳枝馬上就把她繫裙子的腰帶撕下一段送給讓山，跟他定一個盟約，「你把我這個衣帶送給那個年輕人，跟他為我要一首詩」。讓山回去了，就把李商隱約出來了。「明日」，第二天，「余比馬出其巷」，比馬，他跟讓山兄弟兩個並排騎著馬，就來到柳枝所住的那個巷子。

「柳枝丫鬟畢妝，抱立扇下」，這柳枝平常化妝從來不化完，「塗妝綰髻未嘗竟」，頭也不梳好，眉毛也不畫完。可是今天聽說李義山來了，就打扮得特別整齊：梳了兩個「丫鬟」——這是沒有結婚的年輕小女子的妝；「畢妝」，化妝化得非常美好。

「抱立扇下」，立在一個門扇的旁邊。「風障一袖」，那時候正好一陣風吹過，把女孩的一個袖子飄起來遮在她身上。這是李義山描寫見面的情景。「指曰」，柳枝對讓山指著說，「若叔是」，就是這個年輕人吧？你說的年輕人就是他吧？然後就接著說，「後三日」，三天以後，「鄰當去濺裙水上」。那個時候有一個風俗，春天三月三，女孩子都到水邊去沐浴，像是泰國的潑水節。說我要去濺裙水上，「以博山香待」，博山是香爐。我們在博物院裡常常看見有一種銅爐，蓋子是尖起來的，像個山的樣子，那叫博山香爐。她說我要準備一爐好的香，用最好的博山香爐等著你來。「與郎俱過」，希望你們兩個一起過來。「余諾之」，李商隱說，我也答應她了。

可是，「會所友有偕當詣京師者」，「會」就是恰好，恰好我跟一個朋友有約會，他約我一起到京城去趕考，而且「戲盜余臥裝以先」，這個朋友開玩笑說，你要約會，我就把你的行李拿走，意思是你不要約會了，就跟我走吧，就把李商隱的行李拿走了。行李拿走了，他「不果留」，他也不能留下，就跟著朋友到京師去了。到了京師，春天已經過了。「雪中，讓山至」，下大雪的時候，堂弟讓山來了。他問，這個女孩子怎麼樣了？「且曰：『東諸侯取去矣！』」讓山告訴他說，那個女孩子被東方一個諸侯，就是一個有權位的人、一個有地位的人娶走了。「明年」，第二年，「讓山復東」，讓山離開長安，再回到洛陽。「相背於戲上」，他就跟讓山告別，「背」是告別，「戲」是一條水的名字，陝西的一條河，我們就相別在戲上。「因寓詩以墨其故處云」，我要寫一首詩，叫讓山把它題在這個女孩子從前住家的門前，這個女孩子雖然不見了，她雖然對李商隱很有感情，但是李商隱走了，沒能夠踐約，她被別人娶走了，所以李商隱就寫了詩，叫堂弟題在柳枝的家門那裡。

聽起來是這麼美的一首詩，被人家吟誦，能打動女子的心，說「誰人有此？誰人為是？」那麼他寫的是什麼呢？

「風光冉冉東西陌」，李商隱寫得非常好。你說「萬紫千紅」，那都非常落實。李商隱說是「風光」，風，是流動的，春天的時候，天上的天光雲影，雲彩也在飛，風也在吹，光影都在動盪；「冉冉」，天光雲影慢慢地流盪；「東西陌」，無論是東邊的小路，無論是西邊的小路，漫山遍野都是春光的流動。在這樣的春天，我要找一個人，「嬌魂」，不只是一個美人，美人也許只是形體，但是她有沒有那種綿邈幽深、精微細緻的感情呢？一般說的「美人」，只是指美貌的容顏，可是他說的不是「美人」，是「嬌魂」，是個嬌美的心魂，一種心靈上的、精神上的、那樣嬌美的一個嬌魂。他說我就是要找這樣一個嬌魂，我找了好幾天了，沒有找到，在這個風光冉冉的東西陌，我在尋找嬌魂，「幾日嬌魂尋不得」。

他說我尋找的這個嬌魂的心像什麼呢？「蜜房羽客類芳心，冶葉倡條遍相識。」「蜜房」，花的花心就是蜜房，蜜蜂在花心採蜜，就是蜜房；「羽客」，就是蜜蜂，蜜蜂有兩個翅膀，是羽客。他說採花的那隻蜜蜂的芳心就像我追尋嬌魂的心。「冶葉」，最美的葉子，「倡條」，最茂盛的、長長展開的枝條。每一片美麗的葉子、每一根柔軟的枝條，我都飛過了，因為我要尋找那個嬌魂。尋來尋去，把它都尋遍了，但還是沒有找到。

「暖藹輝遲桃樹西，高鬟立共桃鬟齊。」傍晚的時候，「暖藹」，春天溫暖日光的光影，「輝」，日光的光輝，「遲」，遲遲地照在桃樹的西邊，落日西斜，那溫暖的春天日光照在桃樹的西邊，我彷彿看到那個女子了。什麼樣的女子？那個女子頭上盤著很高的一個髻。女子的頭髮可以梳成各種不同的樣子。剛才我說丫髻，一邊一個；也可以是墮馬髻，斜在旁邊的；也可以是盤起來立在頭上的高髻。一般說高髻，代表一種莊嚴、一種高貴；墮馬髻，代表一種風流、一種隨意；丫髻，代表一種天真。不同的髮型代表不同年齡、不同身份、不同感情的女子。這個女子是高鬟（環形的髻），高鬟的女子站在那裡，「高鬟立共桃鬟齊」，桃樹上有花，我想像桃樹上紅色的花朵，就像是這個女孩子高鬟上插的花朵一樣。真有這個女孩子嗎？沒有啊，這是詩人所幻想的——我好像看見那個女子，她梳著高鬟，就跟桃樹上紅色的桃花並排站在那裡。可是，兩個人沒有見面，他沒有找到這個女子。

天下最幸福、最美好的事情，當然是男女能夠相合在一起。但是他說沒有。「雄龍雌鳳杳何許」，雄跟雌是一對配偶，龍跟鳳是一對配偶，如果有雄龍就應該有雌鳳，這世界才是美好的，才是圓滿的，可是現在不只沒有雄龍，也沒有見到雌鳳，那些美好的、應該得成配偶的，沒有。我們要找尋的配偶沒有找到。在你失落的時候，在雄龍沒有找到雌鳳、雌鳳沒有找到雄龍，而且雄龍雌鳳都不存在了的時候，你就發現「絮亂絲繁天亦迷」，滿天的柳絮飛舞，到處的遊絲飄盪，連天也迷亂了。古人說「天若有情天亦老」，我追尋的沒有得到，只有滿心的惆悵和迷惘。

「醉起微陽若初曙，映簾夢斷聞殘語。」於是我就跑去睡了一覺，我喝了酒，等到睡醒了，酒醒了，那個時候落日西斜了，微微的陽光照在西窗上，本來是西斜的落日陽光，恍惚之間，以為它是剛剛破曉的陽光。我神魂顛倒，情意迷亂。就在這個斜日的光影之下，在那簾櫳之上，我的夢已經醒了，可是就在這隱約的日光跟朦朧的簾子的光影之間，好像聽見有人在跟我說話。人是找不到了，人已經消失了，可是我的耳邊好像還留著夢中她的言語。

我沒有找到這個人，我始終沒有找到這個人，夢醒了，我覺得在簾子的光影映照中，好像還留著她說話的聲音，我就想我一定要把她找到。怎麼找她呢？「鐵網罥珊瑚」，我就用海上那些採珊瑚的人的辦法。據說採珊瑚的人是用一大張鐵網——鐵絲織成的網，沉到有珊瑚的海底，珊瑚有很多枝丫，就會從鐵網的一個個網眼中增長出來，珊瑚是很硬的，它的很多枝杈都從網中鑽出來，然後他們就把鐵網絞上來，把珊瑚從海底拔出來了。他說我找不到這個女子，我曾經想要變作一隻蜜蜂，到處尋找這個美女，沒有找到，我現在要把鐵網下在海上，我希望「罥」，就是網住海底的珊瑚，把珊瑚找出來。但是我把網撒在哪裡呢？哪個地方有珊瑚？哪個地方是我該下網的地方？廣闊的海洋、遼闊的蒼天，哪裡是我下網的所在呢？「愁將鐵網罥珊瑚，海闊天翻迷處所。」

於是在這種追尋而不能得到的失落和悵惘之中，「衣帶無情有寬窄」，人就憔悴了，就消瘦了。衣服的帶子是無情之物，所以你的衣帶寬了，就告訴你寬了，它不會隱藏不告訴你。「春煙自碧秋霜白」，春天過去了，秋天來了，春天的煙靄迷濛，和著春天碧綠的顏色是美麗的，秋天的白露為霜，那霜的淒涼、那種白色，也是美麗的。我的等待，一日復一日，這一年過去了，春天過去了，秋天也過去了，經過了春煙自碧，也經過了秋霜自白。為什麼說「自碧」「自白」呢？「自」，是它們自管自如此，春煙自管碧，它不管我李商隱的感情是如何；秋霜自管白，它也不管我李商隱的感情是如何。

但我的追尋沒有斷啊。「研丹擘石天不知」，這種追尋的感情和心意就像磨一塊丹砂一樣，我把那丹砂都磨成粉了，我把我這種堅定的志意，就像「擘」一塊石，都打碎了。我把我的一切都打碎了、奉獻出來，我要追尋，我要得到。可是有人知道嗎？有人理會嗎？有人幫助我嗎？「研丹擘石天不知」，啊，上天沒有同情，上天沒有瞭解，上天沒有給我任何幫助。所以他說「願得天牢鎖冤魄」，這種追求不到的含冤莫白的魂魄，要有一個安頓的所在。我要把我這種失落的、迷惘的、追尋不到的冤魂放在哪裡？我就希望天上，天上有沒有一個牢獄——中國人富於想像，凡是人間有的，天上都有，人間有廚房天上就有天廚，人間有牢獄天上就有天牢——我願意把我這種最痛苦的、含冤莫白的魂魄鎖在那天上，永遠不得超生。

就在這種痛苦之中，春天真的走了。這首詩的題目是《春》。「夾羅委篋單綃起，香肌冷襯琤琤珮」，春天過去，夏天就來了。春天穿的是夾層的羅衣，夏天呢，要穿單層的紗、綃。「委」是拋棄；「篋」，鎖在箱子裡。春天過去，把你的夾衣放在箱子裡收起來，開始要穿單薄的紗的衣服了，整個的春天落空了。「香肌冷襯琤琤珮」，他說的還是這個女孩子，說夏天天氣越熱，女子的肌膚越涼，她身上戴著玉珮，走過的時候，就會留下一串琤琤的玉珮的、環珮的聲音。

可是春天是留不住的，「今日東風自不勝」，現在的春天一點力量都沒有了，春風沒有力量再把春天帶回來。春天跑到哪裡去了？「化作幽光入西海。」那個「風光冉冉東西陌」的春光，就變成了一縷非常淒涼的、幽暗的幽光，滑入西海裡邊，永遠消逝了。為什麼要進到西海裡邊去？因為他說是東風，東風當然是向西吹了。而且，有這麼多的憂愁、怨恨和相思，什麼地方可以容納？海裡邊才能夠容納。所以，我把我所有的相思、所有的追尋、所有的哀怨，全都「化作幽光入西海」。

他寫了這麼一首美麗的詩，還打動了洛中里娘，說的是什麼？李商隱詩真的是詩謎。既然是詩謎嘛，就是要讓人猜。

第五講 一生等不到的救贖

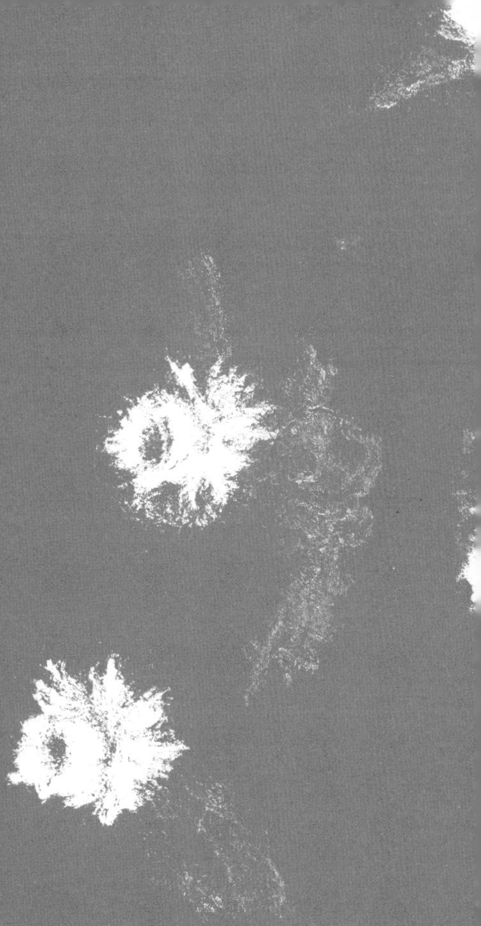

大家就猜想，以為「燕臺，唐人慣以言使府，必使府後房人也」（馮浩《玉谿生詩箋注》卷五《燕臺》詩注），說唐朝的習慣，燕臺是使府。什麼叫使府呢？唐朝有很多節度使，每一個地區都有一個節度使——像安祿山——各地方的長官就是節度使。節度使辦公的府就叫作使府。上次我們說了，李商隱的一生，都是在各地方的節度使裡邊給人家做秘書的職務。有人說，李商隱所寫的《燕臺》，就是他在各節度使的使府之中，跟使府中的一些女子談戀愛，所以才寫的。我這樣空口說，好像真是絲毫也沒有憑據。關於李商隱詩歌研究的一些有名的著作，都是有名的作家、有名的學者所說的，都這樣講。可是，我個人並不同意這樣的說法。

為什麼我不同意呢？因為李商隱自己寫過《柳枝》詩*，他說我作了《燕臺》詩以後，我的一個本家兄弟吟誦我的詩，有一位洛陽的女子曾經受到感動。然後他又說，這個女孩子約我，等到三月的時候，我們到水邊去，我準備一爐好香等你過來。可是李商隱說，他有一個同學，說他們要去趕考，就帶著李商隱的行李到京城去了，所以李商隱就爽約了，就沒能見到這個女子。作這首詩，應該是李商隱還沒有考中科舉以前，更不用說以後他在節度使做秘書的事情，這是把時間整個都顛倒了。《燕臺》與後來的節度使、使府沒有關係，與節度使使府之中的女子更沒有關係。

那麼他把這首詩叫作《燕臺》，是什麼意思呢？我們從「燕臺」來看，我的想法，這是我個人的說法，以前其實還沒有人這樣說過。我認為這個燕臺，指的是春秋戰國

* 花房與蜜脾，蜂雄蛺蝶雌。
同時不同類，哪復更相思。
本是丁香樹，春條結始生。
玉作彈棋局，中心亦不平。
嘉瓜引蔓長，碧玉冰寒漿。
東陵雖五色，不忍值牙香。
柳枝井上蟠，蓮葉浦中乾。
錦鱗與繡羽，水陸有傷殘。
畫屏繡步障，物物自成雙。
如何湖上望，只是見鴛鴦。
——李商隱《柳枝》五首

時候，有一個燕國，當時的國王叫作燕昭王，燕昭王想要招攬天下的賢能之士，所以就築了一個臺，燕國的這個臺，我想應該叫燕臺*。不過燕昭王築的這個臺，當時不是簡單地叫燕臺，它叫什麼呢？它叫黃金臺。為什麼叫黃金臺？因為他準備了很多黃金在這個臺上，如果有天下賢能之士出現，他就以重金來聘用這些賢士。

這也不是我一個人這樣想，不是一個孤證。李白曾經寫過《行路難》三者——其一、其二、其三。《行路難》其二裡邊有這樣兩句詩：「昭王白骨縈蔓草，誰人更掃黃金臺」，他後面說「行路難，歸去來」*。燕昭王築了這個黃金臺，招攬天下賢能的人士，李白說，我這個讀書人，自認為是個有才能的人，可是呢，沒有人任用我，從前那個任用人才的燕昭王老早就死了，昭王的墳墓上，「縈蔓草」，已經都長滿了荒草，「誰人更掃黃金臺」，什麼人重新來整理這個黃金臺，重新來聘用天下的賢能之士呢？所以我認為，這個燕臺用的是燕昭王黃金臺的典故，是所有這些有天才的人的希望。希望什麼？希望被人賞識，希望被人任用。我有這樣的聯想，不但是從這個題目，而且要看看他寫作的時間。

李商隱經過了唐朝的憲宗、穆宗、敬宗、文宗、武宗、宣宗六個皇帝，他死的時候，只有四十七歲。他寫《燕臺》詩的時候，是唐文宗大和九年。這一年，李商隱二十四歲，還沒有考上科舉呢，他到哪個幕府去工作？所以那些人的說法，完全是望文生義。李商隱寫這首詩時，經過了兩次落第的失敗，大和七年的時候曾經有一次落第，第二年

燕臺，用燕昭故事，唐人例指使幕……《燕臺》詩四章，蓋皆為楊嗣復而作。

——張采田《玉谿生年譜會箋》開成五年譜

大道如青天，我獨不得出。羞逐長安社中兒，赤雞白雉賭梨栗。彈劍作歌奏苦聲，曳裾王門不稱情。淮陰市井笑韓信，漢朝公卿忌賈生。君不見昔時燕家重郭隗，擁篲折節無嫌猜。劇辛樂毅感恩分，輸肝剖膽效英才。昭王白骨縈蔓草，誰人更掃黃金臺？行路難，歸去來！

——李白《行路難》其二

又有一次落第。所以我認為這首詩所寫的，都是他的嚮往，嚮往有一個能夠欣賞他的人，能夠任用他的人，我想《燕臺》幾首詩，寫作的背景都是如此。我們已經把詩講過了，他所寫的那種美妙的追求、美麗的遇合，那種追求不得的失落和悲哀，都是指他仕宦的失落和悲哀。

他考了這麼多次都沒有考上，最後終於考上了。什麼時候考上的呢？唐文宗開成二年的十二月，他寫了一首長詩《行次西郊作一百韻》。「次」，就是在路途上經過一個地方，在那裡稍微地停了一下。「行」，在旅行的途中。他到長安去趕考，趕考的時候經過長安城西的郊外，就寫了一首長詩。我們講說他寫《燕臺》詩，是大和年間寫的。開成仍然是文宗的年號，改了，不叫大和，叫開成了。他寫《燕臺》的時候，是大和九年，寫《行次西郊作一百韻》的時候，是開成二年，即兩年以後。他在西元八三五年寫《燕臺》的時候還沒有考上，到八三七年寫《行次西郊作一百韻》的時候，他剛剛考上。

歷史記載著一些故事。說唐朝這些士子、讀書人，到長安去考試，一定要得到朝廷之中的高官、貴族的欣賞、讚美，在市場上造成一種風氣，才容易考上，否則就不容易考上。這是唐朝的風氣。像王維到長安，就先托朋友把他帶到公主的府中，到公主的府中就吟詩、作賦，王維還懂得音樂，還彈琴，所以馬上就被公主欣賞，參加考試就得中了高第。白居易到長安，也是先把作品給那些達官貴人看。當時唐朝的這個風氣叫作「行卷」，就是把你的卷子推出去讓人家看，讓人家認識你的才能。本來有一個達官，看到白居易送來詩文，就取笑他說，你的名字叫「居易」，可是「長安米貴，居大不易」*（《全唐詩話》），說你要想在長安留下來，非常不容易。等到他翻開卷子來，看到白居易寫的詩：「離離原上草，一歲一枯榮。野火燒不盡，春風吹又生。」*（《賦得古原草送別》）這個人大驚，說你有這樣的才華，居天下都可以啊，何況長安！

杜甫年輕的時候，也是沒考上。王維當然是很快就考上了，李商隱最後也考上了，白居易也考上了。雖然杜甫從來沒有考上，但他也曾把詩文拿給這些達官貴人看。當時有一個人叫韋濟，在唐朝做尚書左丞，左丞是很高的一個官名。杜甫有上韋左丞的詩，說我非常感謝你，因為我把詩文給你看，你對我的詩文非常欣賞。杜甫怎麼感謝他呢？他說：「甚愧丈人厚，甚知丈人真。每於百僚上，猥誦佳句新。」（《奉贈韋左丞丈二十二韻》）因為韋左丞是長輩，是老先生、老伯，所以杜甫稱他為「丈人」。他說，我非常感謝你對我的感情這麼深，我也「甚知丈人真」，我也知道你對我的讚美是如此真誠。怎麼知道你對我如此好、如此真誠？「每於百僚上」，你常常在百官上朝的朝廷之上，「猥」，我這樣一個卑微的人，蒙你讚美，向百官朗誦我新作成的美好的詩文。所以你就知道，唐朝這些考進士的，還要做些下面的功夫。

李商隱考了兩次都沒有考上，這一次怎麼就考上了呢？因為下邊有人做了功夫。誰給他做了功夫呢？令狐楚。令狐楚非常欣賞他，認為李商隱是個才子，文章寫得好，

尚書白居易應舉，初至京，以詩謁著作顧況。況睹姓名，熟視白公曰：「米價方貴，居亦弗易。」乃披卷，首篇曰：「離離原上草，一歲一枯榮。野火燒不盡，春風吹又生。」卻嗟賞曰：「得道個語，居亦易矣。」因為之延譽，名聲大振。

——《太平廣記》

離離原上草，一歲一枯榮。野火燒不盡，春風吹又生。
遠芳侵古道，晴翠接荒城。又送王孫去，萋萋滿別情。

——白居易《賦得古原草送別》

也用功讀書，就讓李商隱跟他的兒子交遊，「令與諸子遊」。令狐楚有好幾個兒子，其中一個兒子叫令狐綯。李商隱考了幾次都沒有考上，令狐家就想幫幫他。那年有一個主考官叫作高鍇，令狐綯跟高鍇是好朋友，高鍇問他，你知道現在的年輕人，什麼人的才學文章最好？令狐綯就說我認識一個人，是我父親欣賞的一個年輕人，這個人叫李商隱。據說他跟高鍇說了三次，所以李商隱這次就考上了。

我現在講這個，是關係李商隱一生經歷非常重要的一件事情。考上以後，他就做了一件他自以為是很好、很對的事，可是這件事影響了他終身的仕宦。那是什麼事情呢？他考上不久，就寫了《行次西郊作一百韻》。要知道中國古代的讀書人都是要修身、齊家、治國、平天下的。我們說「士農工商」，你一個讀書人，肩不擔擔，手不提籃，又不下田種地，又不在工廠做工，憑什麼在農工商的上面？這農工商各有專業，可是士呢？士之所以為士，是以天下為己任。古代的讀書人，都以天下為己任。所以杜甫跟韋左丞寫他的理想，他說我的理想是「致君堯舜上，再使風俗淳」（《奉贈韋左丞丈二十二韻》）。這是讀書人，讀書人要科考，科考以後的理想：「致君堯舜上，再使風俗淳。」

李商隱生在憲、穆、敬、文、武、宣，經過了六個皇帝，現在已經到了文宗的時代了。憲宗，歷史上說，被宦官殺死；敬宗，也被宦官殺死了；穆宗，是宦官所擁立的。文宗開成二年，文宗的年號本來是大和，現在叫作開成，皇帝沒有換，年號改了，叫改元。為什麼皇帝把大和的年號改成了開成？唐朝的穆宗、敬宗，都是比較不務政事，喜歡嬉遊，被宦官所立的。文宗是個有理想、希望把國家治理好的一個人，可是宦官的勢力已經形成了，他在宦官的轄制之下。歷史記載說，有一天，文宗跟很多大臣聚在一起，文宗就問這些大臣，說：你們看我比漢獻帝何如？漢獻帝是東漢末年一個幾乎被廢黜的皇帝，後來被曹氏給篡奪了，漢獻帝是亡國之君。那些臣子就說了，皇上啊，你是堯舜之君，怎麼自比獻帝呢？文宗感嘆道：「赧獻受制於強諸侯，今朕受制於家奴，以此言之，朕殆不如。」（《資治通鑑》）皇帝都稱「朕」，他說我受制於家奴。漢獻帝受制於誰？曹操。曹操還是個有才幹的人，可是我受制於家奴，就是宦官，我這是連漢獻帝也比不上啊！

文宗不但有心改善國家的政治，也會作詩。文宗寫過一首詩：「輦路生春草，上林花滿枝。憑高何限意，無復侍臣知。」（李昂《宮中題》）輦，是皇帝坐的車。這麼美好的春天，百花齊開，上林苑裡滿枝都是花，可是我沒有心思到上林苑裡遊春，所以皇帝的輦走的路都長滿了青草，因為我沒有賞花的心情。內心有很多的感慨，「無復侍臣知」，哪個在我身邊的大臣真的懂得我的心意呢？文宗後來就想消除宦官，不「受制於家奴」，然而文宗失敗了。那是大和九年。就是唐朝歷史上的一次巨變——甘露之變。

經過甘露之變這一大變故，到了開成年間，李商隱考上了進士，他滿心的理想，要改變現在的政治，所以他寫了這首《行次西郊作一百韻》＊，一首非常長的長詩。大家都以為李商隱都是寫浪漫的、迷離恍惚的、非常美麗的愛情詩，其實不然，我們要看李商隱的另外一面。在唐朝的詩人裡，李商隱其實是最能夠得到杜甫的神髓的。杜甫寫過很多首五言古詩，比如《自京赴奉先縣詠懷五百字》，這是杜甫寫的一首長詩，大家常常傳誦的「朱門酒肉臭，路有凍死骨」就是在這首詩中所寫的。杜甫還寫過一首長詩，叫《北征》，寫安史之亂之後生活的情況。李商隱和杜甫在表面上看起來很不一樣。杜甫忠愛纏綿，「致君堯舜上，再使風俗淳」；李商隱「相見時難別亦難」「春蠶到死絲方盡」（《無題》），你覺得他們兩個完全不一樣。可是他們真正在骨子裡邊的、內心深處的，是有相同、相似的地方。杜甫在《自京赴奉先縣詠懷五百字》中說你們「朱門酒肉臭」，而老百姓是「路有凍死骨」，反映了現實的人民的疾苦，那李商隱寫了什麼？

這首詩很長，一百韻。我們來不及完全講，我不能把它整體講。「蛇年建丑月」，蛇年，那天我還在想，一直到現在都覺得非常奇妙，到現在還是一直沒有解答這個問題——就是天干、地支的發明。天干：甲、乙、丙、丁、戊、己、庚、辛、壬、癸；地支：子、丑、寅、卯、辰、巳、午、未、申、酉、戌、亥。十個天干、十二個地支，要配合這個干支，紀年、紀月、紀日、紀時，占卜、批八字，都是按照這個干支。這是非常奇妙的一件事情。是誰給我們創立的？是從何而來的？我們不但說十個天干、

蛇年建丑月，我自梁還秦。
南下大散關，北濟渭之濱。
草木半舒坼，不類冰雪晨。
又若夏苦熱，燋卷無芳津。
高田長檞櫪，下田長荊榛。
農具棄道旁，飢牛死空墩。
依依過村落，十室無一存。
存者皆面啼，無衣可迎賓。
始若畏人問，及門還具陳。
右輔田疇薄，斯民常苦貧。
伊昔稱樂土，所賴牧伯仁。
官清若冰玉，吏善如六親。
生兒不遠征，生女事四鄰。
濁酒盈瓦缶，爛谷堆荊囷。
健兒庇旁婦，衰翁舐童孫。
況自貞觀後，命官多儒臣。
例以賢牧伯，徵入司陶鈞。
降及開元中，奸邪撓經綸。
晉公忌此事，多錄邊將勳。
因令猛毅輩，雜牧昇平民。
中原遂多故，除授非至尊。
或出倖臣輩，或由帝戚恩。
中原困屠解，奴隸厭肥豚。
皇子棄不乳，椒房抱羌渾。
重賜竭中國，強兵臨北邊。
控弦二十萬，長臂皆如猿。
皇都三千里，來往同雕鳶。
五里一換馬，十里一開筵。

十二個地支，還把十個天干分成五色，代表五行，五行、五色還要講相生相剋。中國相沿的紀年、紀月、紀日就是用這個天干、地支。他說「蛇年建丑月」，蛇年是哪一年呢？查查中國的歷史，那年是丁巳年。巳是蛇，巳蛇，丁是天干，丁巳是紅色的蛇。今年是癸巳，癸巳是什麼蛇？是黑色的蛇。蛇年還建丑月。天干是十個天干，分成五行五色。十二個地支，中國的曆法，這十二個支代表十二個月。哪一個月是正月？把哪個月當作歲首、當作開頭的第一個月？我們現在用的是夏曆。夏朝建寅，是以寅月為歲首；周朝是建子；商朝是建丑：夏、商、周三代的正月不是同一個月。

「蛇年建丑月」是哪一月？唐朝用的甚麼曆法，唐朝用的是夏曆。唐朝的正月，夏曆是建寅，正月是寅月。可是他是說建丑的月，那是冬天的十二月。文宗開成二年，剛剛經過了甘露之變以後的兩年，他從河南到陝西去。他寫路上的情景：「南下大散關，北濟渭之濱。草木半舒坼，不類冰雪晨。」這是冬天的十二月，但已經有草木發芽了，不像是「冰雪晨」。可是這些發芽的、這些綠的樹芽，不是很有水分的，不是很新鮮的，是枯乾的。「又若夏苦熱，燋卷無芳津」，因為當時遭遇了旱災。他說荒涼：「高田長槲櫪，下田長荊榛。農具棄道旁，飢牛死空墩。」牛都餓死了。「依依過村落，十室無一存」，老百姓都逃荒逃走了。「存者背面啼，無衣可迎賓」，沒有衣服穿。「始若畏人問，及門還具陳。」他後來回憶，從前唐朝也有過好的時代，可是後來就敗壞了。「降及開元中，奸邪撓經綸。晉公忌此事，多錄邊將勳。因令猛毅輩，雜牧昇平民。

指顧動白日，暖熱回蒼旻。
公卿辱嘲叱，唾棄如糞丸。
大朝會萬方，天子正臨軒。
採旂轉初旭，玉座當祥煙。
金障既特設，珠簾亦高褰。
捋鬚蹇不顧，坐在御榻前。
忤者死艱屨，附之升頂顛。
華侈矜遞炫，豪俊相併吞。
因失生惠養，漸見徵求頻。
奚寇西北來，揮霍如天翻。
是時正忘戰，重兵多在邊。
列城繞長河，平明插旗幡。
但聞虜騎入，不見漢兵屯。
大婦抱兒哭，小婦攀車轓。
生小太平年，不識夜閉門。
少壯盡點行，疲老守空村。
生分作死誓，揮淚連秋雲。
廷臣例獐怯，諸將如羸奔。
為賊掃上陽，捉人送潼關。
玉輦望南斗，未知何日旋。
誠知開闢久，遘此雲雷屯。
送者問鼎大，存者要高官。
搶攘互間諜，孰辨梟與鸞。
千馬無返轡，萬車無還轅。
城空鼠雀死，人去豺狼喧。
南資竭吳越，西費失河源。
因令左藏庫，摧毀惟空垣。
如人當一身，有左無右邊。

中原遂多故，除授非至尊。」建立了很多藩鎮，藩鎮非常跋扈，而且藩鎮的建立、罷黜，皇帝不能做主。「重賜竭中國，強兵臨北邊。」你要籠絡這些邊將，給的賞賜很豐厚，把國庫錢財都掏空了，這些藩將卻組織強兵侵臨北邊。「控弦二十萬，長臂皆如猿。皇都三千里，來往同雕鳶。五里一換馬，十里一開筵。指顧動白日，暖熱回蒼旻。」可是這些武將在民間搜刮，「五里一換馬，十里一開筵」，搞得民不聊生。「大婦抱兒哭，小婦攀車轓。生小太平年，不識夜閉門。少壯盡點行」，年輕人都點去當兵了，「疲老守空村。生分作死誓，揮淚連秋雲」，這些年輕人去當兵，他們知道回來的希望很小，所以生別都當作死別來看，大家流淚痛哭，是「揮淚連秋雲」。

他說，「我聽此言罷」，我聽到老百姓說的這些話，「冤憤如相焚」，心裡面替他們覺得冤屈，覺得悲憤，心裡面像火燒一樣。杜甫也說，「窮年憂黎元，嘆息腸內熱」（《自京赴奉先縣詠懷五百字》）。「昔聞舉一會，群盜為之奔」，說的是春秋戰國時候，晉國用了一個賢能的臣子士會，那些強盜都不敢留下來了。意思是說，你要用到一個好的、治理國家的人，那麼一切的風氣都將改變。「又聞理與亂，在人不在天。」這國家是安定還是戰亂，主要關係著人，看是什麼人治理，而不是完全靠上天的運氣。「我願為此事，君前剖心肝。」我願意為挽回我們國家的危難，把我的心肝剖出來。「叩頭出鮮血」，我願意在朝廷之上把我的頭都磕破，流出鮮血來。我的血流出來這麼多，「滂沱污紫宸」，把皇帝那個紫宸殿都流滿了。但是現在呢？「使典作尚書，廝養為

筋體半痿痺，肘腋生臊羶。
列聖蒙此恥，含懷不能宣。
謀臣拱手立，相戒無敢先。
萬國困杼軸，內庫無金錢。
健兒立霜雪，腹歉衣裳單。
饋餉多過時，高估銅與鉛。
山東望河北，爨煙猶相聯。
朝廷不暇給，辛苦無半年。
行人推行資，居者稅屋椽。
中間遂作梗，狼藉用戈鋋。
臨門送節制，以錫通天班。
破者以族滅，存者尚遷延。
禮數異君父，羈縻如羌零。
直求輸赤誠，所望大體全。
巍巍政事堂，宰相厭八珍。
敢問下執事，今誰掌其權。
瘡疽幾十載，不敢抉其根。
國蹙賦更重，人稀役彌繁。
近年牛醫兒，城社更扳援。
盲目把大旆，處此京西藩。
樂禍忘怨敵，樹黨多狂狷。
生為人所憚，死非人所憐。
快刀斷其頭，列若豬牛懸。
鳳翔三百里，兵馬如黃巾。
夜半軍牒來，屯兵萬五千。
鄉里駭供億，老少相扳牽。
兒孫生未孩，棄之無慘顏。
不復議所適，但欲死山間。

將軍。」現在都是宦官當政，讓一些小人做尚書，弄一個不成才的人做將軍。他說，「慎勿道此言，此言未忍聞」。李商隱就寫了這麼一首詩。

雖然他考上了進士，但是按照唐朝的制度，只是有了一個可以做官的資格，好像你考大學，考上了，但是要分科。所以第二次他要考一個分科的考試。本來考的成績也很好，把這個名單呈到中書省，就是國家的最高機關，中書的長官看到李商隱的名字說：「此人不堪。」說這個人不能用，就把他刪掉了。所以李商隱遭遇了這樣的待遇。但他畢竟是考中了進士，第二年再次參加授官考試，那麼他最後做了一個什麼官呢？

我們接下來看他另外一首詩，《任弘農尉獻州刺史乞假歸京》。弘農是弘農縣，讓他做弘農縣的一個縣尉。什麼是縣尉？人家說知縣，本來就是七品的芝麻官了，可是在一縣之中，他是最高首長。尉，是知縣底下的屬官。在唐朝，這些尉官是完全沒有作用的，完全是聽縣官的指使。我們還可以舉個例證。我不是說，杜甫也考了很多次沒有考上，杜甫正式的考試沒考上，皇帝舉行了一個特考的科考，他又沒考上。杜甫就獻賦，他要讓皇帝認識他的文章、才幹，他就給皇帝獻賦，都是讚美、歌頌皇帝的。皇帝一看，這賦寫得不錯啊，把杜甫叫來，給他舉行一個特別的考試。這次考試通過了，就給他派了一個官職。杜甫當年就做了河西縣的縣尉。你看，都是縣尉，一個卑微的小官。現在李商隱是弘農縣縣尉，杜甫是河西縣縣尉。杜甫怎麼樣？不接受。他本來考也考不上，什麼官職都沒有，給他一個特考，還給他一個河西縣尉的官職。

爾來又三歲，甘澤不及春。
盜賊亭午起，問誰多窮民。
節使殺亭吏，捕之恐無因。
咫尺不相見，旱久多黃塵。
官健腰佩弓，自言為官巡。
常恐值荒迴，此輩還射人。
愧客問本末，願客無因循。
鄜塢抵陳倉，此地忌黃昏。
我聽此言罷，冤憤如相焚。
昔聞舉一會，羣盜為之奔。
又聞理與亂，在人不在天。
我願為此事，君前剖心肝。
叩頭出鮮血，滂沱污紫宸。
九重黯已隔，涕泗空沾唇。
使典作尚書，廝養為將軍。
慎勿道此言，此言未忍聞。

——李商隱《行次西郊作一百韻》

杜甫不做，就寫了一首詩，說：「不作河西尉，淒涼為折腰。」*（《官定後戲贈》）因為做了縣尉，每天要聽縣太爺的，要對他卑躬屈節。李商隱是做了，做了一半不幹了，寫了這首詩，《任弘農尉獻州刺史乞假歸京》。他做了弘農縣的縣尉，寫這首詩獻給比縣官更高的州刺史，他說我要告假，不再做縣尉了，我要回長安去了。看他說了些什麼：

> 黃昏封印點刑徒，愧負荊山入座隅。
> 卻羨卞和雙刖足，一生無復沒階趨。

縣尉這個官管什麼？「黃昏封印」。縣太爺拿著官印來處理縣裡的這些案件，說這個人有罪，那個人沒罪，這個人要判幾年，那個人要罰多少錢，到了下班的時候，讓縣尉把官印收起來，把這些犯人的名字都點一點，要收監，「黃昏封印點刑徒」。「愧負荊山入座隅」，弘農縣旁邊有一座山，這座山叫作荊山。這個山名讓李商隱聯想到一個故事。春秋戰國的時候，楚國有一座山叫作荊山，有一個人叫作卞和，卞和認識美玉，他能看到礦石裡邊是不是有美玉。卞和就將荊山裡的一塊石頭獻給楚王，說這是一塊美玉。楚王叫玉工來看，玉工把這個玉看了看，說這是什麼美玉，這就是塊石頭嘛。楚王大怒，說你這不是欺騙我嗎？明明是塊石頭，怎麼說是美玉呢？就把卞和

不作河西尉，凄涼為折腰。
老夫怕趨走，率府且逍遙。
耽酒須微祿，狂歌託聖朝。
故山歸興盡，回首向風飆。
——杜甫《官定後戲贈》

的一條腿砍斷了。楚王死了，第二個楚王繼位了。卞和說，這真是一塊美玉，很可惜大家都不認識，他又把這塊玉再獻給第二個楚王。楚王又叫一個懂得玉石的人來看，那人說這是石頭，不是美玉。楚王說，把另外一條腿也砍斷。於是卞和的兩條腿就都砍斷了。可是後來有人把石頭剖開，果然是塊美玉。據說秦始皇統一天下後，就是拿這塊美玉刻傳世的玉璽。李商隱說「愧負荊山入座隅」，我自己覺得慚愧，我們這裡也有荊山，可是荊山的美玉沒有人認識，我就坐在一個角落那裡。「卻羨卞和雙刖足」，有美玉一樣的人才，玉沒有人認識，人才也沒有人認識，他說，我反而羨慕這個卞和，他的兩條腿都被砍斷了，「一生無復沒階趨」，他這一輩子再也不會在官府的衙門底下、台階底下供人驅使，喊過來、叫過去的。李商隱就辭官了。

李商隱在這一段時間還結了婚，李商隱跟誰結了婚呢？李商隱的岳父叫王茂元。因為李商隱確實很有才華，所以令狐楚欣賞他的才華。他考上進士的當年，令狐楚病逝。而時任涇源節度使的王茂元也很欣賞他的才華。李商隱參與料理令狐楚的喪事之後，便接受了王茂元的聘請，到他的幕府之中工作。他寫了一首詩，叫《安定城樓》，寫於文宗開成三年，就是在王茂元的幕府之中寫的。

迢遞高城百尺樓，綠楊枝外盡汀洲。
賈生年少虛垂涕，王粲春來更遠遊。

永憶江湖歸白髮，欲迴天地入扁舟。
不知腐鼠成滋味，猜意鵷鶵竟未休。

「迢遞高城百尺樓」，安定在甘肅，他說我登上這安定城樓，這是他的岳父王茂元做涇源節度使所鎮守的地方。「迢遞」，路程是橫的、遠的叫迢遞，樓高，非常高，也叫迢遞，那麼高的城樓，百尺的高樓。「綠楊枝外盡汀洲」，那個時候是春天，他說我登上了安定城樓，向下一看，楊柳都發芽了，水邊的沙洲，一片青青綠色。人，侷促在一個小房間裡邊，像我在圖書館那個小房間，一共不過幾呎，什麼都關住了。人家說登高望遠，你的胸襟就會廣遠，你的聯想就會豐富，你的志意就會高遠。所以王國維說成大事業大學問的人，有三種境界，其中第一種境界就是：「昨夜西風凋碧樹。獨上高樓，望盡天涯路。」*（晏殊《蝶戀花》）登得高，才望得遠，你的胸襟、眼界才開闊，你的關心才遠大。杜甫也說：「花近高樓傷客心，萬方多難此登臨。」*（《登樓》）我登上高樓，就想到我們國家萬方的多難。所以在高樓上，人有很多感慨。這兩句是寫景，他一切的關懷，對整個的國家、民生的關懷，他的理想、他的志意，都是因為登高望遠引起來的。所以他說「迢遞高城百尺樓，綠楊枝外盡汀洲」，此情此景，我就想起我的國家，為什麼我的國家，接連的外有藩鎮之禍，內有朝廷的黨爭，皇帝的生殺廢立都操縱在宦官的手中，為什麼是這個樣子？剛才我們說的《行次西郊

檻菊愁煙蘭泣露，羅幕輕寒，燕子雙飛去。明月不諳離恨苦，斜光到曉穿朱戶。昨夜西風凋碧樹，獨上高樓，望盡天涯路。欲寄彩箋兼尺素，山長水闊知何處！
——晏殊《蝶戀花・檻菊愁煙蘭泣露》

花近高樓傷客心，萬方多難此登臨。錦江春色來天地，玉壘浮雲變古今。北極朝廷終不改，西山寇盜莫相侵。可憐後主還祠廟，日暮聊為梁甫吟。
——杜甫《登樓》

作一百韻》，國家有這麼多的弊病，老百姓有這麼多痛苦，這都是我所關心的。

「賈生年少虛垂涕」，賈生年少，漢朝的賈誼，大家都知道賈誼寫過一篇有名的文章，叫《過秦論》。他說秦，為什麼傳了二世就滅亡了？秦始皇以為，我是始皇帝，以後千年萬世要傳到無窮的，可是秦不過二世就滅亡了，只傳了兩代。所以賈誼寫《過秦論》，就是指出秦朝所犯的過錯。賈誼還寫了《治安策》，寫的是怎麼樣治理國家，國家所面臨的危險、困難有多少？賈誼在《治安策》裡說：「可為痛哭者一，可為流涕者二，可為長太息者六。」賈誼說，我看我們的國家，我要為她痛哭流涕的——他真是很幸運，可為痛哭的只有一件事情，也許有的時候，可為痛哭的事還不止一件呢——可以讓我流下淚的有兩件事情，可為長長地嘆息的有六件事情。賈誼關心國事，他為國事而嘆息而流淚。李商隱說，「賈生年少」，賈誼當時很年輕，我李商隱也很年輕，我也看到我們國家有這麼多可為痛哭、流涕的事情。「虛垂涕」，白白地流淚。剛才我們也說了，他願意在皇帝面前叩頭、流血，鮮血流滿了紫宸殿，他願意為國家付出生命。可是「虛」，白白地，你白白地流淚，你也白白地流血。誰關心你了？誰聽見你了？所以他說「賈生年少虛垂涕」，而我現在是「王粲春來更遠遊」。王粲是東漢末年建安時代一個很有才華的人，建安七子之一。建安時代也有很多變亂。建安時代是獻帝，漢獻帝曾經受制於曹操，在曹操以前還受制於董卓。獻帝受制於權臣。東漢本來建都在洛陽，董卓就脅迫皇帝遷都到長安。很多大臣要奪權，先叫這個皇帝遷都，遷都的時候，把他左右的侍衛都消除了，他就可以實行篡奪之事。就在董卓之亂的時候，獻帝被從洛陽脅遷到長安，王粲離開了北方，到南方去了。他說我就像當時的王粲，我離開長安，我現在到了安定城樓了。

「永憶江湖歸白髮，欲迴天地入扁舟。」這是非常有名的兩句詩。有名在什麼地方？一是它的內容跟意義，一是它的語法跟句法。杜甫寫了很多五言古詩，完全用寫實的筆法寫五言古詩，反映民間的疾苦。不只這一類詩，李商隱是真正的杜甫的繼承者。杜甫除了五言古詩寫得好，七言律詩也寫得好。七個字一句的律詩叫七言律詩。什麼叫律詩？律是格律，格律是很嚴密的。七言律詩有一種格律是這樣的：平平仄仄平平仄，仄仄平平仄仄平。仄仄平平平仄仄，平平仄仄仄平平。平平仄仄平平仄，仄仄平平仄仄平。仄仄平平平仄仄，平平仄仄仄平平。假如只有前面四句，就是絕句。把它重複兩次，八句，那就是律詩。律詩，出句兩個字是平聲，對句兩個字就是仄聲，兩兩相對，兩兩相反，格律是非常嚴格的。一般人寫律詩就被綁在這個格律裡邊了，就沒有變化了。像一般的詩人，比如說王維，王維比杜甫稍微早一點，王維寫過一首詩，其中一句說：「漠漠水田飛白鷺，陰陰夏木囀黃鸝。」*（《積雨輞川莊作》）漠漠，一大片，一大片水田，上邊有白色的鷺鷥鳥在飛。陰陰，很濃密的夏天的樹林。上面有「囀」，鳥在叫，什麼鳥在叫？黃鸝鳥在叫。他是平鋪直敘，平著寫下來的。對是都對上了，天對地，雨對風，大陸對長空，都是直著對的。

積雨空林煙火遲，蒸藜炊黍餉東菑。漠漠水田飛白鷺，陰陰夏木囀黃鸝。山中習靜觀朝槿，松下清齋折露葵。野老與人爭席罷，海鷗何事更相疑。
——王維《積雨輞川莊作》

到了杜甫的時候怎麼對呢？杜甫曾經寫過《秋興八首》，有這麼兩句：「香稻啄餘鸚鵡粒，碧梧棲老鳳凰枝。」胡適之先生說，杜甫寫得不通，什麼叫「香稻啄餘鸚鵡粒」，香稻也沒有嘴，香稻怎麼啄呢，香稻不能啄啊；說「碧梧棲」，棲，鳥有兩個爪子落下來了，梧是個木頭，牠怎麼能棲呢？說這句子應該倒過去說，說杜甫文法不通。倒過去就對了。怎麼倒呢？鸚鵡啄餘香稻粒，這就通了嘛，鸚鵡啄剩下的香稻粒，香稻怎麼啄餘鸚鵡粒呢？後邊倒過去也通了，鳳凰棲老碧梧枝，對不對？這就很通了。

杜甫為什麼故意寫得不通？他說「香稻啄餘鸚鵡粒，碧梧棲老鳳凰枝」，這種句法是杜甫的發明，把它顛倒了，把它濃縮了。但是為什麼顛倒？為什麼濃縮？為什麼要寫不通的句子，不寫通順的句子？你要知道杜甫的主題，如果把鸚鵡倒上去，鸚鵡啄餘香稻粒，說鸚鵡吃香稻吃不完，剩下很多香稻粒。說鳳凰，棲，落下來，落下來不走了，棲老在碧梧枝。可是這樣一通，就變成了 realistic，紀實，就變成真的有鸚鵡在啄香稻粒，真的有鳳凰棲老在碧梧枝。這是寫實的句子：「鸚鵡啄餘香稻粒，鳳凰棲老碧梧枝。」可是杜甫把它們倒過去了。倒過去之後，香稻是主詞，我要寫的不是鸚鵡，我要寫的是香稻，是在開元盛世的時候，渼陂這一帶產的稻米之豐盛、之美好，不但人吃不了，還可以餵鸚鵡，鸚鵡都吃不了。所以他的主詞在寫香稻美和盛。這個「啄餘鸚鵡粒」，是一個形容的子句（adjective clause）。「香稻」是 subject，「啄餘鸚鵡粒」是adjective clause。後面也是，傳說鳳凰就落在梧桐樹上，渼陂的碧綠的梧桐樹這樣美好，鳳凰就會落在這裡不走了。所以「碧梧」是subject，「棲老鳳凰枝」是adjective clause。從杜甫開始，七言律詩不再是那種笨笨的「漠漠水田飛白鷺，陰陰夏木囀黃鸝」，它可以顛倒，它可以錯位，而顛倒錯位不是隨便顛倒錯位，是顛倒錯位以後，要達成一種詩歌的美感效果。

而這種方法李商隱繼承了。怎麼繼承的？「永憶江湖歸白髮，欲迴天地入扁舟」，寫得真是好。永憶江湖，我其實不是一個貪圖富貴、名利、祿位的人，我內心之中永遠嚮往、永遠在追求的是什麼？——江湖，我是想歸隱江湖的，但是我現在什麼都沒有完成，我要完成了以後，才歸隱到江湖去。像范蠡，幫助越王勾踐滅吳以後，帶西子泛舟遊於五湖之中。我是永憶，永憶什麼？後邊是它的adjective clause，江湖歸白髮，倒過去說是，白髮歸江湖。什麼時候你才回到江湖？白髮歸江湖。「欲迴天地入扁舟」，我要把天地都挽回來，我要把當時的國家、當時的世界所有不合理的事情，所有那些罪惡的、痛苦的事情，都挽回來。「入扁舟」，我才來到小船上，歸隱到江湖。「永憶江湖歸白髮，欲迴天地入扁舟」，這是我李商隱，我的志願不是為了追求名利，不是爭名奪利。但是你們這些人，「不知腐鼠成滋味，猜意鵷鶵竟未休」，這是《莊子》的一個典故，說有一隻鴟鴞鳥，是地上的惡鳥；又有一隻鵷鶵，是一種高貴美麗的鳥。鴟鴞抓到一隻死老鼠，牠覺得死老鼠是牠的寶貝，當鵷鶵從牠的頭上飛過去的時候，牠怕鵷鶵搶牠的死老鼠，就衝著鵷鶵「嗚嗚嗚」地吼叫，「嚇之」*，《莊子》上這樣說。李商隱是想表達，你們這些人為了一點點權力、祿位的奪取，就猜忌我，你們是「猜意鵷鶵竟未休」。這是李商隱寫實的一部分的詩。

南方有鳥，其名為鵷鶵，子知之乎？夫鵷鶵發於南海，而飛於北海，非梧桐不止，非練實不食，非醴泉不飲。於是鴟得腐鼠，鵷鶵過之，仰而視「嚇」！

——《莊子．秋水》

他把寫實的詩，寫得帶有神話的意味。李商隱經過好幾個皇帝，憲宗、穆宗、敬宗、文宗、武宗、宣宗，憲宗被宦官殺死了，敬宗被宦官殺死了，穆宗是宦官所立的，文宗經過甘露之變以後，朝廷從宰相王涯以下被殺死了幾百人，朝堂一空。文宗也死了，武宗繼位了。李商隱對每一個皇帝都有感慨，都寫了詩。現在是武宗繼位了。武宗怎麼樣呢？武宗好道，他要求長生不老，要煉丹。李商隱其實是關心現實的，也寫了不少關心現實的詩，《行次西郊作一百韻》就是一個很好的例證。可是有的時候，關心現實的詩，他寫出來都帶著神話的色彩。你如果不知道歷史背景，它就是一個美麗的神話。我們現在就看這樣的兩首詩，一是《瑤池》，這是唐武宗會昌六年（八四六年）寫的，當時李商隱三十四歲。

瑤池阿母綺窗開，黃竹歌聲動地哀。
八駿日行三萬里，穆王何事不重來？

都是神話，看不到政治諷刺。神話中說西方有個瑤池，瑤池上有個王母娘娘，這王母娘娘不是關起門來的，王母娘娘的窗戶是打開的。我第一天上課，不是給大家講了一個故事，說我看了瑞典著名的劇作家斯特林堡的《夢劇》，開頭統統是黑暗的，從高處傳下來的聲音說，上帝創造了世界，祂希望知道祂所創造的這個世界，他們的生活快樂嗎？美好嗎？神關心他們，祂就留下了一個從上天到地上的通道。如果撇開武宗追求神仙、學道不談，你要看這首詩的外表。李商隱把那些非常寫實的政治諷刺的詩，寫得非常迷離、恍惚，非常有詩意。

「瑤池阿母綺窗開」，如果上天真有個瑤池，如果西方的瑤池真有個王母，如果王母娘娘真是慈悲，關心世界上的人類，她的窗子是打開的——綺窗，美麗的窗子，可是她聽到的是什麼？「黃竹歌聲動地哀」，人間傳來的歌聲是黃竹之歌。中國有個記載，說周穆王向西方尋找王母的時候，路上饑凍而死的老百姓滿山遍野，人間都是哀哭。就如我所說的斯特林堡的《夢劇》一樣，那世界上都是哀哭。不過西方說的是上帝，我們東方的傳說是王母。如果真的有上帝，如果真的有王母，為什麼沒有給人間一點點的拯救呢？周穆王想要學仙，也要想求道，他有八匹駿馬，日行三萬里，每天可以跑三萬里的道路，而且傳說中周穆王真的見到王母了。如果真有一個王母，她的名字是母親，我們說上帝是天父，他是父親，「王母」她是母親，她難道不關懷我們人間的這種悲哀、罪惡和痛苦嗎？如果人跟神、跟王母有交往，那你有八匹駿馬日行三萬里，「穆王何事不重來」，你為什麼沒有再到王母這裡來？你為什麼不向王母尋求救贖呢？這是他諷刺武宗學道、求仙的虛妄。你不向人間來救贖，你學仙、求道能夠得到救贖嗎？但是他寫的充滿神話色彩。「瑤池阿母綺窗開，黃竹歌聲動地哀。」阿母的慈愛，綺窗的敞開，而下方的人間是「黃竹歌聲動地哀」。「八駿日行三萬里，穆王何事不重來？」為什麼沒有一個領袖，沒有一個國王，能夠從王母那裡得到救贖？這是他寫的。

還有一首《海上》的詩，也是唐武宗時代寫的。他說：

石橋東望海連天，徐福空來不得仙。
直遣麻姑與搔背，可能留命待桑田。

李商隱總是寫得很悲觀，進一步的悲觀，沒有救贖，沒有希望。「石橋東望海連天」，據說秦始皇常常想要求神仙，希望自己能夠長生不老。有的道士就騙他，說海上有三座仙山，山上有不死的藥，給我錢，給我人，我就可以到那仙山上，給你採來不死的藥。秦始皇就迷信啦，他選了很多個童男童女，去海上求神仙，還建了一個石橋，通到海的中心。這都是秦始皇的妄想。你站在石橋上，向東海上遙望，天連海、海連天，哪裡真有神仙呢？「徐福空來不得仙」，你派遣徐福帶著童男童女求神仙，求長生不老的藥，「不得」，求不到，沒有神仙，也沒有長生不老的藥。

不用說沒有神仙、沒有不死的藥，就算你真的見到了神仙——「直遣」，「直」，簡直地、就算是吧，「遣」是「使得」，簡直就算是、假使——你真的見到一個神仙，那個神仙就是麻姑，麻姑是獻壽的，能夠讓人長生不老。有人過生日畫個女子——叫作麻姑的神仙，托著一盤壽桃，這叫麻姑獻壽。就算你真的見到了獻壽的麻姑，還跟她有非常親密的接觸，甚至你讓麻姑給你搔背——這是一個神話傳說，說有一個人真的見到麻姑，他見到麻姑的指甲留得非常長——你看西太后的像，指甲很長，這個麻姑也留了很長的指甲——於是，他心裡就動了一個念頭，他想，哎呀，這麼長的指甲，讓她給我搔一搔背，豈不好嗎？不是真的搔背，他動了一個念頭——這裡極言其接近。不用說天下沒有神仙，不用說你見不到神仙，就算你真的見到神仙了，你能夠像那個人一樣狂想，讓麻姑給你搔一搔背——「可能留命待桑田」？變海成桑，三千年滄海就變成桑田了，你活得了那麼長嗎？你就算見到神仙，你能夠留住你的生命，能等到滄海變成桑田嗎？

這就是李商隱。一方面他諷刺武宗學神仙的虛妄，你不向人間謀求好的治國之道，訪什麼神仙，神仙是虛妄的；一方面就是李商隱的性格，他對什麼都悲觀，而且進一步地說成落空。不用說你見不到麻姑，就算見到麻姑給你搔背，你真的能夠長生，可以等到滄海變桑田嗎？不可能的。而且我以為像李商隱寫這樣的詩，還有一種現實性的可能。因為李商隱曾經得到兗海節度使崔戎的欣賞，寫過長詩感謝崔戎。崔戎是真欣賞他的才學，而不是把他叫來，像那個弘農縣，指使他做那些無聊的事情。可是天下就是有幸，有不幸。

我上次說王國維寫過三篇文章，《論性》《釋理》《原命》。《論性》，人生的意義、人生的價值、人生的持守、人生可以依靠的東西是什麼？人有性善、性惡嗎？人性果然就是善的嗎？王國維說，善惡交爭，是人永遠的戰爭，是你個人內心永遠的戰爭，也是社會永遠的戰爭。性善與性惡，就看你這個人，你稟賦如何，你的能力如何，你哪方面的能力更多一些、更強一些？你怎麼樣能將善的那方面培養得更多一點？這就是我們人所能做的事情。《釋理》，你說你有你的道理，他說他有他的道理，所以古人有個傳說「築室道謀」。你要蓋個房子，你在馬路邊上徵求眾人的意見，十年不成。甲有甲的意見，乙有乙的意見。莊子就說，理是「彼亦一是非，此亦一是非」。《原命》，命是生來的，你的吉凶、你的禍福，是命，你的命有沒有一種業力的、不可知的、不是由你所掌握的一種力量，王國維說這些都是不可靠的。

李商隱真的是不幸。令狐楚是第一個欣賞他的人，就在他考上進士的那一年，令狐楚死了。崔戎是欣賞李商隱的，崔戎做兗海節度使，把他帶到那裡。到那裡不久，崔戎死了。李商隱的命運真是不幸。

令狐楚死了，當年推薦他、揄揚他，讓他能夠考上進士的是令狐楚的兒子令狐綯。可是，李商隱考上進士不久，就娶了王茂元的女兒。這一下子就牽涉到唐朝的黨爭。

因為令狐家是牛黨，而王茂元是李黨，一個是牛黨的人，一個是李黨的人。他是因為令狐的揄揚而考中進士，考中了進士不久，就娶了王茂元的女兒，所以大家就罵李商隱，說他背恩棄義，怎麼娶了敵對黨人的女兒？其實李商隱內心是沒有這種成見的。偶然的機遇造成了一種誤會，一種不幸的結果，導致李商隱終身的仕宦都不得意。兗海節度使崔戎欣賞他，到了兗海，崔戎就死了。而就在這個時候，令狐綯可是飛揚直上。他的父親令狐楚死了，可是令狐綯做官做得非常高。所以李商隱就想，當年他父親對我這樣好，年輕的時候我們在一起學習文章——令狐楚叫他跟令狐綯交遊——而且是因為令狐綯的揄揚，他考中了進士，可是當李商隱落魄不得志，想要找令狐綯幫忙的時候，令狐綯不肯給他絲毫的幫忙。有一首詩可以說明這件事情，就是李商隱寫的《九日》，這是唐宣宗大中三年（八四九年）寫的。

曾共山翁把酒時，霜天白菊繞階墀。
十年泉下無消息，九日樽前有所思。
不學漢臣栽苜蓿，空教楚客詠江蘺。
郎君官貴施行馬，東閣無因再得窺。

說到他和令狐綯的交誼，這首詩是個很好的證明，很明顯說的是他跟令狐父子兩輩的交誼。九日，重陽節。他說「曾共山翁把酒巵」，山翁，是令狐楚。令狐楚已經去世了。他說我記得，曾經在九月九的重陽節，你的父親令狐楚約我到府上一起慶祝重陽節，一起飲酒，一起賦詩。那個時候在你們家裡，「霜天白菊」，上面是清朗的、秋天的霜天，青碧的藍天，底下是白色的菊花，長滿了你們家的庭院。「十年泉下無消息」，令狐楚死了，已經死了十年了，在黃泉之下當然再也沒有消息了。「九日樽前有所思」，現在又到了九月重九，我懷想從前你父親那樣地欣賞我，我們年輕時候有過這樣的交遊，現在我這樣落魄，你，令狐綯有這樣的高位，你沒有一伸援手。「不學漢臣栽苜蓿」，苜蓿是一種草，是可以養馬的，養千里馬。古人說人才好像千里馬，要訪求千里馬，你要養牠。這句話是說令狐綯不學漢臣注意人才的培養。「空教楚客詠江蘺」，我就像屈原一樣，詠江蘺。江蘺是一種江邊的香草。屈原「制芰荷以為衣兮，集芙蓉以為裳」＊（《離騷》），身上佩的都是蘭花、香草。楚客就是屈原。屈原每天詠江蘺，詠江邊的蘭花、香草，追求這種美好的理想。我就像那個徘徊在江邊的、憔悴的、不得志的屈原一樣，「空教楚客詠江蘺」。「郎君官貴施行馬」，「郎君」，是令狐綯，郎君現在做了高官，「施行馬」，就是拒馬。有時候街上有遊行，弄幾個鐵絲網一樣的東西圍起來，那叫行馬。他說現在你地位高貴了，你的家門前就安上鐵欄杆的行馬。「東閣無因再得窺」，你們家那個東閣我過去常常去，你父親常常在那裡跟我飲酒、論詩，我再也沒有機會去了。

制芰荷以為衣兮，集芙蓉以為裳。不吾知其亦已兮，苟余情其信芳。高余冠之岌岌兮，長余佩之陸離。芳與澤其雜糅兮，惟昭質其猶未虧。忽反顧以遊目兮，將往觀乎四荒。佩繽紛其繁飾兮，芳菲菲其彌章。

——屈原《離騷》

李商隱捲入黨爭，就一直不得意。他受牛黨的提拔考中進士，可是卻娶了李黨王茂元的女兒。我們再看一首詩，《丹丘》。丹丘是神仙所住的地方。李商隱常常把很多現實上的事情，政治、仕宦、國家、他的失落，都用神話寫出來，他為什麼常常用很多神仙的典故呢？因為李商隱年輕的時候曾經學過道。他們家附近有個玉陽山，他曾經在玉陽山學道。唐朝學道是非常流行（popular）的一種風氣。我有時候就在想，六十年代的時候，西方有嬉皮（hippies），披著長頭髮，李太白如果生在西方的六十年代，說不定就是個 hippy，是不是？不同的時代就有不同的追求。李太白生在唐朝，也學仙，也學道，還受過道籙。我的學生有學佛的，皈依了沒有呢？或者只是隨喜？李白是真的受過道籙。唐朝就流行嘛。而且那些宮女出去都到道觀裡邊了，連楊貴妃還進過道觀呢。李商隱年輕時候也曾經學道，所以他的詩裡有很多神仙的典故。

青女丁寧結夜霜，羲和辛苦送朝陽。
丹丘萬里無消息，幾對梧桐憶鳳凰？

詩，還不要說吟誦，你讀的時候就要把它的聲調讀出來。詩是有平仄的，很多入聲的字我們普通話裡面沒有了，但是李商隱寫的時候，他是把它們當作仄聲來用的。我們要把它們還原到一個仄聲的聲調，才能把詩的情意，通過原來的聲調表達出來。

很多人就說，你怎麼念詩念這個聲調呢，跟你說話都不一樣了？我說這沒有辦法，因為詩是有聲調的，我不這樣讀，就把詩的整體美感、那些感覺都破壞了。「結」字是個入聲字，我要把它念成短促的入聲。

話看你怎麼說。每個人都有思想，每個人都有感情，你怎麼能夠把你那種最精美、最微妙的情思用配合於它的精美、微妙的語言說出來？每個人都應該有這種能力，至少你應該有讀人家這樣話的能力。神話上說，月亮上住著一位女神，就是嫦娥。秋天寒冷時候，草木都結了一層白霜，這是霜神。李商隱曾經說「青女素娥俱耐冷，月中霜裡鬥嬋娟」*（《霜月》）。青女，是霜神。素娥，就是嫦娥，是月神。青女、素娥，她們兩個人都是耐冷的，他們不是在那繁華、熱鬧的場合。霜，當然是冷的。月亮在高空上，九霄之上，也是冷的啦。你要有青女、素娥這樣耐冷的修養跟品格，你才到青女和素娥的境界。一個在月亮裡邊這麼美麗，一個在地面上結成嚴霜，也這麼美麗。「月中霜裡鬥嬋娟」，說她們兩個人在比賽，到底你更美，還是我更美呢？這也是李商隱的詩。

所以說，這個話跟這個情意，你怎麼說才能說得好啊？神話上都這麼說，秋天結了霜，霜神就是青女。這是一個故事。但你看李商隱怎麼說？李商隱說「青女丁寧結夜霜」，這真是寫得好！這就是好詩。「丁寧」兩個字寫得好，「結」字寫得好。叮嚀囑咐，如果一個小孩子要離家上路了，他的媽媽給他叮嚀，叮嚀就是非常關心地說

初聞征雁已無蟬，百尺樓高水接天。青女素娥俱耐冷，月中霜裡鬥嬋娟。
——李商隱《霜月》

一些關愛的話。青女用這樣深厚的、愛重的感情，結出來一朵一朵的霜花。宇宙很奇妙，凡是宇宙的結晶，不管它是雪還是霜，都是一個六角的花紋。雪花是美麗的，各種形狀的六角花紋，霜花，你用放大鏡看一看，也是很美麗的。要讓雪花結成這麼美麗的花，讓寒霜結出這麼美麗的花，要用多少感情、多少心思才能做到呢？他說青女是「丁寧」，那樣叮嚀，那樣深情，那樣囑咐，結出這美麗的霜花。「羲和辛苦送朝陽」——我們說這有霜神，有月神，都是寒冷的，都是女性的。當然也有男性的神啊，熱情的、溫暖的，不都是這麼寒冷的、幽怨的——羲和是太陽的神仙，男性。據說日神駕著一輛車，每天從東方上來，從西方下去，羲和這個太陽神辛苦地把太陽從東方推上來。

我，李商隱說他自己，我曾像青女一樣在每個寒冷的夜晚，「丁寧結夜霜」；我也曾像羲和那個神，「辛苦送朝陽」。我要追求的，是丹丘，那個神仙的境界。我要得到那丹丘的、我所追求我所盼望的一個所在，一個人物的消息。「丹丘萬里無消息」，我用了「青女丁寧結夜霜」的感情，用了「羲和辛苦送朝陽」的努力，我所等待的丹丘卻萬里無消息。「幾對梧桐憶鳳凰？」「幾」是幾次，多少次，有若干次，我栽出來美麗的梧桐樹，我等待鳳凰飛下來，可是沒有。塞繆爾．貝克特（Samuel Beckett）寫過一個劇，《等待果陀》（*Waiting For Godot*）。兩個人在舞臺上說的都是無聊的話，都是空話，都是沉悶的話，那就是人生。等待，等待一個人來。等待很久，上來一個人說，你們等待的那個果陀不來了，這一場就結束了。第二場，仍然是這兩個人，仍然說的是無聊的話，仍然是寂寞的、沉悶的場面，最後小孩子又來了，說你們等待的果陀不來了。等待一個人生的救贖，為什麼沒有等到呢？等待一個美好的盼望，為什麼沒有出現呢？我用了「青女丁寧結夜霜」的感情，我用了「羲和辛苦送朝陽」的努力，可是「丹丘萬里無消息」，我白白地種了美麗的梧桐樹，我盼望我所想念的鳳凰會來到，可是什麼時候牠才來到呢？這是李商隱。

第六講

回到《錦瑟》：詩家總愛西崑好

李商隱這個人，有的時候喜歡直接地批評政治，他剛剛考上進士不久就寫了《行次西郊作一百韻》那首長詩。在唐朝，考中進士以後還要參加吏部的考試，評定是否可以做官。李商隱雖然考中了進士，因為他發表了那首批評政府的長詩，吏部的考試就被除名了。第二年，他再次參加授官考試，雖然順利通過，但不久就被調任弘農縣尉，他平生都是在各地節度使的幕府中做秘書性質的工作。我們現在就要講到他很有名的一首詩《錦瑟》。王士禛說「一篇錦瑟解人難」*（《戲仿元遺山論詩絕句》），李商隱留下的這篇《錦瑟》詩是讓人很難理解的。

這首詩大概寫於唐宣宗大中十二年，西元八五八年。這一年，按照李商隱的年譜，是四十七歲。按照西方的歲數來算，其實只有四十六歲。也就是說，這一首詩，大家認為，是李商隱臨死之前寫的一首詩。

我們把它讀一遍，看它說些什麼。「錦瑟無端五十弦」，這裡「五十」的「十」字，我們念ㄕˊ，第二聲，就變成平聲了，可是這個字是仄聲字，所以我把它念成ㄕˋ。「託杜鵑」的「託」字也是入聲。聲調是與它的內容、情意相結合的。中國的詩，有平仄，有節奏，一定要把平仄讀對了。

錦瑟無端五十弦，一弦一柱思華年。
莊生曉夢迷蝴蝶，望帝春心託杜鵑。

* 獺祭曾驚博奧殫，一篇錦瑟解人難。千秋毛鄭功臣在，尚有彌天釋道安。
——王士禛《戲仿元遺山論詩絕句》

滄海月明珠有淚，藍田日暖玉生煙。
此情可待成追憶？只是當時已惘然。

說的是什麼？後來的人有很多很多的猜測。有人就說，錦瑟可能是一個人的名字，可能是他在幕府之中、在節度使的幕府之中，有一個女孩子叫作錦瑟：「或以為錦瑟乃人名，為貴人愛姬，甚至竟指為令狐楚青衣。」說這個錦瑟是貴人愛姬，因為李商隱平生都是在幕府之中，以為是幕府主人所愛的一個女子，甚至有人就認為是令狐楚家裡邊的一個青衣、一個侍女、一個女孩子。又「或以為悼亡之詩」，以為這首詩是為他死去的妻子所寫的，又有人「以為此詩中四句乃寫錦瑟之為樂，有適、怨、清、和四調」。還有人「以為乃自傷之辭」（參見拙文《從比較現代的觀點看幾首中國舊詩》）。有這麼好幾種說法，這還是簡單地說，後來的人給他很多的猜測。他們都認為，一定是一首愛情詩，這個女孩子叫錦瑟，這是一種說法。還有另外一種說法是說李商隱和這個女孩子幽會的時候，錦瑟是一個暗號，一彈這個錦瑟，女孩子就出來，或者女孩子彈錦瑟，李商隱就準備去跟她相見。我覺得這真是世人之好事，喜歡妄加猜測，有如是者。

這些人不能夠真正懂得詩歌語言文字之中的情意。詩，用語言文字組成，一切詩歌，它表達出來的那個效果，都是從語言文字之中來的，不是找中間兩個字當個謎語來作猜測。詩，不是謎語，詩是要表達內心真實的感受和感情。所以現在要把這些猜測的語言放下，要面對它真正的文字。

「錦瑟無端五十弦」。西方的新批評（new criticism），就是T．S．艾略特他們所提倡的，說詩需要close reading，就是說你要面對詩歌所用的每一句語言的顯微結構（microstructure），最細微的那個micro、最精緻的詩歌的structure，詩歌的最細緻的結構。我們要面對這個來講。第一個要面對的是「錦瑟」兩個字。為什麼先說「錦瑟」兩個字，為什麼有人猜測說是李商隱的悼亡詩呢？因為李商隱寫過一首詩，這首詩很可能是悼亡詩，這首詩的題目叫作《房中曲》，而裡面有「錦瑟」兩個字。

《房中曲》是李商隱一首比較長的詩。編年以為這是唐宣宗大中五年寫的，也就是西元八五一年，這一年，李商隱的妻子去世。剛才我們說，《錦瑟》這首詩的寫作時間是八五八年。如果說《錦瑟》是悼亡詩，我們先把李商隱的婚姻作一個回憶：他跟他妻子是怎樣結識的？有什麼樣的感情？

李商隱有一首詩叫《寄惱韓同年》，寫給姓韓的。什麼叫同年呢？跟李商隱一起、同一個年份考上的進士，這個人叫韓畏之，是新科的進士，李商隱也是新科的進士。唐朝有一個風氣，達官貴人要在新科的進士之中選女婿。韓畏之就被王茂元選去做女婿了。王茂元家裡有好幾個女兒，其中更小的一個女兒，是被李商隱看上的。

簾外辛夷定已開，開時莫放艷陽回。
年華若到經風雨，便是胡僧話劫灰。

「簾外辛夷定已開」，辛夷是一種植物的名字。唐朝的另一個詩人王維，他在詩裡寫到他的輞川別墅，在陝西長安的附近——有很多山水勝地，他有一個別墅，裡邊有一個景點叫「辛夷塢」。「塢」就是「花塢」的那個「塢」。就是一個山窩裡邊，種的都是辛夷樹。那麼辛夷樹是什麼樹啊？辛夷樹就是西方說的magnolia。原來梁佩他們家，門口有一棵大的辛夷樹。辛夷樹有幾種，我們中國管它叫木蘭。它的花是紫色的，就是紫色的木蘭花。還有一種花是白色的，我們管它叫玉蘭花。頤和園前門的附近，有兩棵高大的玉蘭花。梁佩他們家門前那個紫色的木蘭花，好大朵的花，樹枝是剪成平鋪的，所以是一片。可是這個木蘭樹，其實是很高大的樹木。你看詩歌裡邊，有木蘭船，這個木材可以做成小船，有木蘭槳，可以做成船槳。春天的時候，它先開大朵的紫色的紅花，然後才長葉子。像什麼呢？就像水裡邊的荷花，那麼大朵、那麼鮮艷的顏色。王維說：「木末芙蓉花，山中發紅萼。」*（《辛夷塢》）就是說樹梢上像芙蓉一樣美麗的木蘭花，在山裡邊開出了紫紅色的花朵。

現在李商隱跟他的同年、同科考中了進士的人說，「簾外辛夷定已開」，你住家的簾子外邊那棵辛夷樹應該已經開花了，開得非常美麗、非常茂盛了，「開時莫放艷

木末芙蓉花，山中發紅萼。
澗戶寂無人，紛紛開且落。
——王維《辛夷塢》

陽回」——其實這首詩是非常寫實的一首詩，而且裡邊有讓這個韓同年韓畏之把他的姨妹跟李商隱促成婚姻的好事這樣的含義。可是你看他寫的——同樣的一個事情，你用什麼話來說，用什麼樣的語言來表達——「開時莫放艷陽回」，這說得真是好。因為花開無幾日，轉眼之間就零落了，所以當花開的時候，你不要把春天的艷陽白白地放過去，要真的掌握住那個春天。「年華若到經風雨」，這個花只要經過一次的風雨，憔悴了、凋零了，他說那就像什麼呢？「便是胡僧話劫灰。」李商隱的詩裡喜歡用很多的典故。中國的舊體詩很妙，就是用很濃縮的、很簡短的幾個字，來表達很豐富很深刻的意思。「胡僧話劫灰」是一個典故。從前漢武帝曾在長安修了一個很大的水池，就是昆明池。修昆明池的時候，一直往下挖，挖到顏色非常黑的土，我想可能是煤吧。當時漢朝的書上記載說是黑土。漢武帝問大臣這黑色的土是什麼？大臣都說不知道，就找到一個胡僧。漢朝不是跟西域、跟很多外族有來往嗎，胡僧說：「此劫灰也。」說這是千百億年前燒殘的、經過火的劫難殘留下來的灰。

李商隱說的是什麼？這個辛夷還是很妙的一件事情。辛夷，我們說是magnolia的花。為什麼要說辛夷呢？有人就說，因為李商隱看中的是韓畏之的姨妹，就是王茂元的小女兒。你要給我們兩人促成這個好事，你要趕快，抓緊時間啦。這也不是我這樣說，李商隱還寫過一首詩，《韓同年新居餞韓西迎家室戲贈》*，韓同年，他們是同年考中進士。韓同年快要結婚了，蓋了一所新房子，「新緣貴婿起朱樓」，王茂元家裡

籍籍征西萬戶侯，新緣貴婿起朱樓。
一名我漫居先甲，千騎君翻

很有錢，不但選中了女婿，給女婿還蓋了一座高樓。李商隱既然與他是同年，就在韓同年的新居餞韓，給韓同年送行。送他到哪兒去呢？西迎家室。這個韓畏之要到西邊，因為當時王茂元做涇源節度使，在甘肅那邊，要從長安向西走。他說韓畏之要到涇源去迎娶他的妻子。李商隱說：「籍籍征西萬戶侯，新緣貴婿起朱樓。」「籍籍」，很有勢力、很有名的。「征西萬戶侯」，就說的是王茂元。王茂元當時鎮守涇源，所以管他叫「征西萬戶侯」，有籍籍的聲名，有如此高貴地位的，現在「新緣」，「緣」就是因為找到一個貴婿，找到一個新科進士做女婿，就給他蓋了一個朱樓，是王茂元給韓畏之跟他女兒蓋了一個住所。

「一名我漫居先甲，千騎君翻在上頭。」「千騎」，這個字不念ㄑㄧˊ，ㄑㄧˊ是動詞，是騎馬，念ㄐㄧˋ，是名詞，騎馬的人，一隊騎馬的隊伍。王茂元是涇源節度使，派了一眾隊伍，陪著韓畏之去接她女兒。我雖然比你考的名次高，可是你結婚比我結得早。「雲路招邀回彩鳳，天河迢遞笑牽牛。」他說，你好像是平步登天，青雲直上，你要迎回來一個彩色的鳳凰，娶到王茂元的女兒；我呢，是「天河迢遞笑牽牛」，我也很仰慕你的妻妹，就是王茂元的小女兒，可是我們如同牽牛跟織女，我們還不能在一起。

「南朝禁臠無人近」：「南朝禁臠」又是一個典故。晉朝的時候，王謝子弟都是名門貴族。謝家有一個年輕人叫謝混，很有才華，當時晉朝的皇帝看上了謝混，要把公主嫁給他。這個公主還沒有嫁給他，皇帝就去世了，於是就有另外一個貴人看上了謝

在上頭。
雲路招邀回彩鳳，天河迢遞笑牽牛。
南朝禁臠無人近，瘦盡瓊枝詠四愁。
——李商隱《韓同年新居餞韓西迎家室戲贈》

混，要把女兒嫁給他。當時就有人警告，說「此禁臠也」，這是被皇帝看上的人，你不能隨便把女兒嫁給他。果然，新皇帝繼位了，把公主嫁給謝混了。「禁臠」，是說這塊肉已經被人指定了，你不能隨便吃掉。這也是一個典故，李商隱喜歡用典故。說豬的脖子底下這一塊肉是最好吃的，晉朝的皇帝最喜歡吃，宴會群臣的時候，沒有人敢動燉豬脖子下邊的那塊肉，說這是禁臠，只有皇帝才可以吃的。意思是說謝混是被皇帝選中的人。但是為什麼被皇帝選中了呢？因為謝混有才華，是青年才俊，大家都看上了，皇帝看上了，別的貴人也看上了。這是李商隱自覺不錯。他說我就像東晉那個謝混，也是個人才，但是還沒有人接近。

所以他說，「瘦盡瓊枝詠四愁」，我這樣憔悴、這樣消瘦，每天都吟誦《四愁詩》。《四愁詩》是東漢時候的張衡，就是發明渾天地動儀的那個張衡所寫的，四首詩都是寫對於女子的懷念，「我所思兮在太山，欲往從之梁父艱」「我所思兮在桂林，欲往從之湘水深」*，我所思的那個女子在東方、在西方、在南方、在北方，都是有阻礙的，我永遠沒有機會跟她見到面。

從這幾首詩，我只是證明，李商隱對於王茂元的女兒是傾心已久的。我只是要證明這一件事情。

可是李商隱仕宦不幸，他的一生都是輾轉在幕府之中。不是說沒有人欣賞他，很早就有一個叫崔戎的兗海節度使，就很欣賞他。到了兗海，不到一年，崔戎死了。鄭

我所思兮在太山，欲往從之
梁父艱，側身東望涕沾翰。
美人贈我金錯刀，何以報之
英瓊瑤。路遠莫致倚逍遙，
何為懷憂心煩勞。
我所思兮在桂林，欲往從之
湘水深，側身南望涕沾襟。
美人贈我琴琅玕，何以報之
雙玉盤。路遠莫致倚惆悵，
何為懷憂心煩傷。
我所思兮在漢陽。欲往從之
隴阪長，側身西望涕沾裳。
美人贈我貂襜褕，何以報之
明月珠。路遠莫致倚踟躕，
何為懷憂心煩紆。
我所思兮在雁門。欲往從之
雪紛紛，側身北望涕沾巾。
美人贈我錦繡段，何以報之
青玉案。路遠莫致倚增嘆，
何為懷憂心煩惋。

——張衡《四愁詩》

亞也欣賞他，鄭亞也讓他到幕府去，鄭亞第二年就被貶了。還有一個叫盧弘止，有人說他叫盧弘正，因為《舊唐書》跟《新唐書》記載的不一樣——正直的「正」，沒有上邊那個橫就變成「止」，《舊唐書》叫作盧弘正，《新唐書》說是盧弘止——也欣賞他，也是沒有兩年，這個人就死了。所以李商隱一生不是沒有人欣賞，但這些人都不幸早逝。令狐楚是第一個欣賞他的人，可是就在李商隱剛剛考中進士的當年，令狐楚就死了。他平生就輾轉在各地的幕府之中，跟妻子一直是聚少離多。

剛才我們所講的是，透過李商隱給他的一個同年寫的詩，看到他對於王茂元女兒的嚮往。其實還有一首《無題》詩，也應該是寫他的妻子。

照樑初有情，出水舊知名。
裙衩芙蓉小，釵茸翡翠輕。
錦長書鄭重，眉細恨分明。
莫近彈棋局，中心最不平。

宋玉寫過一篇《神女賦》*，說巫山上面有個神女，朝為行雲、暮為行雨，這個神女跟楚襄王見面，來的時候，像什麼樣子呢？「其始來也，耀乎若白日初出照屋樑」，她的光彩照耀屋樑，好像是白日初出，好像太陽剛剛出來，照在屋樑上。我們說一個

上古既無，世所未見，瑰姿瑋態，不可勝贊。其始來也，耀乎若白日初出照屋樑；其少進也，皎若明月舒其光。須臾之間，美貌橫生：曄兮如華，溫乎如瑩。五色並馳，不可殫形。詳而視之，奪人目精。
——宋玉《神女賦》

人是有光彩的，就是她一出現，你覺得她身上好像有光的樣子。「照樑」，形容一個女子是有光彩的，像太陽初出，照在屋樑上。這是宋玉的《神女賦》，李商隱就愛用典故。「照樑初有情」，說這個女孩子很是美麗，你一見她就覺得光彩照人。

「出水舊知名」，又用了一個典故，用的是曹子建（曹植）《洛神賦》的典故。《洛神賦》*是寫洛水上的一個女神仙。這都是傳說——曹子建寫的這個神仙是誰？原來有一個女子叫甄宓，姓甄，名字叫宓（ㄈㄨˊ），有人念ㄇㄧˋ。她本來是袁紹的兒媳婦，曹操滅了袁紹之後，把家眷的女子掠過來。這個甄宓就同時被曹操、曹丕、曹植父子三個人看上了。曹操覺得自己年長了，就把甄宓給了他的大兒子曹丕做妻子。可是歷史上傳說其實甄宓所鍾情的是曹植，因為曹植的文采很好，詩文都寫得很好。等一下我們要講另外一首詩，還會講到這個故事。

有一年，曹植到了他哥哥曹丕那裡。曹丕已經篡位了，做了魏文帝。他見曹丕的時候，甄宓已經死了。這都是故事，不是我編出來的傳說。我們不是講過《昭明文選》嘛，《昭明文選》李善的注解就說了這些故事。說那時候甄宓已經死了，曹丕居然拿出來一個非常漂亮的金縷玉帶的枕頭給了曹植，說這是當年甄宓的枕頭。因為他知道他們兩個人之間有這樣一份感情。而曹植，就在這件事情以後不久，經過洛水的時候，寫了一篇賦，就叫《洛神賦》。說洛水上有一個女神仙出現了，「翩若驚鴻，婉若遊龍」，這個洛水上的女神仙，就是洛神啦，「灼若芙蕖出淥波」。剛才說「照樑」，

其形也，翩若驚鴻，婉若遊龍，榮曜秋菊，華茂春松。髣髴兮若輕雲之蔽月，飄颻兮若流風之迴雪。遠而望之，皎若太陽升朝霞。迫而察之，灼若芙蕖出淥波。

——曹植《洛神賦》

這個女子有光彩，如太陽照在屋樑上，這裡曹子建說這個女子也很有光彩，好像是一朵紅色的芙蓉花，剛剛露出水面來。

這兩句，一個是用宋玉的《神女賦》，一個是用曹子建的《洛神賦》，都是寫美女。「照樑初有情」，不只是說照樑的美麗，是說這個照樑的美女對我也還是有情意的。因為李商隱的同年娶了姊姊，所以他們可能有機會見過。「出水舊知名」，這個女孩子像出水芙蓉一樣美麗，外面早已有美的聲名，都說王茂元的小女兒好像出水芙蓉一樣美麗。這是說她很美，是用宋玉的《神女賦》、曹子建的《洛神賦》，「照樑初有情，出水舊知名」。那麼事實上怎麼樣？他說這個女孩子的裝飾，她的形貌、她的衣服，是「裙衩芙蓉小」，他裙子的開叉處都綉有很細緻的、小小的芙蓉花。大家還記得，李商隱十幾歲時寫過一首詩：「八歲偷照鏡，長眉已能畫。十歲去踏青，芙蓉作裙衩。」是說這裙衩上都綉著芙蓉花。「釵茸翡翠輕」，她頭上戴著的翠釵，上面有小小的裝飾，「茸」是細碎的樣子，不是弄一個雞蛋大的鑽石那樣，是很精細的、小巧的，那個翡翠釵上有那麼精細的、美麗的裝飾。

李商隱常常不在家，就要通信，是「錦長書鄭重」。當時紙張還不流行，是用帛書，一塊絲綢，絲綢中國是早就有的，養蠶、繅絲，織成錦，把字寫在錦上，就是錦書。說她給我寫「錦長」，給我寫了長長的一封信，「書鄭重」，而且她寫的那個字是如此鄭重其事，寫得如此誠懇，如此之鄭重。「眉細恨分明」，這是李商隱描寫一個美麗的女孩子，女孩子描眉是非常重要的一件事。唐朝人寫楊貴妃的幾個姊妹，說「虢國夫人承主恩，平明騎馬入宮門。卻嫌脂粉污顏色，淡掃蛾眉朝至尊」（張祜《集靈臺》，一說杜甫《虢國夫人》），虢國夫人很美，她來見唐玄宗，「卻嫌脂粉污顏色」，不塗那胭脂花粉，但是要描眉毛，「淡掃蛾眉朝至尊」。韋莊有「花下見無期。一雙愁黛遠山眉」（《荷葉杯》）之句，相思的是這個女孩子的眉毛。朱彝尊愛上了他的妻妹，他寫這個妻妹是「青蛾低映越山看」＊（《桂殿秋》），這個女孩子青黛的眉毛映著背後綿延的山勢，我跟她同坐一個船，不敢跟她交談，但是我看見她的眉毛跟遠山一樣美麗。《紅樓夢》說林黛玉有一雙似蹙非蹙的含顰眉，眉毛稍微有一點皺的樣子，有點含愁帶恨。這是中國傳統描寫的美麗女子。他說他的妻子是「錦長書鄭重，眉細恨分明」，她描的那個眉毛如此之細長，都是含顰帶恨的樣子。

「莫近彈棋局，中心最不平。」彈棋，是唐朝的一種遊戲。據說彈棋是古代一種賭博的遊戲。我對於賭博的事情一概都不通，不像李清照，李清照是凡博者皆好之，只要是賭博的她什麼都喜歡，我是所有賭博的我都不會。普通的棋盤，圍棋、象棋都是平的，可是只有這個彈棋的棋盤，中間是高起來的。怎麼個彈法，我不知道。「莫近彈棋局」，他或這個女孩子就不願意靠近彈棋的局。局，就是棋盤。為什麼呢？因為「心中最不平」，因為彈棋的中間、那個心，高起來一塊，是不平的。那也就是說，以李商隱的才華，他是「一名我漫居先甲」，他考試的名次要比韓畏之高得多，可是

＊思往事，渡江干，青蛾低映越山看。共眠一舸聽秋雨，小簟輕衾各自寒。——朱彝尊《桂殿秋·思往事》

他的仕宦一直不如意，一直是奔走在道路之中——到這個府主這裡沒有兩年，這個府主死了；那個人欣賞他，那個人也死了或是被貶了。所以他們夫婦倆一直是在離別之中。妻子有時就寄託在他丈人的家裡。可是兒女親家，這兒女在，親家的感情就在，女兒已經死了，女婿跑到人家去住，是什麼樣的感覺呀？而且，中國很多傳說故事，就是一個人家有三個女婿，女婿跟女婿互相競爭，就跟媳婦跟媳婦要互相競爭一樣。李商隱比不過人家，他終身潦倒，妻子寄託在岳父的家裡，妻子都死了，他有什麼臉面住回岳父的家裡去？所以李商隱寫過幾首詩，他妻子死了，到他岳父家裡，岳父也不在了，你想，那種心理是非常痛苦，也非常難堪的。那麼現在我們講的是他妻子還在的時候。我的意思是說，他們兩人感情是很好的，而且他的妻子是非常美麗，也非常聰慧的。

妻子死了，他寫了悼亡的《房中曲》*。因為《房中曲》有「錦瑟」兩個字，就有人說《錦瑟》也是悼亡。現在我們來看《房中曲》。大中五年，那時他妻子已經死了。他寫他們的臥房：「枕是龍宮石，割得秋波色。」古代的枕頭都是硬的，我們說山枕，什麼是山枕呢？就是枕頭是高起來的，兩頭高、中間低。我小的時候，我伯母枕一個瓷的枕頭，中間是空的。他說他們的臥房，極言其好，「枕是龍宮石」，我們所用的那個枕頭是龍宮石，不是說真的有龍宮的石頭，只是說當年他們在臥室之中有這麼美好的背景。而他的妻子，這麼美麗的女子，是「割得秋波色」。秋波就是女子

薔薇泣幽素，翠帶花錢小。
嬌郎癡若雲，抱日西簾曉。
枕是龍宮石，割得秋波色。
玉簟失柔膚，但見蒙羅碧。
憶得前年春，未語含悲辛。
歸來已不見，錦瑟長於人。
今日澗底松，明日山頭檗。
愁到天池翻，相看不相識。

——李商隱《房中曲》

的眼睛，它的光色，《西廂記》上說「怎禁得他臨去秋波那一轉」，秋波一轉，枕頭上就讓我想起來這個女子眼睛的美麗，她枕在枕頭上。「玉簟失柔膚」，「簟」字是竹字頭，是竹席，玉簟是極其珍貴、美麗的席子。現在席還在這裡，妻子已經死了，「失柔膚」。「但見蒙羅碧」，只看見那個竹席一片綠的顏色。李商隱還有兩句詩，也是悼亡詩，他說「更無人處簾垂地」，我一個人，妻子沒有了，垂下的簾子整天沒有人動，沒有人掀這個簾子，只是這個簾子一直垂到地；「欲拂塵時簟竟床」*，也沒有妻子替他打理臥房了，席子上都有塵土，我自己要把竹席的塵土都擦乾淨，我覺得這個席怎麼這麼寬，怎麼這麼大、這麼長呢，滿床都是空席啊。有人時，不覺得席是空的，沒有人，覺得怎麼整個席都是空的呢？我們是在講李商隱跟他妻子的感情是非常好的。

他說「憶得前年春」，記得前年的春天，李商隱終年都在各地的幕府之中做秘書類的工作，很少回到長安來，前年回來一次，那回曾經見了一次面。「未語含悲辛」，那時候他妻子身體可能就不大好了，就是沒有說話，而情感都是酸辛的、悲哀的。我這次再回來，是「歸來已不見，錦瑟長於人」，我的妻子已經不在了。原來我的妻子是悲哀，是酸辛，她還在這裡，可是現在，沒有了。所以有人就說，《錦瑟》可能就是懷念他妻子的，是悼亡的詩。

那天，還有朋友問我，「錦瑟無端五十弦」，為什麼五十根弦呢，李商隱也沒有

謝傅門庭舊末行，今朝歌管屬檀郎。更無人處簾垂地，欲拂塵時簟竟床。嵇氏幼男猶可憫，左家嬌女豈能忘？愁霖腹疾俱難遣，萬里西風夜正長。

——李商隱《王十二兄與畏之員外相訪見招小飲時予以悼亡日近不去因寄》

活到五十歲呀，為什麼有人以為五十弦就是五十歲呢？因為我八十歲的時候，數學家陳省身先生就曾用李商隱的《錦瑟》改寫了一首詩，送給我，祝賀我的八十，他說「錦瑟無端八十弦」。八十弦就是八十歲，想必五十弦就是五十歲了。可是，李商隱實歲只有四十六歲，虛歲四十七歲就死了，他沒有活到五十歲。於是就有人猜了，說這很可能啊，是他們兩人結婚的時候，李商隱二十五歲，他妻子二十五歲，湊在一起，就是五十弦。這都是猜測。詩歌，不能當作謎語來猜測。詩歌，要看它的語言，看它的內容，看它的典故，看它的情意。錦瑟是不是令狐楚家裡侍女的名字，錦瑟是不是幽會彈的暗號，錦瑟是不是說他的妻子，我把它們統統放下，只是就詩論詩。

第一個出現的問題當然就是錦瑟。什麼是錦瑟？錦瑟，按照字面上講，literal 是錦瑟，瑟，是一種樂器。這個樂器上有裝飾的花紋，像是織錦的花紋，這個瑟就叫作錦瑟。如果這個瑟上面鑲嵌的寶石，我們就管這個瑟叫作寶瑟。那麼瑟究竟有多少根弦呢？中國最早有《周禮》《儀禮》《禮記》，統稱為「三禮」，其中《周禮》記載著周朝一些器用的制度。《周禮》說，瑟有二十三根弦，也有二十五根弦，最普通的瑟是二十五根弦。箏是十三根弦。中國撫琴，琴是五弦的，琵琶是四弦的。每種樂器，有不同數目的弦。瑟最流行的就是二十五根弦。可是為什麼說它有五十根弦呢？《漢書》上也有一個典故。《漢書》上有講禮樂，講郊祀，祭祀天地的。你學文學的時候，也要知道一些歷史的知識。《漢書．郊祀志》記載，從前天上有一個主宰，有人叫天帝，有人叫玉帝，這裡管祂叫泰帝。說天上的泰帝——人間喜歡音樂，天上也喜歡音樂呀，我們上次還講，「上帝鈞天會眾靈，昔人因夢到青冥。伶倫吹裂孤生竹，卻為知音不得聽」（《鈞天》），天上也有帝王，天上的帝王也喜歡聽音樂——這個泰帝就叫一個名為素女的女子，彈五十根弦的瑟，這是歷史上的記載。所以古代是有五十根弦的瑟的。這五十根弦的瑟彈起來，調子非常悲哀。素女就忍不住一直哭泣，一直流淚。泰帝說，這個音樂彈出來聲音這樣悲哀，好了，「破之」，就把五十根弦破滅，就變成二十五根弦了*。現在你知道，錦瑟是最珍貴的一種樂器，可能上邊有織錦的花紋裝飾。在天上的泰帝那裡，本來是有五十根弦的瑟，而五十根弦的瑟彈出來的音樂是非常悲哀的，一彈就叫人哭泣、淚流不止。剛才說了弦樂器有這麼多種，有四弦的、五弦的、十三根弦的、二十五根弦的，人家不都活得好好的嘛，五弦的琴、四弦的琵琶、十三弦的箏，都彈出來美麗的音樂，你為什麼要五十根弦呢？誰讓你比別人更敏銳、更多情，就得到了更多的悲哀？「莫之為而為者，天也。」（《孟子．萬章上》）為什麼李商隱這樣悲哀、這樣多情，還這樣不幸？不是我願意如此。「無端」兩個字說得非常好！為什麼？為什麼無緣無故你要有五十根弦呢？

「錦瑟無端五十弦」，那彈起來，「一弦一柱思華年」。弦是琴弦，這個弦如果都趴在那裡，是彈不出聲音來的，一定要支起來，一彈才有聲音，所以每個弦底下都有柱。箏是十三根弦，每一根弦底下都有一個小的支柱，「十三弦柱雁行斜」*，這個

泰帝使素女鼓五十弦瑟，悲，帝禁不止，故破其瑟為二十五弦。

——《漢書．郊祀志上》

昨日紫姑神去也，今朝青鳥使來賒。未容言語還分散，少得團圓足怨嗟。二八月輪蟾影破，十三弦柱雁行斜。平明鐘後更何事，笑倚牆邊梅樹花。

——李商隱《昨日》

支柱都立在那裡，像一排飛雁的樣子。「一弦一柱」，每一根弦、每一個弦柱，每一個musical note，彈出來的每一個聲音，都讓我回憶起美好的往事，「一弦一柱思華年」。這兩句應該是總起。這首詩，一般編者都編在李商隱集子的最後，認為這是李商隱晚年回想他一生的一篇作品，後面四句兩兩相對，都是回憶他平生的感情的經歷。

「莊生曉夢迷蝴蝶」，這是莊子的典故。莊子說，他曾經做了一個夢，夢中他變成了一隻蝴蝶，「栩栩然蝴蝶也」*（《莊子・齊物論》），飛來飛去就是蝴蝶，醒來，一睜眼，「則蘧蘧然周也」，還是我莊周。李商隱還寫過一首詩，寫他的寂寞，寫他的不得意，說「憐我秋齋夢蝴蝶」（《偶成轉韻七十二句贈四同舍》），誰可憐我，誰同情我，我躲在一個空洞的書齋裡面，夢中想得那麼美，夢中「栩栩然蝴蝶也」，醒來還是我孤獨寂寞、一事無成的李商隱。所以他說，莊生是短暫的曉夢，我當年曾經做過這樣的夢啊，你看，李商隱一考中科舉，馬上寫了《行次西郊作一百韻》。他有那麼遠大的理想，來到岳父王茂元這裡，他寫的是「永憶江湖歸白髮，欲迴天地入扁舟」。「永憶」，我不是想要做官的人，我是想要到江湖上去，過自由、隱居的生活。可是我不甘心現在就去啊，等我白髮的時候，我把功業完成了，我就可以泛舟遊於五湖，我要白髮歸江湖，我要把天地之間所有的罪惡、不幸的事情都挽回了，「入扁舟」，我才上船去隱居。李商隱寫的《行次西郊作一百韻》，「敢問下執事，今誰掌其權」，他說我要問問當朝的，你們誰是掌權的人？「瘡疽幾十載，不敢抉其根」，朝廷裡面

* 昔者莊周夢為蝴蝶，栩栩然蝴蝶也。自喻適志與！不知周也。俄然覺，則蘧蘧然周也。不知周之夢為蝴蝶與？蝴蝶之夢為周與？周與蝴蝶則必有分矣。此之謂物化。

——《莊子・齊物論》

政治的腐敗、墮落、敗壞，宰相之豪奢，武將之跋扈，「瘡疽幾十載」，就像身上長了惡瘡一樣，貪贓、枉法、跋扈，長了幾十年的惡瘡，不敢「抉其根」，沒有一個人敢從根本把它治療好，沒有人敢指出它的毛病的根源所在。這是李商隱考中進士後的第一首詩。所以他的確曾經有過美好的志願和理想，不過那只是一場曉夢啊！我雖然是夢中美麗的蝴蝶，我也癡迷在夢中，破曉的夢，它是不久長的，很快就破滅了，「打起黃鶯兒，莫教枝上啼。啼時驚妾夢，不得到遼西」。

「望帝春心託杜鵑」，這又是一個故事。李商隱的詩，用了很多故事。中國的舊詩有些就是如此，特別是你有話不能夠直說的時候，只好用一些典故，讓人家去想像。望帝，是從前蜀國的皇帝，名字據說就叫作「杜宇」。蜀國鬧水災，他找一個大臣去治水，這個大臣叫鱉靈。在這個大臣去治水的時候，蜀帝就侮辱了大臣的妻子。他做了這件錯誤的事情以後，覺得慚愧、羞恥，後來就說我乾脆讓國——把蜀國讓給了替他治水的鱉靈，然後他就死去了。死後變成杜鵑鳥，就是杜宇，杜宇的啼聲總是「不如歸去，不如歸去」。你做了一件錯事，永久也回不去了，「一失足成千古恨」。可是，他那種盼望，他那種感情，就是死了變成杜鵑鳥都沒有放棄，變成鳥，他的叫聲都是「不如歸去」。望帝，他的春心，他多情的、留戀的、沒有了斷的理想、志意和感情，變成鳥，還寄託在杜鵑鳥「不如歸去」的哭訴中。我曾經有過「莊生曉夢迷蝴蝶」的理想，現在只剩下「望帝春心託杜鵑」，我就是不能夠忘記我的春心，但是我再也回不去了。

「滄海月明珠有淚，藍田日暖玉生煙。」這又是兩個典故。古代傳說，滄海裡邊有大的蚌殼，蚌殼裡有明珠，傳說月滿時候，天上的月亮圓了，蚌殼的珠就是圓的。還有個傳說，說海底有鮫人，鮫人可以泣淚成珠。她流下的淚，滴下來的每一個淚點都變成一顆珍珠。鮫人不但哭起來每一滴眼淚都是珍珠，而且她會吐出一種絲來，這個絲可以織成鮫綃，最薄的綃。這是「滄海月明珠有淚」。滄海是大海，藍田是山。陝西有藍田山，出產美玉。每當晴和日暖的時候，日光照在藍田山上，山裡的玉石就會發出一種煙靄迷濛的光彩。這是「藍田日暖玉生煙」。陸機的《文賦》說：「石蘊玉而山輝，水懷珠而川媚。」如果這個山石裡面藏著玉，這個山就會有光彩，如果水裡邊真有珍珠，水看起來就特別美麗。「滄海月明珠有淚」，這樣悲哀，可是這樣美麗。「藍田日暖玉生煙」，我們相信那藍田之中是有美玉的，當晴日光照在上面，你看那山上都有煙靄迷濛的色彩。這都是當年李商隱回憶之中的，「一弦一柱思華年」，想他當年美好的年華——我曾經有過「滄海月明珠有淚」那樣美麗的悲哀，也曾經有過「藍田日暖玉生煙」那樣美麗的想像，可是現在都過去了。妻子也死了，他衰病，雖然不到五十歲，可是身體已經很壞了。「此情可待成追憶」，這些往事、這些感情、這些理想、這些悲哀，是等到我回憶起來才感到悲哀嗎？「可待」，要等到我追憶我才悲哀嗎？他說不是，「只是當時已惘然」，即使在當時，我就已經充滿了惆悵和迷惘了。這是大家都認為很難懂得的《錦瑟》，所以就說「一篇錦瑟解人難」。

這個《錦瑟》是有題目，有題目也如同沒有題目，因為你不知道他說什麼，他只是把開頭的兩個字拿來做題目。李商隱真的是有一些無題詩，我們來看一首李商隱的《無題》詩「颯颯東風細雨來」。這首詩真的是無題，你不知道他說什麼，也不知道他是哪一年寫的。《錦瑟》還說可能是他臨死之前不久寫的，《房中曲》是寫他妻子的，還可以猜出一個年代來。這個《無題》我們根本不知道他說什麼，也沒有辦法把它編年編進去，它是無法編年的詩。

颯颯東風細雨來，芙蓉塘外有輕雷。
金蟾嚙鎖燒香入，玉虎牽絲汲井迴。
賈氏窺簾韓掾少，宓妃留枕魏王才。
春心莫共花爭發，一寸相思一寸灰。

這是無題了。我們不知道它說什麼，只能從詩的本身來猜測。「颯颯東風細雨來」，「颯颯」是風雨的聲音，什麼季節的風雨——東風，是春天的風雨。中國分成四季，分成五方。春天是東風，夏天是南風，秋天是西風，冬天是北風。你聽到颯颯的風雨聲，而且雨不是狂風暴雨，我們說春雨細如絲，春天那種纖細的、那種滋潤的好雨知時節，當春乃發生。
隨風潛入夜，潤物細無聲。
野徑雲俱黑，江船火獨明。
曉看紅濕處，花重錦官城。
——杜甫《喜雨》

雨絲，你聽颯颯東風，春天的雨飄下來了。杜甫也寫過一首《喜雨》的詩，說「好雨知時節」*，真正好的雨它懂得什麼時候該下，什麼時候不該下。像現在下大雨，到處都是水災，這雨就是不該下的雨。春天，要種麥子、種稻子的時候，就是需要的，這是好雨。「好雨知時節，當春乃發生。」所以「春雨潤如酥」，這是好的雨。「颯颯東風細雨來」，這個風跟雨，就傳遞給我們一個春天的消息。春天來了，萬物都萌生了，草木都發芽了，昆蟲都覺醒了。「芙蓉塘外有輕雷」，芙蓉就是荷花的別稱，在荷塘上面，輕雷，不是夏天的霹靂那麼可怕的雷，是隱隱的雷聲。萬物的萌生，萬物的甦醒，春雨的滋潤，一切生命的成長，這是大自然，大自然是「颯颯東風細雨來，芙蓉塘外有輕雷」。於是這個大自然就把人春天的夢也驚醒了。

「金蟾嚙鎖燒香入，玉虎牽絲汲井迴。」這是人，剛才是自然，人呢？人在這春天萬物昭甦、草木昆蟲都覺醒的時候，這個女子的春心也萌生了。所以她就點了香，把香放在一個金蟾的香爐裡邊。我們古代管銅都稱作金。這個女子就把香點燃了，這個香不是立燃的，像現在都是插一根這樣的，不是。古人有把香盤成扁的，有心字香、篆字香。古人的香可以盤成各種的篆字花樣，所以那個香不是插在那裡的。還有的是香末、粉末，檀香的粉末，底下是碳金——一個燒成小紅塊兒的、有點碳的元素的，把它燒紅了，放在爐子裡邊，把這香粉撒在上面。不是插在那裡的香，是爐裡邊點的香，可以是心字香，可以是篆字香，可以是粉末的香。詩的好壞，不在它說的是什麼，是在它怎樣說，說得怎樣好。「金」，如此之高貴的；「鎖」，如此之封閉的；「燒」，如此之熱烈的；「香」，如此之芬芳的。女子的內心，她熱烈的、多情的感情，封鎖起來。很多女孩子有很熱烈的感情，不敢直接表達，把它藏起來，就像你把那個燃燒的、熱烈的、芬芳的、美麗的心，鎖在香爐裡邊。「嚙」，這個鎖咬住了，關得很緊。「入」，是在裡面深深地藏起來。這是女孩子的春心。

既然是婦女的生活，屋子裡面也焚香，這婦女還做什麼呢？她要打井水，「玉虎牽絲汲井迴」。女孩子在古代都要親持井臼嘛，做個家庭主婦，要學會做飯、打水。古代一般人的院子裡邊，都要有個井。我小時候還打過水呢。「玉虎牽絲」，玉虎，是轆轤柄上的裝飾。我們說女子的內心，你的心裡有沒有起波瀾，你有沒有動心，你對這個男子有沒有動情——唐朝有首描寫節婦的詩，說「波瀾誓不起，妾心古井水」*（孟郊《列女操》），我的心就跟沒有人打水的那個古井的水一樣，一點波瀾都沒有——可是多情的少女，她的井水一天到晚在動，是「玉虎牽絲汲井迴」，把那深處的井水打上來，就是說把她內心深處的感情就牽引上來了，從內心深處，從心底牽引上來了她的情意。「迴」，千迴百轉，你看那個井繩在上面繞。這兩句寫女孩子的感情。

「颯颯東風細雨來，芙蓉塘外有輕雷」，是春天的覺醒，是整個大的背景。既然所有的有生之物，不管是芙蓉，不管是細雨，所有的自然都覺醒了，女子的春心也覺醒了，是「金蟾嚙鎖燒香入，玉虎牽絲汲井迴」，女孩子春心覺醒了，就想要找到一

梧桐相待老，鴛鴦會雙死。
貞女貴殉夫，捨生亦如此。
波瀾誓不起，妾心古井水。
——孟郊《列女操》

個男孩子——「賈氏窺簾韓掾少，宓妃留枕魏王才。」當年晉朝有個官員地位很高，叫賈充。賈充有個女兒，因為她父親是高官，每天接見很多人物，賈充的女兒就躲在簾子後，看哪個年輕人才貌雙全、風姿瀟灑。有一個年輕人叫韓壽，是政府的官員。韓壽來見賈充，賈充的女兒躲在簾子後面，就看上了韓壽。歷史上沒有記載他們怎麼通消息，是叫丫鬟、侍女怎麼通的消息，總之賈充的女兒瞞著她父親，就跟韓壽要好了。可是韓壽是他部下的一個官，常常來見賈充。有一天韓壽又來了，賈充聞到韓壽的衣服上有一種香氣。他說，發出這種香氣的香是市面上買不到的啊，這是外國貢獻給我們皇帝的香；皇帝賞了我這個香，這個香只有我們家裡有。韓壽哪兒來的這個香氣啊？於是他就發現了。不過這個父親很開明，說你們兩個既然好了，我就把女兒嫁給你吧。這是一個美好的結局。賈氏為什麼欣賞韓壽？因為她在簾子背後看到韓壽英俊瀟灑、一表人才。「賈氏窺簾韓掾少」，賈氏窺簾是因為韓壽的年少，因為他年輕、美麗。女子美麗，男子也美麗嘛。「掾」是屬官，他是賈充的屬官。女孩子動心，除了為這男子的少年英俊動心，還為什麼動心呢？「宓妃留枕魏王才」，就是甄宓。李善的《昭明文選》注說甄宓後來死了，留下一個枕頭，魏文帝曹丕就把枕頭給了他弟弟曹子建，說這是甄宓留給你的。為什麼？「魏王才」，魏王就是陳思王曹植。所以女孩子所欣賞的男子，一種就是少年英俊，「賈氏窺簾韓掾少」；一種就是風流多才，「宓妃留枕魏王才」。

李商隱寫的都是春天，都是多情，都是相思，可是你看最後的結尾，是「春心莫共花爭發」。你，這個女孩子，春心，你的多情的戀愛的心，不要跟春天花開一起發生你的愛情，不要隨便發生愛情，「春心莫共花爭發」。陸放翁的《釵頭鳳》說「山盟雖在，錦書難託，莫莫莫」*，不要、不要、不要。「春心莫共花爭發」，這是李商隱——當然不是說世界上所有的愛情都是如此——「一寸相思一寸灰」，每一寸相思落到的都是悲哀，都是失望，每一寸相思都是一寸讓你心死的灰心。有人就說，世界上最長久的愛情，是沒有成功的愛情。成功的愛情之後，有各種原因使它毀滅，否則夫妻怎麼會在法庭上互相指責呢？

我們還是回來看李商隱。剛才有人問我，說李商隱受杜甫的影響，他是受杜甫的影響，像他的《行次西郊作一百韻》，五百字，是受了杜甫當年反映開元、天寶的安史之亂時候作的《自京赴奉先縣詠懷五百字》的影響；還有就是李商隱寫的七言律詩，那種句法的緊湊、那種顛倒，「永憶江湖歸白髮，欲迴天地入扁舟」，受杜甫的「香稻啄餘鸚鵡粒，碧梧棲老鳳凰枝」的影響。不過杜甫反映民間的疾苦比較多，「朱門酒肉臭，路有凍死骨」（《自京赴奉先縣詠懷五百字》），「天明登前途，獨與老翁別」*（《石壕吏》），「三吏」「三別」，很少直接指斥朝廷；可是李商隱不然，他說「巍巍政事堂，宰相厭八珍。敢問下執事，今誰掌其權。瘡疽幾十載，不敢抉其根」，他是直指到中書省，直指到那些執政的人。所以李商隱不容於當時。

紅酥手，黃藤酒，滿城春色
宮牆柳。東風惡，歡情薄。
一懷愁緒，幾年離索。錯！
錯！錯！
春如舊，人空瘦，淚痕浥紅
鮫綃透。桃花落，閒池閣。
山盟雖在，錦書難託。莫！
莫！莫！
——陸放翁《釵頭鳳》

暮投石壕村，有吏夜捉人。
老翁逾牆走，老婦出門看。
吏呼一何怒，婦啼一何苦。
聽婦前致詞，三男鄴城戍。
一男附書至，二男新戰死。
存者且偷生，死者長已矣。
室中更無人，惟有乳下孫。
有孫母未去，出入無完裙。
老嫗力雖衰，請從吏夜歸。
急應河陽役，猶得備晨炊。
夜久語聲絕，如聞泣幽咽。
天明登前途，獨與老翁別。
——杜甫《石壕吏》

李商隱看到當時那些貪贓枉法、橫徵暴斂種種的政治不合法，忍不住要說話。他有一首詩叫《賦得雞》。這首詩什麼時候寫的呢？李商隱總是在各地方的幕府，周遊在外邊，很少回來。有一年，他的母親去世了，中國的習慣要守孝，什麼事情都不做，就回到長安來了。守母喪的時候，在長安寫的這首詩，是寫鬥雞，鬥雞是專門養來鬥的。我還真的看見過鬥雞。我當年遭遇到白色恐怖、無家可歸的時候，後來我到一家私立中學去教書，在臺南縣城外的地方，有人家就養著鬥雞。李商隱寫的《賦得雞》，他說：「稻粱猶足活諸雛」，「足」念入聲；「妒敵專場好自娛」，這個「場」字念平聲；「可要五更驚穩夢，不辭風雪為陽烏」。

李商隱還有很多好詩，諷刺當朝，我們來不及講。舉一個例子：當時有個人叫劉蕡，考試沒有考上，為什麼呢？考試的時候他公開批評了政治、宦官，那時就流傳著考試的舉子們說的話：「劉蕡下第，我輩皆羞。」說這個姓劉的這麼好的才學，因為諷刺了當朝的政治沒有考上，我們這些考中的人，都覺得羞恥。劉蕡後來被貶官，後來就死了。李商隱寫《哭劉蕡》*《哭劉司戶蕡》*，寫了好幾首詩都是哀悼劉蕡。李商隱是有政治理想的，因為他有正義感在心中，但他還真是不像杜甫。

杜甫這個人——我已經跑野馬跑到杜甫去了，因為剛才有人問我：杜甫和李商隱是不是一樣？他們有一樣的地方，有不一樣的地方。杜甫這個人是忠愛纏綿。杜甫回來做拾遺的官，拾遺等於監察，專門指斥朝廷的錯誤。杜甫不像李商隱，當然，杜甫

上帝深宮閉九閽，巫咸不下問銜冤。
廣陵別後春濤隔，湓浦書來秋雨翻。
只有安仁能作誄，何曾宋玉解招魂。
平生風義兼師友，不敢同君哭寢門。

——李商隱《哭劉蕡》

路有論冤謫，言皆在中興。
空聞遷賈誼，不待相孫弘。
江闊惟回首，天高但撫膺。
去年相送地，春雪滿黃陵。

——李商隱《哭劉司戶蕡》

跟李商隱的地位也不一樣，杜甫做拾遺，是給皇帝上奏摺的，他可以給皇帝上奏摺，李商隱沒有這個機會，他只有在詩裡寫他的這種憤慨。杜甫說：「避人焚諫草，騎馬欲雞棲。」*（《晚出左掖》）我是看到朝廷有缺點，可是我不在外面公開地批評，我把我所看到的朝廷缺點，寫一封奏疏，明天早晨就交給皇帝看，我不能讓草稿流出去。有些人做了很多壞事，一些人就直接批評他們這個不對、那個不對，專門找壞話來說，杜甫不是。杜甫說我給朝廷的忠告，我只給朝廷看，我只給皇帝看，我不把批評的話流傳出去，「避人焚諫草」，我把諫疏的草稿都燒掉。李商隱不同，因為李商隱不像杜甫那樣有直接給皇帝上奏疏的機會，所以他就在詩裡直接評說。

母親死去，他在長安守孝，看到那些達官貴人都不像話，就寫了一首《賦得雞》*。「稻粱猶足活諸雛」，他說這些雞呀，就是搜刮，存很多稻粱，要給他的子女盡量搜刮錢財，他說搜刮的那些稻粱，足夠養活你們那些孩子了。一個是搜刮，為了養活自己的孩子。另一個是鬥爭，「妒敵專場好自娛」，跟別人鬥爭，要自己專場，要自己掌握權力，就是鬥。鬥雞，跟你的勢力相敵的，你要把它鬥垮，你要專有的權力，覺得這個是快樂。他說你不要忘記了，你的名字是雞呀，是「可要五更驚穩夢，不辭風雪為陽烏」。你沒想到你做雞的責任嗎？你要不要在五更的時候報曉？要不要啼明？你要把沉睡、昏睡之中的迷夢之人叫醒。你不怕外面的風雪的打擊，只為了陽烏，只為了你的啼叫可以把太陽呼喚上來。「陽烏」，是太陽裡那邊隻烏鴉。你應該想作為

晝刻傳呼淺，春旗簇仗齊。
退朝花底散，歸院柳邊迷。
樓雪融城濕，宮雲去殿低。
避人焚諫草，騎馬欲雞棲。
——杜甫《晚出左掖》

稻粱猶足活諸雛，
妒敵專場好自娛。
可要五更驚穩夢，
不辭風雪為陽烏。
——李商隱《賦得雞》

雞的責任，是要把太陽呼喚上來。你現在不盡你的責任，只是想跟人家鬥，「妒敵專場好自娛」，為你的子女搜刮稻粱。這是他對這些人的批評。

後代很多人就批評李商隱寫了很多愛情詩。李商隱確實寫了很多愛情的詩，而且李商隱在青年時期，在他還沒有考中科舉以前，曾經到玉陽山去學過道。前面已經說過，唐朝的時候學道成為一種風氣。李白也學道，而且受過道籙——受過道教的戒。因為道教盛行，所以大家都信奉道教。道教是什麼？道教是講究養生，講究長生不老的。它不像基督教說不在現世在天堂，也不像佛教說不在今生在來世，道教是說，你要現世，如何使你的肉體得到長生。道教男女的界限沒有那麼嚴格，不像佛家的清規戒律是很嚴的。很多宮廷之中的女子都願意出家到道觀裡邊，她離開了宮廷，離開了禮教的束縛，男道士、女道士，少年少女，哪個不善鍾情？當然有些戀愛的故事發生。李商隱是學過道的，他的詩有些確實是寫給女道士的，也反映了道觀之中男女的一些戀愛，這是絕對有的。所以很多人就認為李商隱這個人沒有品格，寫這些愛情的詩歌。可是我們剛才也說了，李商隱有些愛情詩歌，表面上看是愛情，可是其實可能是有寄託的。

他的妻子死後，他就到河東節度使柳仲郢的幕府去了。去了以後呢，這個柳仲郢想要給他續弦，介紹一個女子，李商隱就說：「至於南國妖姬，叢臺妙妓，雖有涉於篇什，實不接於風流。」（《上河東公啟》）因為中國的古詩裡邊說「南國有佳人」*（曹

南國有佳人，容華若桃李。
朝遊江北岸，夕宿瀟湘沚。
時俗薄朱顏，誰為發皓齒？
俯仰歲將暮，榮耀難久恃。
——曹植《雜詩七首》其四

植《雜詩》），「南國妖姬」就代表美麗的、漂亮的南國女子。「叢臺妙妓」，叢臺是古時候的一個建築，從前趙國有一個國君武靈王，蓋了一個高臺，他管這個臺子叫作叢臺。他在高臺上大部分的時間是看女子的歌舞，偶然也檢閱軍隊。李商隱說，「至於南國妖姬，叢臺妙妓」，就是這些歌妓、酒女，「雖有涉於篇什，實不接於風流」，我雖然偶爾在詩裡寫一下戀愛的詩篇，但其實我本身並沒有不檢點的行為。這就是黃庭堅寫小詞時說的，這是「空中語耳」（釋惠洪《冷齋夜話》）。他就是偶然間寫一首漂亮的詩，寫一首愛情的詩，並不是我心裡就去談戀愛了。

還有，就是李商隱對於妻子是很忠貞的。妻子死了以後，柳仲郢河東公指名道姓地要給他介紹一個女子為妻，他堅決沒有再娶。可是他其實很悲哀，他還寫過他不想再結婚了。李商隱的《樊南乙集》前面有篇序言*，說「三年以來」，他妻子死了三年，「喪失家道」，家裡面沒有主婦了，「平居忽忽不樂」，平常的生活覺得憂傷、不快樂，「始克意事佛」，他現在不是學道，而是學佛了，「方願打鐘掃地，為清涼山行者」。

總而言之，李商隱平生是如此。他看到那些邪惡的事情，尤其是政治上的敗壞，就忍不住要寫詩批評。他雖然寫了很多愛情詩，可是在行為上他並不放縱自己。後來人們給他的評語，最有名的是元好問的《論詩絕句》：

望帝春心託杜鵑，佳人錦瑟怨華年。

三年以來，喪失家道。平居忽忽不樂，始克意事佛。方願打鐘掃地，為清涼山行者。

——《樊南乙集序》

詩家總愛西崑好，獨恨無人作鄭箋。

「望帝春心託杜鵑」，你有多少哀傷，你有多少留戀，你有多少春心，死後你還不能放棄。你還把你這種悲哀、這種懷念，變成杜鵑鳥，每天在呼叫，說「不如歸去、不如歸去」，而且杜鵑啼叫的時候會啼血。「佳人錦瑟怨華年」，「錦瑟無端五十弦，一弦一柱思華年」，寫得這麼美。「詩家只愛西崑好」，這讀詩的人都喜歡，說李商隱的詩寫得好。「西崑」，是後來宋朝的人模仿李義山，把他的詩叫作西崑體。「獨恨無人作鄭箋」，可惜沒有人給李商隱的詩作出真正的、切當的解釋。

我也是從字面上說，像西方所說的那種 close reading，這個文字有什麼樣的感受，有什麼樣的典故，你要坐實他真是說什麼，我也不敢這樣講。我只是說他所表現的情緒是如此的。

那麼後來人都是猜測。當然，最無聊的人，就說錦瑟是人家裡邊一個內眷的女子，這真是無聊的猜測。說錦瑟是要跟女子幽會，彈的一個暗號，真是無聊的猜測。完全不是詩，也不是感情，什麼都不是，那真是非常無聊的事情。我後來也寫了一首詩，就是《讀義山詩》：

信有姮娥偏耐冷，休從宋玉覓微詞。

千年滄海遺珠淚，未許人箋錦瑟詩。

「信有姮娥偏耐冷」，人生的孤獨、寂寞，真能夠忍受嗎？我說我相信天上的嫦娥她是真的耐冷的。其實我還寫了一首詞，是一首詠月亮的詞，那是我在溫哥華寫的。有一年秋天，還不一定是中秋節，那天萬里無雲，月亮非常大，光色非常飽滿。那個時候有一個女學生在我家裡住，叫蔡寶珠。蔡寶珠就說，葉老師啊，今天月亮這麼好，你給月亮寫一首詩吧。我就寫了篇詠月亮的作品，《浣溪沙》。《浣溪沙》是一首詞的牌調。詩是題目，詞是牌調，一個樂曲的牌調，因為詞都是歌唱的歌詞（song words）。我把它稱作「無限清輝景最妍。流光如水復如煙。一輪明月自高懸」，這是上半首；下半首呢，「已慣陰晴圓缺事。更堪萬古碧霄寒。人天誰與共嬋娟」。這麼美麗的光，月亮不是永遠圓的，月亮有時候陰，有時候晴，有時候圓，有時候缺。月亮經過這些磨難、這些挫折，經過陰晴圓缺的種種變化，她已經習慣了這些災難和變化，而且她能夠體認萬古的碧霄寒，孤獨、寒冷地掛在天上。她已經習慣了忍受萬古的孤寒。她如此之美麗，人天之間，有什麼人、什麼東西像月亮這樣光輝、這樣明亮？

姮娥，天上的嫦娥，你要忍得住你的孤獨和寒冷，你才能呈現你的光明。你有這樣美好的理想、美好的感情、美好的願望，可你這麼不幸，你這麼孤獨，你這麼寂寞，你經過這麼多苦難，經過這麼多挫折。「信有」，我真的知道，我確確實實知道，姮娥忍受得住這樣的寒冷。所以你們這般俗世的人，「休從宋玉覓微詞」，不要抓住宋玉寫什麼高臺雲雨、巫山神女的，就說這個是戀愛、那個也是戀愛，這個是道姑、那個也是道姑，說《錦瑟》是說人家裡的一個侍女——不要做這種卑微、無聊的猜測。「信有姮娥偏耐冷」，那是李商隱，他孤獨，他寂寞，他忍耐了他的孤獨寂寞，你們這些世俗的人，「休從宋玉覓微詞」。

「千年滄海遺珠淚」，幾千年來我們中華的文化、我們所仰賴的古代有這麼多美好的人。前人曾經寫過一首詩：「天不生仲尼，萬古如長夜。」*（《唐子西文錄》）如果不是上天生下孔仲尼，啟發、教導了我們這麼多美好的道理，那人生萬古就跟在黑夜中一樣。前幾天有個我不認識的人，寫了一封信寄到南開大學，南開大學的秘書把他的信轉給我了。那個學生，也不是正式的學生，就是看了一些我的書和錄像，他說：「我相信你講的這些美好的精神、這些美好的靈魂，不會就這樣消失，他們應該存在，應該存在在宇宙之中。」這就是我常常說的。有人問我，現在大家都不喜歡舊詩了，你還一直在講舊詩，你覺得有希望嗎？我說，詩歌的本身，是有它的生命的。只要是一個有靈魂、有感覺、有理想的人，讀了這些詩，這些詩就會喚起他一個感發的生命。所以我常常說，詩歌有一種感發的生命。而且這個生命，是一可以生二，二可以生三，三可以生無窮的。

我從李商隱得到的感發，或者我從杜甫得到的感發，不一定跟他們完全一樣，但

蜀道館舍壁間題一聯云：「天不生仲尼，萬古如長夜。」不知何人詩也。——唐庚《唐子西文錄》

他們的詩使我感動，使我有一種興發，我的內心被感動了，對於人生有一種感發，有一種追求，這就是它的作用。那個學生就說了，我相信葉老師所講的這麼多的美好靈魂，他們的精神，不會在這個世界上永遠消失，他們一定存在。一定存在在哪裡？存在在他們的詩裡。只要是個有心人，一定會受到感動，他們的精神是不死的。而我們，在這麼悲哀的、困難的、罪惡的、動亂的現實社會中，看到那一點光明，就因為我們有古人，有這樣美好的詩篇，他們給我們留下這種美好的追求和嚮往。幾千年過去了，在滄海之中我們讀到他的詩篇，他給我們留下的，是一顆明珠。也許這顆明珠是由他的眼淚變成的，我們要體會這個珠淚的美麗和悲哀。「未許人箋錦瑟詩」，不要隨便用世俗的、無聊的、下流的那些猜測，去隨便猜測他。

我還要補充一點。因為開頭的時候說我寫了一些詩是用李商隱的詩補足的。李商隱的詩常常都是悲哀的、傷感的，所以我那時候也寫一些悲哀和傷感的詩。我說「波遠難通望海潮，朱紅空護守宮嬌」，可是我現在變了。我說「一任流年似水東」，我已經九十歲了，似水的流年都消逝了；「蓮華凋處孕蓮蓬」，蓮花掉落的時候，其實種子在蓮蓬裡邊長成了。為什麼我改變了呢？我說「柔蠶老去應無憾，要見天孫織錦成」，像有些年輕人說，我讀了你的書很受感動，也寫了一首詩，這就很好，這就是我的希望和願望。

最後再引一首詩就結束了。這首詩不是我的詩，是我改寫、摘錄了別人的詩。別人是誰呢？就是編寫《唐宋名家詞選》的龍榆生先生。我現在不是寫他的原詩，我是把他的詞句改編了，用榆生先生句改寫：「師弟恩情逾骨肉」，我認為老師跟學生的恩情比父母跟子女的感情更有過之，因為父母跟子女的關係是生理的，可是老師跟學生的關係是精神的，是用你的精神感動了學生。

「書生志意託謳吟」，作為一個書生，我什麼能力都沒有，我對於人世不能盡到一點點的能力，我只能把我的志意、我的生命都「託謳吟」，託在讀詩詞、寫詩詞、講授詩詞中。「只應不負歲寒心」，九十歲的我要繼續做下去，希望能把古人的美好的心靈和志意、美好的詩篇傳授下去。

謝謝大家。

王立、李永田整理

附錄一　從西方文論與中國詩學談李商隱詩的詮釋與接受

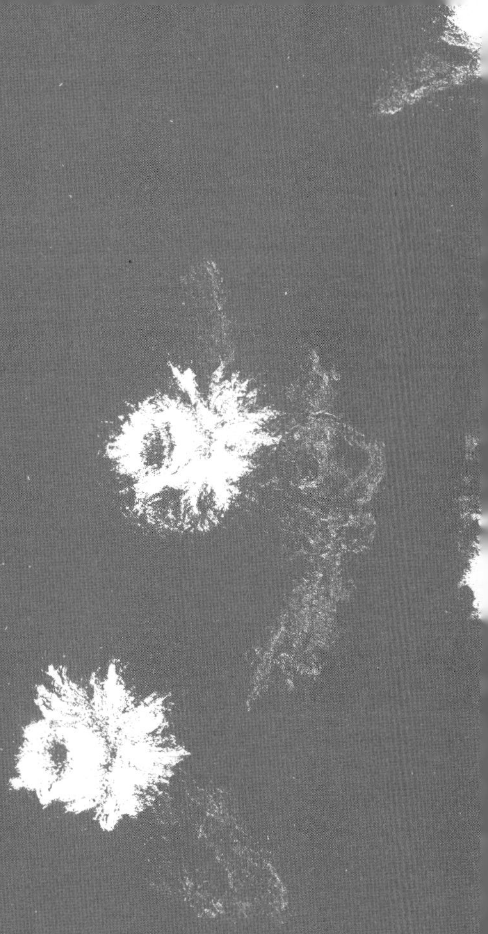

一、從《錦瑟》詩談起

我要講的題目是「從西方文論與中國詩學談李商隱詩的詮釋與接受」，今天我們就從《錦瑟》說起：

錦瑟無端五十弦，一弦一柱思華年。
莊生曉夢迷蝴蝶，望帝春心託杜鵑。
滄海月明珠有淚，藍田日暖玉生煙。
此情可待成追憶，只是當時已惘然。*

李商隱的一生是很不幸的一生。李商隱去世以後，與他同時的一個名叫崔珏的朋友曾經寫過一首輓詩，其中有兩句說：「虛負凌雲萬丈才，一生襟抱未曾開。」李商隱自己寫的詩往往都是非常悲觀的，都是非常痛苦的，非常失落的。我曾經受過他的影響，我也寫過一些那樣的詩歌。可是我晚年，前幾年，我用了李商隱的詩韻，把他詩中悲哀的基調改變了。

李商隱有一首詩，題目是《東下三旬苦於風土馬上戲作》*。他從西向東，當時沒有現在這麼方便的交通工具，所以他是騎著馬走的。他說「路繞函關東復東」，我

劉學鍇、余恕誠：《李商隱詩歌集解》，北京：中華書局，二〇〇四年，一五七九頁。

同上書，一〇七四頁。

騎著一匹馬，沿著函谷關向東走。「身騎征馬逐驚蓬」，我騎的是一匹征馬，一匹長途奔波的衰老的疲倦的馬。「身騎征馬——逐驚蓬」，大家可以想見我們北方風沙的天氣，那風沙漫天而來，所以他說，我沿著函谷關向東走，每天所追逐的就是那被西風吹起來的斷蓬——蓬草的梗斷了，隨風飄轉——「身騎征馬逐驚蓬」。我這樣奔波，走在這樣風沙的道路上，我去的地方，有什麼美好的結果嗎？有什麼期待，有什麼盼望嗎？「天池遼闊誰相待」，這裡用了《莊子》上的一個典故。北海有一條魚，名字叫作鯤，牠變化成一隻大鳥，名字就叫作鵬，這個鵬張起翅膀來，「其翼若垂天之雲」，連接著上天，就像一條長雲，牠從北海徙於南冥，「南冥者」，就是「天池也」*，就是這個鵬要飛去的那個地方。李商隱說，我要從北海飛到南海去，飛到天池去。天池那麼遙遠，「天池遼闊誰相待」，有一個人真的在那裡等待我嗎？我真的飛到那裡就能夠達成我一切的願望嗎？不一定有人相待，他說，我「日日虛乘九萬風」，所以我就每天在這風沙路上，隨著那被九萬里高風吹得到處飄轉的征蓬，「虛乘」，我白白地追隨這個征蓬流離、飄轉。所以他說：「路繞函關東復東，身騎征馬逐驚蓬。天池遼闊誰相待，日日虛乘九萬風。」

我把它改了。我說「一任流年似水東」*，這不是我一任它流年，而是流年不管我任不任，我逝去的年華都不可能再返回來了。我現在已經是耄耋之年的老人，我的流年，是不可能再返回來的。所以我說，「一任流年似水東」，這是事實。可是下面

* 郭慶藩《莊子集釋》，王孝魚點校，北京：中華書局，一九六一年，第二頁。

* 詳見葉嘉瑩《鷓鴣天》「連日愁煩以詩自解，口占絕句二首，首章用李義山《東下三旬苦於風土馬上戲作》詩韻而反其意；次章用舊作《鷓鴣天》詞韻而廣其情」其一：「一任流年似水東，蓮華凋處孕蓮蓬。天池若有人相待，何懼扶搖九萬風。」《迦陵詩詞稿．二集．詩稿》，北京：中華書局，二〇〇八年，二〇七頁。

一句，我給它一個轉折，我說「蓮華凋處孕蓮蓬」。我常說，我與蓮花有一段因緣，因為我的生日就是荷花的生日，這是一個很長的故事，今天來不及講。荷花雖然凋零了，但是荷花結得有蓮蓬，蓮蓬裡邊有蓮子，蓮子裡邊有一個蓬心。很多年前我看到考古的雜誌說，他們從漢墓裡發掘出漢朝的幾顆蓮子，再重新培育，居然活了，所以我說，「蓮華凋處孕蓮蓬」。我雖然老去了，但是我教書教到現在差不多有七十年之久了，從二十歲大學一畢業就教書到現在，凡是我教過的學生，我對他們都有很深重的感情，他們對我也有很深重的感情，有些幾十年前的學生，直到現在我們都有往來，這是我們做老師的最大的快樂，最大的安慰，所以我說「蓮華凋處孕蓮蓬」。「天池若有人相待」，什麼是我的等待？我七十歲以後有什麼想法？我就是要盡我的力量，把我所愛好的，我所體會到的，我們中國詩詞裡邊所蘊含的那些古代的偉大的詩人、詞人他們的感情、志意、修養、品格能夠傳留下來，而且我認為詩歌的生命是不死的。常常有同學笑我說，葉嘉瑩又在講她的興發感動的生命了。詩歌的生命是不死的，所以我用李商隱詩韻改作的一首詩，最後兩句寫的是「天池若有人相待，何懼扶搖九萬風」，我們今天就從李商隱講起。

我的題目是「從西方文論與中國詩學談李商隱詩的詮釋與接受」。我為什麼要從西方文論講起呢？中國人講中國詩，你就簡單地講中國詩就好了，可是我曾經在海外教了很多年的書，我從一九六六年就到北美的哈佛大學。一進哈佛大學遠東學系的大門往右一拐，有一個很長很大的房間，叫作 common room，是一個大家都可以用的房間。房間角落裡邊有微波爐，有電冰箱，裡邊有茶葉、咖啡、杯子、盤子，你可以到這裡來休息，你可以喝一杯咖啡，烤兩片麵包，沏一杯茶水。這邊有個很空闊的地方，是一個非常長而寬的桌子，你可以在桌子旁邊坐下來，喝你的咖啡，吃你的三明治。有的時候，像遠東系要開會，很多教授就圍在桌子旁邊開會；遠東系自己的小型講演，也在這個 common room 裡面講演。牆上掛了一副對聯：「文明新舊能相益，心理東西本自同。」我們世界的文化、文明、新舊能夠繼承，能夠相生相長、相切磋、相觀摩，雖然我們的歷史不同，我們的生活習慣不同，但是生而為人，我們基本的感情——生老病死，喜怒哀樂——有很多是相同的，所以「文明新舊能相益，心理東西本自同」。

雖然我在國外多年，我在中國讀的是國文系，畢業以後一直從中學教到大學，一直教的是中國的古典文學，本來與西方的文論有何相干？可是我在國外要講課，尤其是我後來到了溫哥華的ＵＢＣ大學以後，校方對我說，你不能夠只教研究生——研究生雖然也是外國的研究生，可是研究生既然研究中國古典文學，他會看中國字，會說中國話，教起來比較容易——校方說你要做專任的老師，不能只教研究生，要教大班的課。大班的課是外國人，沒有任何關於中文的背景，全部都要用英文講授。講授什麼課呢？講授整個中國文學史，要從中國古代的文學介紹到現當代的文學，從《詩經》的毛詩開始，一直介紹到毛主席的詩詞，from Mao to Mao。那我要備課，我每天晚上要查生字備課，然後第二天去給他們講課。當然我自己知道，不管是從發音（pronunciation）來說，還是從文法（grammar）來說，可能都不是完美的。可是我教了一年英文的課程後，我班上選課的學生，就從開始的十六、七個人變成了六、七十個人。「文明新舊能相益，心理東西本自同」，因為我雖然是用英文教，但是我是把我的體會、我的感情投注進去，所以雖然那些個詩詞是古人的詩詞，已經被翻譯成英文，但是我用我的心靈感情去講，就給了它生命。那些學生知道，我又不是來教英文的，文法不正確沒有關係，發音不正確也沒有關係。但是我所講述出來的是中國詩詞裡面真正的生命、感情，那些古代的詩人，我要在我的口中、講解中讓他們活起來，那西方人就同樣受到感動。因為我要常常用英文講課，就發現有些中國的詩歌理論所不能夠說明的東西，用西方的文學理論反而能夠說明。中國是一個智慧很高的國家，可是一般的文人不是很長於邏輯性的思辨，所以他們常常說的都是一種印象式的批評。像司空圖的《二十四詩品》，一個一個的都是形象。像《滄浪詩話》所講的那些唐人的詩歌，是「唯在興趣」，那「興趣」是什麼？王士禎說詩歌要有神韻，「神韻」又是什麼？王國維說「詞以境界為最上」*。那「境界」又是什麼？*我們看不到，摸不著，這麼虛無縹緲，沒有辦法給西方學生講，也沒有辦法給他們翻譯。你說「氣骨」，the air and bone，那是什麼東西呢？有氣有骨，所以你沒有辦法翻譯。我不得不用英文來說明。而我這個人除了「人之患在好為人師」之外，其實更大的「好」，還不是「好為人師」，而是「好為人弟子」，我是一個喜歡學習的

王國維：《人間詞話》，上海：上海古籍出版社，一九九八年，第一頁。

《人間詞話》：「嚴滄浪《詩話》謂：『盛唐諸公，唯在興趣，羚羊掛角，無跡可求。故其妙處，透澈玲瓏，不可湊拍，如空中之音、相中之色、水中之影、鏡中之像，言有盡而意無窮。』余謂北宋以前之詞亦復如是。然滄浪所謂『興趣』，阮亭所謂『神韻』，猶不過道其面目，不若鄙人拈出『境界』二字為探其本也。」第三頁。

人，直到現在我也仍然喜歡學習。所以，除了教書以外，我去旁聽那些外國人的課程，跟他們學了一些西方的文學理論。而西方的文學理論是邏輯性的，是思辨性的，很能夠說明問題。我後來就覺得，要借用西方的文論來詮釋我們中國的詩說，這樣可以幫助我的學生有所瞭解。

而中國詩呢，有幾種詩的不同。中國的詩中比較容易翻譯的，外國人也願意做研究的，是比較寫實的一派。我在哈佛大學教書的時候，有一位叫洪煨蓮的華人老先生，在國外多年，他曾經翻譯介紹了杜甫的詩。杜甫是寫實的詩人，我們先看一首杜甫的詩，詩題是《至德二載，甫自京金光門出，間道歸鳳翔。乾元初從左拾遺移華州掾，與親故別，因出此門，有悲往事》*，詩題差不多有將近四十個字。而今天講的這首李商隱的《錦瑟》，只有兩個字的題目。「錦瑟」是什麼？錦瑟是一個 musical instruments，是一個樂器，只是一個名詞，沒有任何敘述的語言。他說的是什麼呢？所以，這是兩類完全不同的詩。

我們先看杜甫這首詩。「至德二載」，那是唐玄宗天寶之亂以後，玄宗幸蜀，到四川去了，他的兒子肅宗在靈武即位，改年號「至德」，後來肅宗又把行在遷到鳳翔。至德二載的時候，長安已經淪陷在叛軍的手中。杜甫本來不在長安，可是他要回到自己的朝廷去，在奔向鳳翔的途中，就被擄入長安，杜甫不甘心生活在叛軍的手中，要逃到自己祖國的後方去。所以唐肅宗至德二載，杜甫從金光門逃出來，這是長安城的

此道昔歸順，西郊胡正繁。
至今殘破膽，應有未招魂。
近得歸京邑，移官豈至尊。
無才日衰老，駐馬望千門。
——杜甫《至德二載，甫自京金光門出，間道歸鳳翔。乾元初從左拾遺移華州掾，與親故別，因出此門，有悲往事》

一個西門。「間道」，走小路。「歸鳳翔」，鳳翔就是當時肅宗的行在。杜甫從淪陷區逃到後方去的時候，路上九死一生。回到鳳翔，皇帝給了他一個職位叫「左拾遺」。後來，肅宗還朝了，把叛軍趕出去，回到長安。杜甫也回到長安，做他的左拾遺，拾遺補闕，看到皇帝有缺陷，要給國家提忠告，希望國家改正。但是以他這樣的忠愛，也被移放出去了，不讓他在朝廷做官，讓他到華州做一個屬官，所以「從左拾遺移華州掾，與親故別，因出此門，有悲往事」。這個門，是我當年為了歸向祖國出的門，回到祖國的後方去，我現在回到朝廷，祖國把我移放出去，降官出去了，我又從這個門出來了。這裡面有很多悲哀，很多感慨。他說：「此道昔歸順，西郊胡正繁。至今殘破膽，應有未招魂。」我們說杜甫的詩都是有歷史背景的，這樣的詩歌在中國的詩論中算作「賦體」，「賦」是直言其事。賦比興，這是屬於「賦」的一種作法，所以他就直接敘陳事實。可是中國的詩還有其他兩種作法，一種叫「比」，一種叫「興」。「比」是「以此例彼」，像《詩經》的《碩鼠》。還有像《關雎》，這個是「興」。

可是現在有了李商隱這樣的詩。像我們要講的《錦瑟》：「錦瑟無端五十弦，一弦一柱思華年。莊生曉夢迷蝴蝶，望帝春心託杜鵑。滄海月明珠有淚，藍田日暖玉生煙。此情可待成追憶，只是當時已惘然。」他說了什麼？都是一個一個的形象，一個一個的典故，每一句詩是一個形象，有一個典故，擺了很多在那裡，但是是什麼意思呢？所以元遺山的《論詩絕句》說：「望帝春心託杜鵑，佳人錦瑟怨華年。詩家總愛西崑好，獨恨無人作鄭箋。」＊他把李商隱詩裡邊幾個形象摘出來了，「望帝春心託杜鵑，佳人錦瑟怨華年」，一個一個的形象，一個一個的典故，都是一個一個的，好像都是互相無關係的，所以這樣的詩就很難懂。元遺山說，學詩的人都喜歡西崑好——「西崑」，是宋朝有一些詩人，模仿李商隱的詩，用很多華麗的語言、很多典故來寫作，這是西崑體——「獨恨無人作鄭箋」，這樣的詩表面上看起來也很好，形象也很美麗，聲音也很鏗鏘，但是究竟說什麼呢？這是元遺山的疑問和評論。後來清朝還有一個王士禛，也寫了《論詩絕句》，他論到李商隱的詩說：「獺祭曾驚博奧殫，一篇錦瑟解人難。」＊（《戲仿元遺山論詩絕句》）什麼叫「獺祭」？「獺」是一種動物，大概就是獺魚。我不是研究動物學的，我只是從一些書裡面查到，說這個「獺」捉小魚吃的時候，不是抓一個吃一個，而是抓很多，把小魚一個一個都擺在前面，好像是上供祭祀一樣，所以叫「獺祭」。他說李商隱的詩就像「獺祭」，就像「水獺」，擺很多很多的小魚，互不相干——一個典故一個典故，一個故事一個故事。「曾驚博奧殫」，李商隱的學問太博大了，使人驚異，他知道那麼多典故，「博」；「奧」，但是太不容易懂了。所以李商隱的詩是以難懂出名的。

劉學鍇、余恕誠：《李商隱詩歌集解．箋評》，一五八三頁。

趙伯陶：《王士禛詩選》，北京：人民文學出版社，二〇〇九年，一一六頁。

二、閱讀的三個層次

義山這首詩雖然難懂，但大家都喜歡背誦，那是因為，它雖然難懂，但念起來挺順口的，而且這些形象都很美麗。而這在西方的文論看來，屬於閱讀的第一個層次。

在西方的文論中，漢斯・羅伯特・姚斯（Hans Robert Jauss）寫過一本書 *Toward an Aesthetic of Reception**，翻譯作《關於接受美學》。你讀一首詩，怎麼接受它？怎麼理解它？姚斯提出來三個層次。

第一層，是「美感的感知性的閱讀」（aesthetically perceptual reading）。就如元遺山所說的，《錦瑟》詩大家都不懂，可是大家都喜歡它，為什麼呢？這就是「美感的感知性的閱讀」。我懂不懂不管，「望帝春心託杜鵑，佳人錦瑟怨華年」，什麼「錦瑟」啦、「華年」啦、「杜鵑」啦，這些形象，直覺覺得很美，念起來音調也很美。「錦瑟無端五十弦，一弦一柱思華年。莊生曉夢迷蝴蝶，望帝春心託杜鵑。」你一定要把聲調讀出來，不用模仿我，要用自己的感受和體會讀出來，但是一定要注意到，詩是有平仄的。「託」字，在我們舊傳統的讀音中，是個入聲字，所以不能念「ㄊㄨㄛ」，念「ㄊㄨㄛˋ」。「莊生曉夢迷蝴蝶」，這個「蝶」也是入聲字，「ㄉㄧㄝˋ」，不能讀成平聲，若讀成平聲，那麼「迷蝴蝶（ㄉㄧㄝˊ）」，三個都是平聲，一般的中國律詩或絕句，不可以有三個平聲連用，是忌三平，所以一定要念「蝴蝶（ㄉㄧㄝˋ）」。「莊

* Hans Robert Jauss, *Toward an Aesthetic of Reception*, translated by Timothy Bahti, Minneapolis: University of Minnesota Press, 1982.

生曉夢迷蝴蝶，望帝春心託杜鵑。滄海月明珠有淚，藍田日暖玉生煙。此情可待成追憶，只是當時已惘然。」聲音、形象是直覺的。俞平伯先生在《讀詞偶得》中講溫飛卿的《菩薩蠻》「水精簾裡頗黎枕，暖香惹夢鴛鴦錦」*，什麼意思？「水精簾」是個名詞，「頗黎枕」也是個名詞，「水精簾裡頗黎枕」，沒有一個敘述的情意呀，「暖香」「鴛鴦錦」，都是形容詞和名詞。是什麼意思？俞平伯說了，這兩句，「千載以下，無論識與不識，解與不解，都知是好言語矣」*。這是直覺的，聲音好聽，形象美麗，這是姚斯所說的第一層次的閱讀，「美感的感知性的閱讀」。管它懂不懂呢，聽起來好聽，看起來好看，那就好了嘛，不懂沒關係，但是我們喜歡。這是第一層次的閱讀。

還有第二層次的閱讀，就是「反思的說明性的閱讀」（retrospectively interpretive reading）。你光是說「望帝春心託杜鵑，佳人錦瑟怨華年」，什麼意思嘛？「水精簾裡頗黎枕，暖香惹夢鴛鴦錦」，到底什麼意思嘛？所以需要一個反思的、說明性的閱讀。李商隱的「錦瑟無端五十弦，一弦一柱思華年」，你說看起來很好看，讀起來很好聽，這些形象都很美麗，這不夠，你要想一想，他到底說些什麼？「莊生曉夢迷蝴蝶」有一個典故，「望帝春心託杜鵑」有一個典故，這些典故說的是什麼？這些都是知性的閱讀。《錦瑟》裡的「望帝春心託杜鵑」，「春心」，應該是一種多情的心。關於蜀望帝的傳說，有兩個版本。一個是說，當時蜀國發大水，一個叫鱉靈的人幫他治了水，然後他就讓國給了鱉靈，後來望帝死了，不能忘記他的故國，所以「望帝春心託

* 水精簾裡頗黎枕，暖香惹夢鴛鴦錦。江上柳如煙，雁飛殘月天。藕絲秋色淺，人勝參差剪。雙鬢隔香紅，玉釵頭上風。
——溫庭筠《菩薩蠻．水精簾裡頗黎枕》

* 俞平伯：《俞平伯論古詩詞．讀詞偶得》，上海：復旦大學出版社，二〇〇六年，一一〇頁。

杜鵑」。當然也有人在裡邊加了點感情，說望帝叫鱉靈去治水，他就跟鱉靈的妻子好了，後來覺得很慚愧，就把國讓給了鱉靈，自己走了，也有這樣的說法。總而言之，他有一顆多情的心，又有一顆懷念故國的心，所以「望帝春心託杜鵑」，一個人懷念過去的一切，希望再回去，所以杜鵑鳥的叫聲是「不如歸去」。可是過去的事情，永遠都回不去了，失落的也永遠得不到了。「滄海月明珠有淚」，是什麼意思呢？《文選》的注解說：「月滿則珠全，月虧則珠闕。」還引了郭憲的《別國洞冥記》記載：「味勒國在日南，其人乘象入海底取寶，宿於鮫人之宮，得淚珠，則鮫人所泣之珠也，亦曰泣珠。」《博物志》也記載：「南海外有鮫人，水居如魚，不廢績織，其眼泣則能出珠。」*當滄海上月明之時，珠是圓的，珠雖然是圓的，可是都是像淚點一樣。至於「藍田日暖玉生煙」，注解上怎麼說呢？《長安志》中說：「藍田山在長安縣東南三十里，其山產玉，亦名玉山。」還有一個說法是吳王的女兒《吳女紫玉傳》中說：「王梳妝，忽見玉，驚愕悲喜，問曰：『爾緣何生？』」因為他的女兒本來死了，現在又看見她，以為她復活了。「玉跪而言曰：『昔諸生韓重來求玉，大王不許。玉名毀義絕，自致身亡。重以遠還，聞玉已死，故齎牲幣詣冢弔唁。感其篤終，輒與相見，因以珠遺之。不為發冢，願勿推治。』」*他拿的珠子，不是掘墳挖墓得來的。這兩段都是愛情故事。李商隱說的是，當滄海上朗月光照的時候，珠雖然是圓的，但是每個珠都是淚點；藍田山上，當暖日生輝的時候，玉是在煙靄迷濛之中的。那到底說的

劉學鍇、余恕誠：《李商隱詩歌集解》，一五八〇—一五八一頁。

劉學鍇、余恕誠：《李商隱詩歌集解》，一五八一頁。

是什麼呢？一句一個形象。我們已經有知性的對於典故的理解了，但是他到底要說什麼嘛？一個一個形象我們知道了，一個一個典故我們知道了，李商隱說，「此情可待成追憶」，這些感情，可要等到我以後追憶起來才覺得迷茫嗎？「只是當時已惘然」，就是在當時，我已經非常迷惘了。

現在，第一層「美感的感知性的閱讀」，我們已經有了；第二層「反思的說明性的閱讀」，我們也有了，他到底說的是什麼？我們現在還是不大清楚，所以還有第三層「歷史性的閱讀」。歷史要從兩方面來看，一個是看作者本身的歷史，我們說：「頌其詩，讀其書，不知其人，可乎？是以論其世也。」*你要看看李商隱的生平，他有什麼樣的經歷，有什麼樣的生活，有什麼樣的感情，這首詩在哪年作的？當時的背景是什麼？所以這個歷史性的閱讀，可以從作者的歷史來讀。歷史性的閱讀，其實還可以有第二種意思，就是西方人常常講的「接受史」。李商隱這首詩，被歷代的讀者怎麼樣接受的，他們都有什麼樣的說法。這是另一種讀法。

我們從接受的歷史來說，就會發現，這牽涉到詩人的歷史背景。歷史有兩種情況，一個是接受的歷史，一個是詩人當年生平的歷史。接受的歷史我們可以舉幾個常見的說法：第一個，是最簡單的，北宋黃朝英所著筆記《湘素雜記》，以為此詩中四句，乃寫「錦瑟之為器也……其聲也適、怨、清、和」*。他為什麼這麼說呢？他是把「錦瑟」當作題目了。詩都有個題目，這「錦瑟」就是詩題。既然詩題是「錦瑟」，

楊伯峻：《孟子譯注》，北京：中華書局，一九六〇年，二五一頁。

劉學鍇、余恕誠：《李商隱詩歌集解．箋評》，一五八一頁。

那詩的內容當然就是錦瑟了。但李商隱的詩不然，李商隱的詩有時候就寫《無題》，有時候就把題目的頭兩個字當作題目，這是《詩經》的辦法。《關雎》《碩鼠》《桃夭》，都是把第一句詩裡面兩個字當作題目。所以《錦瑟》不一定就是詩的內容。黃朝英說，古人認為，錦瑟表現了聲音的四種境界，一個是「適」，一個是「怨」，一個是「清」，一個是「和」。他說「莊生曉夢迷蝴蝶」就是逍遙自在，就是「適」；「望帝春心託杜鵑」就是「怨」；「滄海月明珠有淚」就是「清」；「藍田日暖玉生煙」就是「和」。這完全是望文生義，把詩當作謎語來猜。這是第一種說法。

第二種說法，以為「錦瑟」是人名，這完全沒有歷史根據。說者以為「錦瑟」不但是人名，而且是貴人的愛姬，甚至於是令狐楚家的青衣，這見於劉貢父的《中山詩話》，還有《唐詩紀事》。宋人常常寫很多短的筆記，說一些傳說中的故事，並不見得都是正確的和真實的。這真是望文生義，「錦瑟」是人名，全無歷史根據。令狐楚是李商隱的第一個恩主，什麼叫李義山的恩主？李義山的出身非常貧苦，他曾經寫過一篇文章《祭裴氏姊文》*，是祭祀他的姊姊的，就寫到他們家的遭遇。他說「年方就傅，家難旋臻」，我的年齡正在「就傅」——應該跟老師去讀書的時候，「家難旋臻」——不幸就降臨了。因為他的父親去世了，他是長男，要負起家庭的責任。他是河南人，可是父親在江南做官，在江南去世了，沒有官做，他們家裡就無以為生了，就要回到河南的老家去，他是男孩子，是長子，「躬奉板輿，以引丹旐」，要自己送靈柩，

劉學鍇、余恕誠：《李商隱文編年校注》，北京：中華書局，二〇〇二年，八一四頁。

打著引魂的幡回到故鄉去。因為他們離開故鄉很久了，故鄉連他們的戶口都沒有了，無家可歸。無以為生，他做什麼呢？他說他就「傭書販舂」，「傭書」就是給人家做抄寫的工作，因為唐朝時印刷還沒有流行，所以都是用手抄寫的，所以他就給人家做抄寫的工作。抄寫的工作不能養家，還要「販舂」，「舂」是舂米、搗米。他說「販」，是賣勞力。所以他給人家抄書，給人家搗米，要養他的母親和家中兄弟姊妹。但是他刻苦讀書，十幾歲寫的古文就非常好了。當時令狐楚到河南來做地方的官長，李商隱拿文章給令狐楚看，令狐楚很欣賞他的文章，是他的第一個府主。李商隱一生仕宦不得志，不能真正留在朝廷做官，他都是到外地去，到別人的幕府之中去。幕府就是外地的地方長官。李商隱很不幸，不但不能留在朝廷做官，而且凡是欣賞他的幕府府主，都是很不幸的。李商隱的第一個府主是令狐楚，就在李商隱考上進士的那一年，令狐楚死去了。也有別的人曾經欣賞過他，我們現在還來不及講，比如後來他曾經被兗海觀察使崔戎所欣賞，崔氏很快就死去了；其後到桂管觀察使鄭亞的府中，鄭亞不久就被貶官了；他曾經在柳仲郢的幕府之中，柳仲郢很快就被調職回朝了。李商隱平生到很多幕府做官，但都是非常短暫的，而且他的府主，不是死了，就是貶官了，他從來就沒有機會長久做官，所以他生平是很不幸的。在這種不幸的生活之中，你說李商隱跟他府主家裡的人談戀愛，那是根本不可能的事情，歷史上也絲毫沒有記載。他們喜歡這樣猜測的緣故，只是因為李商隱喜歡寫一些愛情的詩，像「賈氏窺簾韓掾少，宓妃留枕魏王才」，說的就是男女的感情。而且李商隱年輕的時候，還沒有考上進士以前，曾入山學道，與女道士有來往，但他跟女道士沒有什麼真的愛情故事。李商隱這個人，他會寫出很好的詩來，有時候也會寫一些遊戲的文字，所以容易讓別人對他有誤會。李商隱的文集中有一篇《上河東公啟》*，河東是柳氏的郡望，柳仲郢是他幕府的府主。李商隱的妻子死後，柳仲郢想給他介紹一個女子讓他再婚，李商隱在《上河東公啟》裡說，「至於南國妖姬，叢臺妙妓」，「叢臺」是戰國時趙武靈王築的高臺，用來閱兵和觀賞歌舞，李商隱說，雖然在我的詩文裡，有時候會寫一些「南國妖姬，叢臺妙妓」，但是「實不接於風流」，但是我實在是沒有跟這些風流女子有任何來往的事情，而且他在妻子死後堅持沒有再結婚。所以大家的說法，說他跟府主家裡的女子有什麼來往，是不可信的。

我們講歷史性的接受，結合著李商隱的歷史和後人對《錦瑟》接受的歷史來看，還有第三個說法，以為《錦瑟》是李商隱妻子死後的悼亡詩。我們現在就來考察一下，他妻子死後，跟這首《錦瑟》詩有什麼關係。李商隱有一首《房中曲》，詩中說：「薔薇泣幽素，翠帶花錢小。嬌郎癡若雲，抱日西簾曉。枕是龍宮石，割得秋波色。玉簟失柔膚，但見蒙羅碧。憶得前年春，未語含悲辛。歸來已不見，錦瑟長於人。今日澗底松，明日山頭檗。愁到天池翻，相看不相識。」*這首《房中曲》，是寫閨中夫妻之間感情的一首樂府詩。這首應該是他妻子死後的悼亡詩，懷念他跟妻子的生活，前

劉學鍇、余恕誠：《李商隱文編年校注》，一九〇二頁。

劉學鍇、余恕誠：《李商隱詩歌集解》，一一四五頁。

面是回憶，「薔薇泣幽素，翠帶花錢小。嬌郎癡若雲，抱日西簾曉」，寫他們夫妻過去美好的生活。「枕是龍宮石，割得秋波色」，古代都是硬的枕頭，玉的枕頭、石的枕頭、水晶的枕頭，他說他的枕頭是龍宮石。龍宮石是一種很美麗、有光彩的石頭，女子的頭枕在這個枕頭上，她的秋波——她眼睛的光彩，跟這個枕頭的光彩相映襯。「玉簟失柔膚，但見蒙羅碧」，本來他們的席子上，有他妻子的柔膚映襯在上面，現在「但見蒙羅碧」，只能看見席子的顏色了。「憶得前年春，未語含悲辛」，李商隱總是在外邊輾轉流離，在幕府之中給人家做文書的工作，他的妻子和兒女，往往都寄寓在岳父家裡。他說我記得我前年回來的時候，妻子「未語含悲辛」，他們夫妻總是會少離多，我想他妻子那時候身體已經不大好了，可是她沒有辦法留住李商隱，因為李商隱在長安找不到工作，為了養家餬口，他不得不一生一世都漂泊在各地的幕府之中，而且哪個幕府都不能長久，過不了多久，不是這個府主離職了，就是那個府主去世了，或者是府主被貶了。雖然有人很欣賞他，可惜都不能長久。過去你在一個幕府裡做事做得好，幕府的主人回朝了，你就跟著他回朝，幕主的官做得高了，你也就跟著做官高了，可是李商隱從來沒有這樣幸運的事情。雖然他妻子身體已經不好了，「未語含悲辛」，可是他還是要走。等到他再回來，妻子已經去世了，「歸來已不見，錦瑟長於人」，只有他妻子過去彈的錦瑟還掛在牆上。「今日澗底松，明日山頭蘗。愁到天池翻，相看不相識」，兩個人就永遠地離別了。我們知道，這首詩與他妻子是有關係的，他妻子可能會彈錦瑟。所以有人就認為，《錦瑟》詩是「悼亡詩」。但為什麼前面說「錦瑟無端五十弦」，他妻子沒有活到五十歲。有人說「一弦一柱思華年」是自敘，寫他自己，像陳省身先生在我八十歲的時候送我一首詩，說「錦瑟無端八十弦，一弦一柱思華年」，可是李商隱死的時候只有四十多歲，並沒活到五十歲。而且我們現在彈的錦瑟不是五十根弦，一般是二十五根弦。關於「錦瑟」，還有個說明，《周禮樂器圖》：「雅瑟二十三弦，頌瑟二十五弦，飾以寶玉者曰寶瑟，繪文如錦者曰錦瑟。」*所以「錦瑟」是很美麗的瑟，上面有像織錦似的花紋。另外還有一個故事，《漢書．郊祀志上》說：「泰帝使素女鼓五十弦瑟，悲，帝禁不止，故破其瑟為二十五弦。」*「泰帝」，古代傳說中的一個皇帝，他讓一個叫素女的女子，「鼓」就是彈，叫素女彈五十根弦的瑟。「悲」，這五十根弦的瑟彈起來，調子非常悲哀，「帝禁不止」，泰帝就說不要彈了，五十根弦的瑟彈起來太悲哀了，「故破其瑟為二十五弦」，所以就把五十根弦的瑟破開，變成了二十五根弦。後來很多瑟都是二十五根弦的。有人以為「錦瑟無端五十弦」是錦瑟被破開了，破開就是斷弦，當然就是他妻子死了。可是李商隱在詩裡沒有提「斷」字，他說「錦瑟無端五十弦」，他沒有說二十五弦。有人就根據「錦瑟」和「五十弦」來推測這首詩是悼亡詩。

還有人以為，此乃自傷之辭。張采田就認為：「『滄海』『藍田』二句，則謂衛公毅魄久已與珠海同枯，令狐相業方且如玉田不老。」*這就是比附了李義山的生平。

劉學鍇、余恕誠：《李商隱詩歌集解》，一五七九頁。

同上。

劉學鍇、余恕誠：《李商隱詩歌集解．箋評》，一五九五頁。

說「滄海月明珠有淚」，是說李魏公李德裕。當時的黨爭是李德裕跟牛僧孺，李魏公後來不但被貶到了珠海，而且死在那裡了，所以說「與珠海同枯」。「藍田日暖玉生煙」，是說這麼美麗的山上的暖日生煙，說的是令狐綯的相業，令狐綯是令狐楚的兒子。令狐楚很欣賞李商隱，李商隱考了兩次都沒有考上，後來有一個主考官是令狐綯的朋友，問令狐綯，說你們家裡，你父親的手下，哪個年輕人出色呢？令狐綯說李商隱。後來李商隱就考上了。在唐朝一般要有人在朝廷為你美言幾句，你就考上了，要不然這麼多考生，尤其是用文章來考，各有各的好處，取誰不取誰呢？所以王維一到長安，就讓人介紹到公主府中，又作詩又彈琴，公主馬上就欣賞他，而他也很快就考上了。白居易到長安，也拿詩給人家看，顧況開他玩笑，說「長安百物貴，居大不易」，但當看到他的《賦得古原草送別》「離離原上草，一歲一枯榮。野火燒不盡，春風吹又生」，就說：「有句如此，居天下有甚難。」*可見在唐朝的時候，詩人都是要先把自己的作品在貴人中間傳播，以獲取名聲。杜甫也曾經將自己的作品呈給韋左丞，還寫了一首贈韋左丞丈濟的詩，說：「甚愧丈人厚，甚知丈人真。每於百僚上，猥誦佳句新。」*李商隱是因為有了令狐家幫忙後，才考上了。令狐是李黨，是李德裕的一黨，可是李商隱一考上進士，馬上被王茂元看中了，王茂元就把女兒嫁給他了。而王茂元和牛黨有關，所以令狐綯終生對李商隱不滿，認為他背棄了令狐楚。所以李商隱就陷在黨爭之中。這不是傳說，你要用李商隱的詩來證明。李商隱寫過一首詩《九

謝思煒：《白居易詩集校注》，北京：中華書局，二〇〇六年，一〇四二頁。

杜甫：《奉贈韋左丞丈二十二韻》，仇兆鰲《杜詩詳注》，北京：中華書局，一九七九年，七三頁。

日》：「曾共山翁把酒卮，霜天白菊繞階墀。十年泉下無消息，九日樽前有所思。不學漢臣栽苜蓿，空教楚客詠江蘺。郎君官貴施行馬，東閣無因得再窺。」＊「九日」就是九月初九重陽節，這天飲菊花酒，這是古人的習慣。菊花我們北方不叫菊花，叫九花。所以九月九日飲九花酒，都是九，不管你是一二三五六七八的「九」，還是長久的「久」，都是「久」的音，所以有祝人長壽的意思。他說，到了重陽節，我就記得從前跟一位老先生一同飲酒。懷念的是令狐楚，第一個欣賞他的人。當年是「霜天白菊繞階墀」，秋天下過霜以後，天高氣爽，萬里晴空，那叫「霜天」。天上是碧藍的天空，在令狐家階下的庭園之中，地上栽的是白色的菊花。現在令狐楚死了十年了，「十年泉下無消息」，死去的人再也沒有消息了。人真是有命運，就在李商隱考中進士的那一年，令狐楚死了。

王國維寫過一篇文章叫《釋理》＊，就是講道理。說天下有什麼是可以依據的，真正有一個是非的道理？這個就一定是是，那個就一定是非，有嗎？王國維說，「此亦一是非，彼亦一是非」，這個時代有一個是非，那個時代有一個是非，這個國家有一個是非，那個國家有一個是非，你有你的是非，他有他的是非，「理」是沒有辦法爭清楚的。王國維還寫了《論性》，他說人類天性之中善與惡存在永恆不斷的戰爭。每個人天性裡面都有善有惡，就看你自己能夠掌握多少。你自己能夠使你的善——這個智慧的、明亮的、美好的、有德性的根基增長，還是使你的惡——那個邪惡的、奸

劉學鍇、余恕誠：《李商隱詩歌集解》，一〇二七頁。

王國維：《論性》《釋理》《原命》，《王國維集》，周錫山編校，北京：中國社會科學出版社，二〇〇八年，二五九—二八三頁。

詐的、詭詐的、毒惡的心增長？他說，人類是善與惡永恆的鬥爭，在你每天的鬥爭之中，是你的善勝了，還是你的惡勝了？這個真是關係你自己，也關係到國家，關係到整個的生命的一個問題。所以王國維說善與惡是人類天性中永恆的鬥爭。他還寫過一篇《原命》，他說，人各有命，你一時之間遭遇的幸與不幸這是一種命，你天生來的智愚賢不肖，你的稟賦不是你能夠掌握的，你生下來是聰明的還是愚笨的，是美麗的還是醜惡的，是你的身體美？是你的靈魂美？他說人生來就不一樣。所以如果按王國維的想法，不管就「理」而言，還是就「性」「命」而言，人類是無可掌握的，這當然是王國維的一種想法。可是人之所以為人，就是孔子說的，要有一種持守和修養，要做到「貧賤不能移，富貴不能淫，威武不能屈」，是在於你自己培養的，你把哪一方面培養得更好呢，把哪一方面能夠消滅掉呢？這個掌握是在你的。所謂「命」是掌握在你的，你種什麼樣的因，就得什麼樣的果。

以命運來說，李商隱剛考中進士的那一年，他的恩主去世，「十年泉下無消息，九日樽前有所思」，又到了九月九日重陽節，怎麼能不懷念從前令狐楚對我的賞愛和恩惠？可是現在他的兒子令狐綯，他「不學漢臣栽苜蓿，空教楚客詠江蘺」。「苜蓿」是一種餵馬的草，漢朝的人要得千里馬，需要先培養給馬吃的這種植物。我們向來用名馬比喻人才，要培養千里馬，要先為牠創造好環境，招來這個千里馬。現在你不學漢朝的臣子看重千里馬，這是說令狐楚的兒子令狐綯，做了宰相不給國家求人才。我們見到天之生才不易，上天能夠生下一個人才來，是多麼不容易的事情。你如果能遇到一個人才，你真的應該欣賞他，應該珍重他，應該愛惜他；你如果是個人才，遇到一個能夠欣賞愛惜你的人，是何等幸運。可是，現在令狐綯不懂得珍重、愛惜李商隱的文才，所以「空教楚客詠江蘺」，我就像屈原——那個楚客一樣，寫《離騷》——嘆息他的不被任用，嘆息他沒有好的遭遇。後邊兩句說得非常明顯，對令狐綯的不滿，「郎君官貴施行馬」，「郎君」，就是年輕人；「施」，就是放下；「行馬」，是欄杆、鐵網，用來阻止車馬往來的。李商隱說，你做官做得越來越高，門前有很多防護，都不讓我進去。「東閣無因得再窺」，「東閣」是當年我跟你父親重陽節飲酒賞菊的地方，現在我求見你一面都見不到了，更不用說給我援手，沒有這樣的機會了。所以李商隱有他種種的不幸，他的詩裡邊，有些是慨嘆黨爭，慨嘆令狐綯對他的冷漠，這是可能的。可是你說「滄海月明」就是說李德裕，「藍田日暖」就說的是令狐綯，這就太勉強了。

還有現代的解說，我在臺大教書的時候，有一位女學者在臺灣的師大教書，名字是蘇雪林，也是當年的一個女作家，蘇雪林在臺灣出了一本書，叫作《李義山戀愛事跡考》。有些人對於李商隱感興趣，就覺得李商隱的詩都是愛情的詩，「相見時難別亦難」，都是愛情的詩啊。有人就專寫一本書，專寫李商隱愛情的故事。李商隱有愛情詩這是絕對不假的，愛情是每個人——我們說「心理東西本自同」，古今的心理本自同——年輕人有愛情當然是正常的現象，李商隱一定是有愛情詩的，但是把所有的詩都說成是愛情詩這就太勉強了。不但說是愛情詩，這位蘇雪林女士很富於想像，她說「錦瑟」是李商隱跟宮女約會的暗號。說李商隱與宮女飛鸞、青鳳談戀愛，李商隱要見這兩個宮女，就叮叮噹噹彈樂器，彈錦瑟，宮女就偷偷溜出來。李商隱不僅跟府主的女子約會，還跟皇宮裡面的宮女約會，約會就彈錦瑟，這些都是想像之詞。以上這些都是中國傳統說詩的方法，或望文生義，或比附政治、愛情。

三、西方文論中的詩歌解讀

以上我們把三種閱讀的層次，第一個「美感的感知性的閱讀」，第二個「反思的說明性的閱讀」，第三個「歷史性的閱讀」都講了。他們這些說得對嗎？學習讀詩、講詩，怎麼個讀法，怎麼個講法？西方的文論還有很多不同的流派，很多不同的批評的角度，我們不妨拿來多做些參照。

在上個世紀二十年代的時候，曾經流行過一個叫作「新批評」（new criticism）的流派。既然有「新」，當然就有「舊」，如果這個是「新批評」，那什麼是「舊批評」呢？在西方的批評界，他們過去古老的批評方法，跟中國古老的批評方法是非常接近的，就是要推原這個作者。我們要用作者的生平來證明，如杜甫寫的《至德二載，甫自京金光門出，間道歸鳳翔。乾元初從左拾遺移華州掾，與親故別，因出此門，有悲往事》。你查一查唐朝的歷史，至德年間發生什麼事情，乾元年間發生什麼事情，至德二載杜甫在做什麼，乾元元年杜甫在做什麼，好，你要讀杜甫的詩，你要把這些歷史背景弄清楚，這對於研究杜甫來說，這是必要的，這是很好的，應該這樣，因為杜甫是寫實的，他的詩都反映了當時歷史的現實。西方的文學批評最古老的辦法，本來跟中國一樣，就是說作者的生平——作者是在什麼樣的背景下寫的這首詩，作者這首詩如果寫的是愛情詩，他當時在哪裡生活，有沒有跟人談戀愛，你用歷史來說明。這個「歷史性的閱讀」有這樣的一種可能性，就是剛才我們說的，有三個層次，有歷史性的閱讀，所以歷史性，第一是作者寫作的歷史。

可是呢？到了上個世紀二十年代，西方出現「新批評」流派，從傳統的研究作者、作品的歷史跟背景的這種研究方法走出來了，他們認為，一篇作品的好壞不在於它外表的歷史事實。上個世紀六十年代，我寫了《杜甫秋興八首集說》，很厚很大的一部書。一九六六年我被邀到哈佛大學去時，臺灣剛剛把我這本書出版了，所以我就帶去了幾本新書，送給哈佛的一些同事和朋友。當時的梅祖麟與高友工，都是美國很有名的學者，我把書送給他們以後，他們兩個人就合寫了一篇論文《杜甫的〈秋興〉——語言學批評的實踐》*，是從語言學來看杜甫的《秋興八首》。就是除了從中國傳統的歷史來看《秋興八首》以外，現在他們是從語言學來看《秋興八首》。因為他們說了，一首詩的好壞不在於你所寫的是什麼，而在於你怎樣去寫。因為杜甫是忠愛的就好嗎？

* Tsu-Lin Mei & Yu-kung Kao, "Tu Fu's Autumn Meditations: an Exercise in Linguistic Criticism," *Harvard Journal of Asiatic Studies*, 1968（28）: 44-80.

忠愛對於人，當然是好的，但是不是說所有的忠愛的人，就會寫出好的詩來？所以詩的好壞，與這個作者的歷史，與這個作者是一個怎麼樣的人，並沒有必然的關係。詩的好壞，作品的好壞，要脫離作者來看。所以西方的文學批評有幾個轉變，現在他們的研究重點從作者轉移到作品了。所以要批評一首詩的好壞，不能說他是個好人就寫好詩，很多好人不寫詩呢，是不是？你不能從這個人來說詩。詩的好壞要從詩來說，所以應該把重點放在詩的本身，這就是所謂「新批評」。

「新批評」主張，要批評一首詩的好壞，不是看它的歷史，不是看詩的作者，要看這個作品，所以要 close reading, you have to read closely，就是你要很仔細地去閱讀，一個字都不要放過，一個聲音都不要放過。當然西方的文學批評理論，那真是太豐富了，千差萬別。所以後面有人又提出了 microstructure，就是所謂「顯微結構」的說法。王國維欣賞南唐中主的《攤破浣溪沙》詞，說「菡萏香銷翠葉殘，西風愁起綠波間」*，大有眾芳蕪穢、美人遲暮的悲慨。那是「菡萏香銷翠葉殘」可以引起人這樣的悲慨，如果同樣的意思，換一個說法，你說「荷花凋零荷葉殘」，就不能給人這樣強烈的聯想了。所以詩的好壞，能不能引起讀者的聯想，在於你的語言，你要仔細地來研讀這個詩的語言，分析它。因為你說「菡萏」，「菡萏」是古老的語言，是《爾雅》裡邊的語言，與現實有一個距離，因此有一種古雅的美感。「香銷」，都是ㄒ的聲音，聲音上有一種慢慢消逝的感覺。如果說「荷葉殘」，這只是一個說明；而「翠葉殘」，

* 菡萏香銷翠葉殘，西風愁起綠波間。還與韶光共憔悴，不堪看。細雨夢迴雞塞遠，小樓吹徹玉笙寒。多少淚珠何限恨，倚欄干。
——李璟《攤破浣溪沙．菡萏香銷翠葉殘》

「翠」字，就表現出那種珍貴，那種美好，那種顏色。你把整句結合起來，「菡萏」的古雅，「香」的芬芳，「翠」的珍貴，而所有的這些美麗的形容詞和名詞中間，只有兩個動詞，一個就是「銷」，一個就是「殘」。所以，不在你說的是什麼，而在你怎樣去說，「菡萏香銷翠葉殘」，所有的美好的都消失了，它不只是說明，它整個的形象、語言，給你一種直覺——所有的珍貴和美好全都消逝了。所以一首作品的好壞，你要 close reading，要仔細去讀。

而且「新批評」又說了，你如果只從作者的本意來說，那就是一種意圖謬誤（intentional fallacy）。Fallacy 就是錯誤，intentional 是人的意向。說我的意念是好的，我是好意的，好意就能寫出好詩來嗎？不一定的，所以這是個意圖謬誤，就是一種錯誤。再如說這首詩我看了很感動，一邊看一邊流淚，一定就是好詩嗎？余光中說有一種「半票讀者」，看電影哭得一把眼淚、一把鼻涕的，手絹都哭濕了，就代表這電影是一部好電影嗎？並不必然。你要從藝術的眼光來看，從這個作品所表現的人生哲理來看，它不一定是一個有深度的好作品，它以廉價的悲劇賺取那無知的、喜歡動感情的少男少女們的眼淚，不見得就是一篇好的作品，所以這是感應謬誤（affective fallacy）。而且西方的文學批評，那些流派，我讀它們的時候，我真是佩服他們那些人，那個腦筋之細膩，分析得非常仔細。而且我還發現，我看的這些西方文學理論家，是跟我差不多年代的人啊。像提倡新批評的艾略特（T. S. Eliot），可能是比較早的，他的生卒年是一八八八—一九六五。可是我剛才所說的姚斯，他是一九二一年出生的，比我只大三歲，我是一九二四年出生的。所以我覺得跟我同時代的這些西方批評家，他們真是了不起。

現在還要再舉一個，就是剛才說的「顯微結構」，這是安伯托·艾柯（Umberto Eco）在《符號學原理》（*A Theory of Semiotics*）*這本書中提出來的。這個艾柯哪年生？一九三二才出生，比我還小好幾歲呢，所以我覺得這些人真的是了不起。

現在你知道西方批評的重點，從作者轉移到作品，而且對於作品有這麼多的說法。可是他們沒有停止在這裡，只到這個作品這裡，那批評的理論就還沒有完成。因為假如沒有讀者，你就是寫得再好，你放在那裡，像《錦瑟》，不識字的人，這首詩與他毫不相干；沒有詩歌修養的人，一眼看過去也毫不相干。所以，現在就說到「接受美學」了，我現在引了一個人的作品，是莫卡洛夫斯基（Jan Mukarovsky），他是捷克人，他有一本書叫作《結構、符號與功能》（*Structure, Sign and Function*）*。他說，一個作品，比如說《錦瑟》，放在那裡，一個不懂詩的人，對於詩沒有興趣、沒有瞭解的人，看過去就看過去了，對他不發生作用。在這種情況下，這篇詩只是一個藝術的成品（artifact）。它什麼時候才有美感的價值？是當一個讀者，欣賞了它，它就變成了一個美感的客體（esthetic object），一個美感的對象了。所以你現在知道，文學批評的重點，從「作者」到「作品」，現在要轉移到「讀者」了。因為沒有讀者的話，這個

Umberto Eco, *A Theory of Semiotics*, Bloomington: Indiana University Press, 1976.

Jan Mukarovsky, *Structure, Sign and Function*, New Haven: Yale University Press, 1978, C1977.

作品就沒有生命，它就是一個藝術的成品，得到讀者的閱讀欣賞之後，它才是一個美感的客體。所以現在就到讀者的作用了。

我們再回過頭來看，關於對讀者的重視，這是上個世紀二十年代，德國康茨坦斯大學流行起來的一個學派的看法。當時德國康茨坦斯大學曾經出過一本雜誌——《詩學與詮釋學》（*Poetik und Hermeneutik*）。德國與法國的文學批評真的是興盛，他們那個時候的作者真是厲害。我很欣賞的一個女性文學批評家朱麗亞．克里斯特娃（Julia Kristeva），就是在那個時候到法國，而且她還能創作，還能寫小說，還到過中國，寫過中國的婦女。一般都認為我們婦女只有感性，缺少理性，沒有思辨性，頂多很感動，一下大叫，一下大哭，都是很直覺的感受，沒有思辨，沒有反省，缺少理論素養。可是朱麗亞．克里斯特娃真的是了不起，真的是寫得好，她就是在上個世紀二十年代，加入到德國、法國這批作者之間來的。在這個時候，他們提出「讀者反應論」（reader response）。所以你看西方的文學批評，從「作者」轉移到「作品」，現在已經從「作品」轉移到「讀者」了，而且從「讀者」轉移到了「讀者的接受」。當時很有名的一個接受美學家沃爾夫岡．伊塞爾（Wolfgang Iser），寫了一篇文章叫《閱讀過程：一個現象學的探討》（"The Reading Process: A Phenomenological Approach"）*，即從現象學的角度去講讀者的閱讀過程。閱讀過程與現象學有何關係？現象學認為，宇宙人生，一切的理論的由來，都是由人的意識（conscious）接受到宇宙之間的這些現象

Wolfgang Iser, "The Reading Process: A Phenomenological Approach," *New Literary History*, Vol.3, No.2, 1972:279-299.

（phenomenon）而來的。於是他用這個理論來反省，說文學作品的評賞，有兩個極點（two ploes）：一方面是作者，創造了這篇作品；一方面是讀者，接受了這篇作品。而作品是作者跟讀者之間的媒介。作者創作的時候，他的意識是怎樣活動的？你作為讀者，接受的時候，你的意識又是怎樣活動的？

西方的文論一步一步發展過來，就發現，我們有作品，我們有讀者，讀者要接受這個作品，我們要給這個作品一個詮釋（interpretation）。就像《錦瑟》，對於這首詩，你要怎樣給它一個詮釋呢？這就是「詮釋學」（hermeneutics）。然後，他們研究「詮釋學」的發展，就發現「詮釋學」不是客觀的，沒有一個人可以找到這個作品的真正的原始的意義。沒有！因為你不是那個作者，你永遠不會回到那個作者的原意裡邊去。你所有的詮釋，你所有的這些解釋，都是從你這個詮釋的人的意識裡邊發出來的。所以他們就給了它一個名字，就是伽達默爾（Gadamer）的《哲學的詮釋學》（*Philosophic Hermeneutics*）*這本書裡面所說的「詮釋的循環」（hermeneutic circle）。詮釋學本來發源於《聖經》，Hermes 據說是傳達上帝旨意的一個傳信的使者。所以，他們從宗教發展到文學、哲學之中來，就有了這個詮釋學的學科。而他們說詮釋是個「循環」，什麼叫一個「詮釋的循環」？就是我們詮釋李商隱的詩，我們自己絕對不可能回到李商隱本來的意思，我給它的詮釋是我，透過我的意識給它的詮釋，從我到作品，最後還是回到我自己來了，所以詮釋是一個循環。那麼他就說了，你要把你解釋的意思分

* Hans-Georg Gadamer, *Philosophic Hermeneutics*, translated by David E. Linge, Berkeley: University of California Press, 2008.

成兩種，一個是本義（meaning），一個是衍義（significance）。作品原來的意思究竟是什麼，這是你永遠不會再找回來的。我們所有的詮釋都是我給它的衍義，是我推演出來的李商隱的意思。

為瞭解說李商隱的詩，我對西方文論的演進歷程做了以上簡單的介紹。下面我還要更進一步引入一個名詞，就是義大利學者弗蘭哥・墨爾加利（Franco Meregalli）在其《論文學接受》*這篇論文中所提出來的「創造性背離」（creative betrayal）的說法，這是一篇談文學接受的文章。我很喜歡這個名詞，翻譯成英文——因為我不會義大利文——叫作 creative betrayal。就是說，當我們解釋一個作品的時候，我們是以這個作品為基礎，有了我們自己的創造，而且我們創造的時候，可能違背了它的原義。這說得非常好，但是你不要以為，西方的理論這麼新，在中國傳統中，這個「創造性背離」從哪裡開始的？從孔子就有了。我們講西方的文論，現在我們講中國的詩論。《論語》上說：「子貢曰：『貧而無諂，富而無驕，何如？』子曰：『可也；未若貧而樂，富而好禮者也。』子貢曰：『詩云：「如切如磋，如琢如磨。」其斯之謂歟？』子曰：『賜也，始可與言詩已矣，告諸往而知來者。』」*這與詩歌的本義完全背離了嘛！然後《論語》中還有一段記載：「子夏問曰：『「巧笑倩兮，美目盼兮，素以為絢兮。」何謂也？』子曰：『繪事後素。』曰：『禮後乎？』子曰：『起予者商也！始可與言詩已矣。』」*子貢、子夏說的都不是詩的原義，都是從詩產生出來的感悟和聯想，但是卻因此而被孔子讚美。

Franco Meregalli, *Sur La Reception Literaire*, Revne de Literaire Comparee, 1980.

楊伯峻：《論語譯注》，北京：中華書局，一九八〇年，第九頁。

楊伯峻：《論語譯注》，二六頁。

董仲舒的《春秋繁露》說：「詩無達詁，易無達占，春秋無達辭。」＊這跟西方文論說的詮釋學是近似的，都是說沒有一個客觀的詮釋，每個讀者有不同的體會、不同的解釋。我們後邊還舉了類似的說法，像周濟的《宋四家詞選·目錄序論》說讀詞的人：「讀其篇者，臨淵窺魚，意為魴鯉，中宵驚電，罔識東西。」＊讀一首詞，就好像你在深水邊上看魚，有魚的影子，但你說不出來是什麼魚，是魴魚還是鯉魚呢？半夜一個閃電過去了，你也看見這個閃電了，這閃電是東西方向的還是南北方向的？這我們也難以說清楚。所以我寫李商隱《燕臺四首》，我說我是下水去摸魚，不知道它是什麼魚，看不清楚。

有一位真正背離作者的原意，而真正欣賞得很高明的，是王國維。王國維《人間詞話》裡有一段話說：「古今之成大事業、大學問者，必經過三種之境界：『昨夜西風凋碧樹。獨上高樓，望盡天涯路』，此第一境也。『衣帶漸寬終不悔，為伊消得人憔悴』，此第二境也。『眾裡尋他千百度，驀然回首，那人正在，燈火闌珊處』，此第三境也。」＊王國維說這三種境界，舉的都是前人的詞的例證，「此等語」，能夠說出這樣話來的，「皆非大詞人不能道」，不是真正好的詞人不會寫出來有這麼豐富的含義的語言、作品，「然遽以此意解釋諸詞」，可是我用這些說法來解釋前面這些人的詞，「恐為晏、歐諸公所不許也」，恐怕原來的作者不會同意的。因為他背離了作者的原意。

蘇輿：《春秋繁露義證》，鍾哲點校，北京：中華書局，一九九二年，九五頁。

周濟：《宋四家詞選·目錄序論》，唐圭璋編《詞話叢編》第三十九種，北京：中華書局，一九八六年，一六四三頁。

王國維：《人間詞話》，第六頁。

「創造性背離」，聽起來這麼生疏的一個西方名詞，可是我拿來看王國維的詞話，我覺得恰好可以說明這個問題。王國維所說的這三首詞，作者原來是什麼意思？「昨夜西風凋碧樹。獨上高樓，望盡天涯路。」這是晏殊的詞，而中國古代的詞從《花間》詞到宋詞，都是寫的相思怨別，都是閨中的思婦，都是愛情的小詞。為什麼詞都是愛情的小詞？因為詞在開始的時候根本就是歌詞（song words），是在歌筵酒席之間，交給那些歌女唱的。像朱敦儒說的，「輕紅遍寫鴛鴦帶，濃碧爭斟翡翠卮」，這些歌女穿著美麗的衣服，找一個詩人在她的衣帶上題幾首詞，是這樣的場合寫的詞，都是給美女寫的。給美女寫詞能夠寫「路有凍死骨」嗎？不能。所以都是寫美麗的男女的愛情的歌詞。所以晏殊這首詞也寫的是愛情的歌詞。宋代學者也曾經產生過疑問，說我們這些個道貌岸然的學者，能夠寫那些個戀愛的小詞嗎？所以有一個學道的僧人法雲秀，「嘗謂魯直曰：『詩多作無害，豔歌小詞可罷之。』魯直笑曰：『空中語耳。』」* 黃山谷說，我寫愛情的小詞就是為給歌曲創造個歌詞，不是真跟哪個女人談戀愛，是空中的語言。這就很妙了，中國小詞的妙處，就在它寫的都是愛情，可是不一定真有愛情這件事情。晏殊，是北宋仁宗的宰相，他寫的什麼呢？「檻菊愁煙蘭泣露。羅幕輕寒，燕子雙飛去。」* 前面都是寫秋天的景色；下面說了，「明月不諳離恨苦，斜光到曉穿朱戶」，我昨天晚上在明月夜的月光之下，一夜的相思懷念。第二天早晨起來，「昨夜西風凋碧樹」，昨天晚上西風颳了一夜，把我窗前的樹葉都吹落了，我懷念的

惠洪：《冷齋夜話》，北京：中華書局，一九八八年，七六—七七頁。

晏殊：《鵲踏枝》，唐圭璋編《全宋詞》，北京：中華書局，一九六五年，九一頁。

遠人沒有回來，我就「獨上高樓」，我一個人上到高樓上，「望盡天涯路」。我看天邊有沒有人騎著馬回來。臺灣有一個很有名的詩人鄭愁予，寫過兩句有名的詩：「我達達的馬蹄是美麗的錯誤／我不是歸人，是個過客……」*登上高樓遠望，嗒嗒的馬蹄聲，一個騎馬的人過去了，不是歸人，是過客，也正如溫庭筠一首詞說的「過盡千帆皆不是」*。所以這個思婦獨上高樓，望盡了天涯路，她所懷念的人沒有回來，這是一首相思的愛情的詞。

第二句「衣帶漸寬終不悔，為伊消得人憔悴」*，這是柳永的一首詞，也是說相思的。因為衣服的衣帶寬了就表示瘦了，所以，「衣帶漸寬」，我為相思懷念，我憔悴消瘦了，衣帶漸寬我不後悔。「為伊」，為那個我所愛的人，「消得」，我是值得奉獻的，「人憔悴」，我為他憔悴是值得的，這個人是值得我為他憔悴消瘦懷念相思的。這也是愛情的詞。

第三個詞舉的是辛稼軒的一首詞，「眾裡尋他千百度，驀然回首，那人卻在，燈火闌珊處」*。有一次我問學生，「那人」寫的是誰？他們說一定是辛棄疾約會了一個人要見面，一定是一個女子。但是我有一個看法，我認為稼軒所說的「那人」，其實是稼軒自己，稼軒自己還要尋嗎？你要看我們剛才講的第一個西方理論，漢斯·羅伯特·姚斯說閱讀有三個不同的層次，「美感的感知性的閱讀」「反思的說明性的閱讀」「歷史性的閱讀」，大家讀這首詞的時候，都只看詞，沒有真正找到它的意思。我覺

鄭愁予：《錯誤》，《鄭愁予詩的自選》(I)，北京：生活·讀書·新知三聯書店，二〇〇〇年，一一頁。

溫庭筠：《夢江南》，《溫庭筠全集校注》，劉學鍇校注，北京：中華書局，二〇〇七年，一〇一八頁。

柳永：《鳳棲梧》，唐圭璋編《全宋詞》，二五頁。

辛棄疾：《青玉案·元夕》，唐圭璋編《全宋詞》，一八八四頁。

得在中國詞裡邊有兩首詞，一個是蘇東坡的《楊花詞》*，一個是辛稼軒的這首詞，裡邊都有很深的意思。一般的人只看表面都沒有看出來。你需要知道歷史的背景，如中國古人所說的：「頌其詩，讀其書，不知其人，可乎？是以論其世也。」你要知道，辛稼軒什麼時候寫的這首詞？在元宵節的燈夜，有這樣熱烈的慶祝，是在南宋的什麼時期？包括李清照所寫的一首元夜的詞，你都要放在這個歷史的背景下面去看。什麼背景？是當岳飛被殺了以後，南宋完全放棄了反攻的理想、安於逸樂的時候，是宋朝人所說的「直把杭州作汴州」的時候，就是在這種眾人都耽溺於享樂，把國家的危難、土地的淪亡完全都忘記的時候。所以你看辛稼軒這首詞，前半首：「東風夜放花千樹，更吹落，星如雨……鳳簫聲動，玉壺光轉，一夜魚龍舞。」寫的都是繁華，都是元宵的盛世，「寶馬雕車香滿路」。就是在這種繁華的、安於偏安的、「直把杭州作汴州」的、再也不想反攻的情形之下，一個「壯歲旌旗擁萬夫」*——來到南宋的辛稼軒，滿心的悲慨——「驀然回首，那人卻在，燈火闌珊處。」這是說的稼軒他自己。講詞的人平白地猜，「那人」是誰，他約會了哪個女子，這是淺之乎讀詞，淺之乎視稼軒，沒有看到他真正的本意。那麼現在王國維說的，當然不是他的本意，王國維也不是要說他的本意。王國維用古人這些寫愛情的小詞，晏殊的「昨夜西風凋碧樹」，柳永的「為伊消得人憔悴」，表面上稼軒寫的也是愛情，我等待一個我所愛的人，那個人在燈火闌珊處。但是王國維說的是什麼？王國維說的不是愛情，也不是我說的辛稼軒他當時

似花還似非花，也無人惜從教墜。
拋家傍路，思量卻是，無情有思。縈損柔腸，困酣嬌眼，欲開還閉。
夢隨風萬里，尋郎去處，又還被、鶯呼起。
不恨此花飛盡，恨西園、落紅難綴。
曉來雨過，遺蹤何在，一池萍碎。春色三分，二分塵土，一分流水。
細看來，不是楊花點點，是離人淚。
——蘇軾《水龍吟．次韻章質夫楊花詞》

壯歲旌旗擁萬夫，錦襜突騎渡江初。燕兵夜娖銀胡藤，漢箭朝飛金僕姑。
追往事，嘆今吾，春風不染白髭鬚。卻將萬字平戎策，換得東家種樹書。
——辛棄疾《鷓鴣天．壯歲旌旗擁萬夫》

真正的感慨，都不是，他說這是成大學問、大事業的三種境界，風馬牛不相干，完全不是作者的原意。他可以這樣說嗎？沒有一個理論，你平白地這樣說，你為什麼要這樣說？這時候，我就覺得西方的文學理論，義大利人所提出來的「創造性背離」，是非常有意思的一個說法。我覺得，作為一個讀者，當你讀一首詩、一首詞的時候，你從裡邊不只讀出了作者的原意，而且它在你的內心之中產生了一種新的感動，產生了一種新的意思，這才是非常微妙的一件事情。而且我認為，這是讀詩或者欣賞詞的一個很高的境界。就是你從裡邊讀出來，一個真正屬於你的東西，是從你的內心之中興發生長出來的東西，這才是真正會讀詞的人。

我現在要再引一個，就是馬一浮先生在他的《復性書院講錄》裡說到的幾句話：「所謂感而遂通」，有了感動，忽然間有一個豁然貫通的一種覺悟，「才聞彼，即曉此，何等駿快，此便是興」。說得真是好！你一聽，心裡就生了一個感動，這個感動不必然是原來的意思，它忽然給了你一個感動。我常常說詩歌裡面要有一種興發感動的生命，我覺得馬一浮先生說得很好。他說你這種覺悟，你讀詩時候的感動和覺悟，「須是如迷忽覺，如夢忽醒，如仆者之起，如病者之蘇，方是興也」，而且「興便有仁的意思」*。說得真是好！「仁」是仁心不死的那點本性的善良。你讀了好的作品，讓你心裡面一動，觸引了你一種仁心的發起，這是詩歌最微妙，也最重要的作用。

很多人說要訪問我，問我讀詩有什麼好處，我說讀詩就是使仁心不死。好的詩，

* 馬一浮：《復性書院講錄．〈論語〉大義一（詩教）》，濟南：山東人民出版社，一九九八年，五七頁。

好的說詩的人，是真的從詩裡面的生命感動了自己的生命，不是只是考試，不是只是那些文字的枝節末尾的事情，是「是天理發動處，其機不容已。詩教從此流出，即仁心從此顯現」*。這真是詩歌的妙用。不是每一首詩都有這種作用，但是我們中國幾千年的歷史之中，有那麼多偉大的詩人，留給我們這麼多偉大的詩篇，他們的感情、志意、心思、理念，千古以下，我們讀之仍能豁然興起，豁然振興，這是何等美妙的一件事情。有人說你九十歲了還到處去講詩，因為我以為，古人的書、古人的詩給了我這麼多感動，給了我很多人生上支持我活下去的這種理想、志意和感動，我如果不能夠把我所感動的說給年輕人，我在上對不起古人那些美好的心靈、那些美好的志意，我在下也對不起未來的年輕人，有這麼美好的東西，為什麼我們這一代沒有把它傳下去，這才是我們讀詩真正的價值和意義的所在。

四、我對於李商隱詩歌的詮釋與接受

我們把西方的文論也看了，中國的文論也看了，你可以追求作者的本意，也可以背離原意，大家可以想一想，你對於《錦瑟》怎麼看，怎麼說呢？下面就談一下我對於李商隱詩的詮釋和接受。

我寫過一首《讀義山詩》的絕句：「信有姮娥偏耐冷，休從宋玉覓微辭。千年滄

* 馬一浮：《復性書院講錄．〈論語〉大義一（詩教）》，五七頁。

海遺珠淚，未許人箋錦瑟詩。」＊我是說，《錦瑟》詩很難講，像大家有種種的說法，而且也許這首詩的好處正在於此，可以引起大家這麼多聯想，這麼多議論。所以，我是說，不講它——我說「千年滄海遺珠淚」，總而言之，李義山有他的悲哀，有他的遺憾，可是「未許人箋錦瑟詩」，你沒有辦法真的把它說得很清楚，說得很明白。我的這首詩，前面兩句「信有姮娥偏耐冷，休從宋玉覓微辭」，是歸結李商隱的一個整體的本質，是說李商隱有他的一種很高遠的理想，也有很美好的才華——「信有姮娥偏耐冷」，但是他一生是不得知遇的。而且他有很多詩都表現了這種孤獨、寂寞、高寒的境界，如他的《嫦娥》詩：「雲母屏風燭影深，長河漸落曉星沉。嫦娥應悔偷靈藥，碧海青天夜夜心。」所以我認為，這是李商隱的一方面，「信」是果然，「信有姮娥偏耐冷」，他有「姮娥」的這種孤寒的、沒有能夠在塵世間找到一個真正可以依託落足之所的這樣的一種悲哀，所以「信有姮娥偏耐冷」，這是李商隱本質的感情的一個方面。「休從宋玉」的作品中「覓」愛情的「微辭」，是說，我們不要像有的人對宋玉的《神女賦》那樣，非要從其中找到隱微的意思，我們不要指實它，不管是現實裡面的愛情還是黨爭，「休從宋玉覓微辭」。所以，「千年滄海遺珠淚」，在千年，在我們的文學、詩歌的歷史之中的滄海裡面，有一滴美麗的淚珠，那就是李商隱留下來的詩。可是我們真要把它具體地說明，我們很難把它指實，所以是「未許人箋錦瑟詩」。這是我讀義山詩的感受，我其實沒有講它，這只是就詩來說。

葉嘉瑩：《迦陵詩詞稿・初集・詩稿》，五三頁。

還有，人們常說詩有「詩眼」。什麼叫作「詩眼」呢？就是有一個字，或者有一個句子，使得整個的詩靈活起來了，賦給它一個生命。我在講杜甫詩的時候，講他的「穿花蛺蝶深深見，點水蜻蜓款款飛」*，「桃花細逐楊花落，黃鳥時兼白鳥飛」，從字面上看起來都是寫景物，但是它們和仇兆鰲注解上所引的「魚躍練川拋玉尺，鶯穿絲柳織金梭」*的差別在哪裡？因為仇兆鰲所引的這個詩不好，它只是刻畫了一個形象，雖然很美麗，但它沒有生命，沒有感覺，當然更沒有感情，「魚躍練川拋玉尺」，只是眼睛所見的一個形象。可是杜甫所說的「穿花蛺蝶深深見，點水蜻蜓款款飛」，則含有很深的感情。而且，杜甫詩的好處，還不只是這兩句而已，你要從杜甫的整首詩來看——就是當時的杜甫在朝廷的不得意，對春天之無可奈何。還有杜甫的另外一首詩：「苑外江頭坐不歸，水精宮殿轉霏微。桃花細逐楊花落，黃鳥時兼白鳥飛。」*杜甫真是寫得好，他把內心之中的那種痛苦、那種百無聊賴都寫了出來。當杜甫寫這首《曲江對酒》的時候，其實當時他是在朝廷裡做左拾遺的官——這是他一生夢寐以求的，到朝廷裡去，而且給朝廷以諫言。所以，你要整體來看，杜甫在朝廷裡面，他說：「不寢聽金鑰，因風想玉珂。明朝有封事，數問夜如何。」*他常常給皇帝寫諫書，他真是全心地在關心朝廷；而且身為拾遺，他以為這是他應盡的責任，可是朝廷不但不能接納他，還冷落了他，以致後來還把他外放出去了。他寫的《曲江》幾首詩，正是被外放的前夕，他寫的那種悲哀——「苑外江頭坐不歸」「朝回日日典春衣」「桃花細逐

杜甫：《曲江二首》，仇兆鰲《杜詩詳注》四四七頁。

葉夢得曰：「『深深』字若無『穿』字，『款款』字若無『點』字，亦無以見其精微。然讀之渾然，全似未嘗用力，所以不礙氣格超勝。使晚唐人為之，便涉『魚躍練川拋玉尺，鶯穿絲柳織金梭』矣。」仇兆鰲《杜詩詳注》，四四九頁。

杜甫：《曲江對酒》，仇兆鰲《杜詩詳注》，四四九頁。

杜甫：《春宿左省》，仇兆鰲《杜詩詳注》，四三八頁。

楊花落，黃鳥時兼白鳥飛」*，他真是把那個悵惘失落的感情寫出來了。所以，詩的好壞，不是說理性——作者編個故事說什麼就好了，他有寄託就好了，或者沒有寄託就怎麼樣，不是，是在這首詩用什麼樣的字面，把作者的感情生動、靈活地表現出來。

而李商隱的詩，「錦瑟無端五十弦」，「無端」，就是詩眼。為什麼「無端」就是詩眼？它的妙處就妙在這裡，這首詩之所以活起來的兩個字。如果只是一些名字的堆砌，什麼「望帝」「杜鵑」「莊生」「蝴蝶」，就沒有生命。可是，李商隱的詩之所以能夠吸引人，就在他那些典故或者美麗的形象裡面，他掌握了一個感覺。我認為「無端」兩個字說得真是好，真的是詩眼，因為你說弦樂的樂器，人家四弦的琵琶也能彈出很美麗的聲音，甚至於後來的三弦也能彈出很美麗的聲音，你為什麼要有五十根弦？你為什麼要做錦瑟？你為什麼要做那最繁複的最珍貴的最美好的錦瑟？「無端」，「莫之為而為者，天也」。這是第一句的「無端」兩個字，用得好。

第二句，「一弦一柱思華年」，「一弦一柱」，重複得好，每一根柱彈出來的，都是我對華年的回憶，「一弦一柱」啊，兩個「一」字重複得好，那種纏綿、那種深切都由這兩個字表現出來了。至於「莊生曉夢迷蝴蝶」一句，大家都知道，但是李商隱是說「曉夢」跟「迷」，李商隱的詩之所以吸引人，不只是詞藻的美麗，而是能夠用一些字眼把那個感覺傳遞出來，傳達得非常深切。「莊生曉夢迷蝴蝶」，寫蝴蝶夢中的癡迷。「曉夢」，是寫夢的短暫；至於「迷蝴蝶」，是寫人生的虛幻、短暫，或

苑外江頭坐不歸，水精宮殿轉霏微。桃花細逐楊花落，黃鳥時兼白鳥飛。
縱飲久判人共棄，懶朝真與世相違。吏情更覺滄洲遠，老大徒傷未拂衣。
——杜甫《曲江對酒》

者是如他在《偶成轉韻七十二句贈四同舍》那首長詩中所言的：「戰功高後數文章，憐我秋齋夢蝴蝶。」*是感激武寧軍節度使盧弘止對他的知賞。所以，這個蝴蝶的美夢，是他對人生的種種的嚮往和追求。我曾經有過蝴蝶的美夢，不管是愛情還是仕宦，我也曾癡迷於其中，可是，這麼快，我的夢就醒了。李商隱年輕的時候，當然是有過——不管對於仕宦還是愛情——都曾經有過美夢，所以，他刻苦地讀書求學，希望有朝一日，真是能夠實踐他自己，所以，像他《安定城樓》說的：「永憶江湖歸白髮，欲迴天地入扁舟。」*他曾經有過這樣的美夢。可是，那麼短暫就破滅了——他剛剛考上進士，欣賞他的令狐楚就去世了；剛結了婚，正是美好的時候，馬上就陷到黨爭裡面去了，所以，莊生的這個夢，真是太短了，「莊生曉夢迷蝴蝶」，無論是理想或仕宦的美夢都那麼快就破滅了。「望帝春心託杜鵑」，「春心」，什麼是春心？那種多情的、依戀的、追求的、嚮往的心，所以是「望帝春心」，雖然死了，那個感情依然還存在著，就是變成了非人類的杜鵑，牠還在啼出鮮血，說「不如歸去」。「滄海月明珠有淚，藍田日暖玉生煙」，先不要說哪個是李衛公，哪個是令狐綯，這是兩個對比啊，「滄海月明」是一個什麼樣的境界？夜晚的、高遠的、蒼涼的。「藍田日暖」是一個什麼樣的境界？白天的、光明的、溫暖的。這是兩個對比的境界。人的一生裡，有過「滄海月明」的某一種遭遇和境界，不管是人生現實的境界還是感情的境界，你曾經有過「藍田日暖」的某一種情景和境界，不管是現實的境界還是感情的境界。只是在「滄

劉學鍇、余恕誠：《李商隱詩歌集解》，一〇七八頁。

劉學鍇、余恕誠：《李商隱詩歌集解》，二八九頁。

海月明」的境界裡，你是「珠」有「淚」——如果很切實地講，說是滄海遺珠，所以那珠有淚，當然你也可以這樣理解。可是，你也可以說，在那麼光明的美麗的月光之下——人家都說，月圓珠就是圓的——就算天上的月亮這麼明亮，珠也這麼圓，但是那珠上都是淚啊！「藍田日暖玉生煙」，藍田山是美的，在暖日和風之下，這光景也是美的，可是「玉生煙」，這玉你是掌握不到的，它都在煙靄之中！所以，你不用管它說的是什麼，僅是它的形象、它的字眼，它點出來的那種境界——那種迷茫、那種失落，都足以打動你。至於這首詩的章法，則是很清楚的。雖然不知道他說的是什麼，但是很有章法，很有條理。首兩句是總起，末兩句是總結。中間這四句，是四種不同的境界。所以，「此情可待在追憶」是總結，「只是當時已惘然」。不管是哪一種境界，不是我現在回憶——此情其實不等到追憶，當時就已惘然了——是我現在依然在惘然之中，不是現在才惘然，是當年就惘然了。所以，我覺得，不用執著把它指實，你從它整個的字面，它的遣詞、造句，給你的感受來說，它是一首好詩。因為它的形象跟它的句法，都寫得非常好。它可以把你帶進來，不是像那個「魚躍練川拋玉尺」，那是很生硬的，很死板的，沒有生命的，沒有感覺的。可是李商隱的詩它是有的，雖然你不知道它確實是講什麼，但是它使你感動，所以我說「信有姮娥偏耐冷，休從宋玉覓微辭。千年滄海遺珠淚，未許人箋錦瑟詩」。你雖然說不明白，但是它是一首好的詩。

我還要說，不只是用解說來「詮釋」，其實「詮釋」是你真的要掌握它的這些詩眼——是讓這首詩有生命有感覺活起來的那個東西——你要掌握這些東西，這是從這一首詩來說。至於說到接受，那就更自由。我們剛才說詮釋，都是針對這首詩，所以，大家剛才所講的，都是各種不同的詮釋，層次不同的，境界不同的，都是詮釋，不是你們自己的接受。接受是說，你對這首詩有什麼感受，它使你得到什麼，這個是你的接受。

我讀李商隱，我從李商隱得到了什麼感發呢？「植本出蓬瀛，淤泥不染清。如來原是幻，何以度蒼生。」*這首《詠蓮》詩，是我小時候作的，時間是一九四〇年，我一九二四年出生，當時十六歲。我那個時候就讀李商隱的詩，這就是我剛才所說的閱讀的三個層次中的第一個層次——「美感的感知性的閱讀」，像「暖香惹夢鴛鴦錦」，挺美的，管它懂與不懂，反正就是挺好的；「錦瑟無端五十弦」，也挺好的嘛；「雲母屏風燭影深」，也挺美的嘛。我小時候反正拿來詩就亂讀一番，那時我讀李商隱的詩，我也覺得我懂了。當時我讀了一首李商隱的詩，《送臻師二首》其二：「苦海迷途去未因，東方過此幾微塵。何當百億蓮華上，一一蓮華見佛身。」*他說，我們都是在苦海之中迷失了自己，你看那新聞，那些弄虛作假的，那些貪贓枉法的，那些父母兒女親子之間的感情，都墮落到什麼樣的地步了。「苦海迷途」，你不知道過去未來，你所關注的只是你自己個人如此之自私、如此之狂妄、如此之狹窄的一種自私的利益。「苦海迷途去未因，東方過此幾微塵」，李商隱說，佛，西方的佛，向東方傳法，經過了多少微塵，大千世界。「何當百億蓮華上」，佛教《大般涅槃經》上說，佛法的

* 葉嘉瑩：《詠蓮》，《迦陵詩詞稿・初集・詩稿》，第六頁。

* 劉學鍇、余恕誠：《李商隱詩歌集解》，二一五九頁。

高處，佛的普度的救贖的願望，可以見到佛的身上每一個毛孔都開出一朵蓮花來——蓮花代表苦海之中的救贖*。所以李商隱說，什麼時候，能夠在大千世界的百億蓮花之上，每一朵蓮花都現出一尊佛像，都給我們顯示一種救贖的理想和希望！有嗎？我讀了李商隱這首詩，就寫了這首《詠蓮》，這是我當年對李商隱詩的接受。因為我不是說我生在夏天荷月蓮花的季節嗎？所以這首詩是「詠蓮」。我們家裡邊，沒有宗教信仰，長輩們說只信孔子就好了，就教我背《論語》《孟子》，背「四書」，所以說「如來原是幻，何以度蒼生」，這是我當年讀李商隱詩的接受。

後來我離開了故鄉——因為我一九四八年三月結婚，我的先生在海軍做文科的教官，所以我就離開了當年的北平，到了南京。同一年的冬天十一月，又因為我先生工作單位的遷退，到了臺灣。我生在一九二四年，是國民革命以後不久軍閥混戰的時期；讀書的時代北平淪陷、被日本佔領。我是一九四八年春天結的婚，來到了南京，當年十一月國民政府遷退到臺灣，我就隨我先生去了臺灣，一九四九年夏天生下我的第一個女兒，當時我在臺灣彰化的一個女中教書。差不多我女兒只有四個月大的時候，我先生從海軍的左營，到彰化我任教的學校來探望我們，聖誕節的那一天，十二月二十五號的凌晨就被海軍的官兵抓走了，說他思想有問題。第二年夏天，不僅我先生被拘後沒有回來，我跟我教書的彰化女中校長還有六位老師，也通通被彰化警察局抓進去了，說我們有思想問題。那個時候是所謂的「白色恐怖」時期，你如果說話不小心，

*《大般涅槃經》：「世尊放大光明，身上一一毛孔出一蓮華，其華微妙，各具千葉。是諸蓮華各出種種雜色光明，是一一華各有一佛，圓光一尋，金色晃耀，微妙端嚴，爾時所有眾生多所利益。」《李商隱詩歌集解·集注》，二一六一頁。

你如果講到「魯迅」兩個字，就會被認為思想有問題，所以很多人被抓進去了，像美國學者孫康宜，他父親也是被抓進去的。後來我經過很多挫折，也經過很多苦難。不但被關起來，而且從警察局放出來以後，我就無家可歸了。因為我們從北方到臺灣，我先生被關了，沒有宿舍了——我們只有宿舍，哪裡有房，沒有房；那我在學校裡邊有個宿舍，我被關了，我失業了，宿舍也沒有了——就是天地之間無家可歸。我過過這樣的生活，我經過很多苦難，所以對於李商隱的詩——還不是我有心用它，是李商隱的詩自己跑到我的腦子裡來的。我那會兒在現實中既然是什麼都失落了，就常常做夢，夢中得了一些詩句*。我夢見的詩只有兩句：「換朱成碧餘芳盡，變海為田夙願休。」這是我夢裡面的句子。紅花都落了，都是綠葉了，我二十五歲結婚，二十六歲先生就被抓了，二十七歲我也被抓了。你們說二十幾歲青春美好，電視上說你要享受青春，你要為所欲為，你愛怎麼樣就怎麼樣，只要我想要有什麼不可以，你們現在的年輕人，很多人有這樣的想法。臺灣幾年前，有個初中的小男孩，春節的時候放了幾把火，被抓進去後警察問他，為什麼平白無故要放火，他說我放假待著太無聊了，我想要怎麼樣為什麼不可以。這是不可以的。你要知道交通規則，你一定要按照交通規則，就是三更半夜，紅燈的路口，沒有一個警察，該停的時候你也要停下來；如果每個人都違反規則，那路上還有平安嗎？沒有了。所以人在發展你的自由之前，先要學習怎麼樣遵守法則，做一個不自由的人，這是自由的基本。可是現在很多人總是以為，

參見葉嘉瑩《夢中得句雜用義山詩足成絕句三首》，其一：「換朱成碧餘芳盡，變海為田夙願休。總把春山掃眉黛，雨中寥落月中愁。」其二：「波遠難通望海潮，朱砂空護守宮嬌。伶倫吹裂孤生竹，埋骨成灰恨未銷。」其三：「一春夢雨常飄瓦，萬古貞魂倚暮霞。昨夜西池涼露滿，獨陪明月看荷花。」《迦陵詩詞稿．二集．詩稿》，一一六頁。

我要這樣有什麼不可以。而我是二十六歲就經歷了苦難。什麼叫青春的年華？我只有苦難的年華，所以「換朱成碧餘芳盡」，紅花都落了，「變海為田夙願休」，我所有的一切願望、理想都落空了。這當然是當年的那個年代，在白色恐怖之中，當我自己把一切都拋棄了——當時最使我感動的是王國維用東坡《水龍吟》韻「詠楊花」的一首詞，他在詞開端說：「開時不與人看，如何一霎濛濛墜。」*一切都失落了，一切都落空了，所以「換朱成碧餘芳盡」。「換朱成碧」，所有的花都落了，已經都是樹葉了，「餘芳盡」，沒有一點芳華留下來；「變海為田夙願休」，把滄海變成桑田，願望完全地落空了。這是我夢中的句子，因為是我夢裡的詩，當然作得不完整，我醒了，就怎麼續也續不好，所以，我就用了李商隱的兩句詩：「總把春山掃眉黛，雨中寥落月中愁。」其實，我是把李商隱的詩句完全用來變成我這一首詩中的意境了，與李商隱完全不相干了，李商隱的原詩是《代贈二首》（其二）*。我不是完全喜歡李商隱，李商隱有的詩雖然寫得非常好，像《錦瑟》，這麼有名，用了這麼多典故、這麼美的詩。李商隱的一些短小的詩，如《天涯》：「春日在天涯，天涯日又斜。鶯啼如有淚，為濕最高花。」真是寫得好。李商隱一生漂泊在幕府之中，跟他的家庭、妻子，一直在離別之中，而他所有的仕宦都不得意，他的那些個幕府的府主，不是很快就死了，就是他到那裡府主就被貶了，他總是在天涯漂泊，所以，他寫了這首《天涯》。「春日在天涯」，春天，這麼美好的季節，如馮延巳所說的：「花前失卻遊春侶，獨自尋芳，

王國維：《水龍吟．楊花》（用章質夫蘇子瞻唱和韻），葉嘉瑩、安易編《王國維詞新釋輯評》，北京：中國書店，二〇〇六年，二五三頁。

劉學鍇、余恕誠：《李商隱詩歌集解》，二〇一三頁。

滿目悲涼，縱有笙歌亦斷腸。」*（《採桑子》）這是馮延巳的詞，這是花前，但是你沒有花前的伴侶了，你看著所有的群芳，是滿目的悲涼。所以，李商隱說，「春日在天涯」，何況天涯的春，你也留不住，如歐陽修《定風波》所說：「對酒追歡莫負春。春光歸去可饒人。昨日紅芳今綠樹。已暮。殘花飛絮兩紛紛。」*所以，「春日在天涯，天涯日又斜」，這寫得很平淡很短的兩句，有很深的感慨。後面兩句「鶯啼如有淚，為濕最高花」，他自己說，假如黃鶯也會哭泣的話，我要請黃鶯飛到那最高的樹枝上，為我把你的眼淚滴在最高的樹枝上。這完全是沒有道理的話，但是寫得真是悲哀，真是好。這是李商隱很好的詩。李商隱這個人，也有不大高明的一些詩，像《代贈二首》這種開玩笑的詩：「東南日出照高樓，樓上離人唱石州。總把春山掃眉黛，不知供得幾多愁？」從李商隱的這首詩本身來說，不是什麼好詩。他只是代一個朋友寫的，有一男一女，兩個人戀愛了，他要替這個女子寫一個相思離別的詩。「東南日出照高樓」，這是化用樂府詩「日出東南隅，照我秦氏樓。秦氏有好女，自名為羅敷」（《陌上桑》）的句子。可是，這麼一個年輕、美麗的女子，是在離別之中的，「樓上離人唱石州」，「石州」是一首離別的曲子。「總把春山掃眉黛」，這個女子雖然是在離別之中，可是她還是化妝的，把眉毛描得像春山一樣美。「不知供得幾多愁」，我們都說愁眉愁眉嘛，當然她眉毛上都是離愁別恨，李商隱這首詩本身一點深意都沒有。但是我把他的「總把春山掃眉黛」借過來了。後面呢，「雨中寥落月中愁」，是李商隱《端居》*

花前失卻遊春侶，獨自尋芳。滿目悲涼。縱有笙歌亦斷腸。
林間戲蝶簾間燕，各自雙雙。忍更思量，綠樹青苔半夕陽。
——馮延巳《採桑子・花前失卻遊春侶》

對酒追歡莫負春。春光歸去可饒人。昨日紅芳今綠樹。已暮。殘花飛絮兩紛紛。
粉面麗姝歌窈窕。清妙。尊前信任醉醺醺。不是狂心貪燕樂。自覺。年來白髮滿頭新。
——歐陽修《定風波・對酒追歡莫負春》

劉學鍇、余恕誠：《李商隱詩歌集解》，七〇七頁。

詩中的一句，這是李商隱不錯的一首詩，「遠書歸夢兩悠悠」，李商隱一生都在幕府之中，總是跟家人、妻子離別，所以我盼望遠方的書信，但是書信沒有到——古人一封信不知道要傳多久，所以像杜甫《述懷》所說的「寄書問三川，不知家在否」「自寄一封書，今已十月後」*——幾個月都接不到自己所懷念的人的一封信，所以是「遠書」。「遠書」沒有來，我希望我的夢，能夢回到家裡去，可是夢也沒有做成。「遠書」既不來，「歸夢」也不成——「遠書歸夢兩悠悠」。我一個人在外面，「只有空床敵素秋」。這個「敵」字，用得非常好，那種孤獨、那種寒冷，有什麼人陪伴我抵擋？陪伴我的只有「空床」。「階下青苔與紅樹」，我眼前、階下、窗外，我面對的青苔、紅樹，是「雨中寥落」，是「月中愁」。這首詩寫得很好，《端居》，就他一個人，在外邊。那我把其中一句詩拿過來了，我說「換朱成碧餘芳盡，變海為田夙願休」，我的芳華失落了，我的願望也都落空了，但我的持守沒有放棄，我自己對我的要求，沒有放棄，我仍然「總把春山掃眉黛」，但是，我雖然有這種持守，而畢竟是失落的，畢竟是孤獨和寂寞的，所以「雨中寥落月中愁」。這是我對於李商隱的接受，雖然變了他的意思，但這是我的接受。

我還有第二個夢。第二個夢裡面又有兩句詩：「波遠難通望海潮，朱紅空護守宮嬌。」夢中的句子是沒有道理可講的。大家知道中國的詞有一個調子，牌調就叫《望海潮》，所以我這夢裡邊，反正稀里糊塗的，通與不通我就變出一句來，「波遠難通

去年潼關破，妻子隔絕久：
今夏草木長，脫身得西走。
麻鞋見天子，衣袖露兩肘：
朝廷愍生還，親故傷老醜。
涕淚受拾遺，流離主恩厚：
柴門雖得去，未忍即開口。
寄書問三川，不知家在否。
比聞同罹禍，殺戮到雞狗。
山中漏茅屋，誰復依戶牖？
摧頹蒼松根，地冷骨未朽。
幾人全性命？盡室豈相偶？
嶔岑猛虎場，鬱結回我首。
自寄一封書，今已十月後。
反畏訊息來，寸心亦何有？
漢運國中興，生平老耽酒。
沉思歡會處，恐作窮獨叟。

——杜甫《述懷》

望海潮」，是說你等待一個消息，你說鯉魚可以在水中，可以傳書嘛，我希望有潮水，把消息帶過來，可是距離這麼遙遠，「波遠難通望海潮」。「朱紅空護守宮嬌」，我的期待雖然落空了，但是我的持守沒有放棄，所以我臂腕上的那個朱砂的紅色的嬌美的顏色，我一直保護著，不過我白白地保護了它，沒有對象，沒有結果。「朱紅空護守宮嬌」，這是古代男性社會對女子的一個約束，在女子的手臂上割破，養一個「守宮」——像壁虎一樣的動物，每天餵牠吃朱砂，當守宮通體都變成紅色了，你把守宮刺破，把朱砂的血揉進女子的手臂之中，就留下一個鮮艷的紅點。男子把這個紅點留在女子的手臂上，說女子如果失去了貞節，紅點就消失了，他回來的時候可以檢查你有沒有紅點，這是男性的社會。這些不管他。總而言之，我是說就是沒有男子的約束，我自己願意持守我的貞節。我的期待雖然是落空了，但是我的持守沒有放棄，所以我臂腕上那個朱砂的紅色的嬌美的顏色，我一直是保護著它的，不過我白白地保護了它，沒有對象，沒有結果。醒來後詩句湊不上去了，我就又用了李商隱的兩句詩：「伶倫吹裂孤生竹，埋骨成灰恨未銷。」第一句出自李商隱的《鈞天》：「上帝鈞天會眾靈，昔人因夢到青冥。伶倫吹裂孤生竹，卻為知音不得聽。」*李商隱的詩，你不得不承認，他雖然有一些無聊的詩，但是他的好詩，真的是很好。那麼，天上有天帝——「鈞天」，是最中央的最高的天，上天的天帝所在之處——它聚會了天上所有的神靈，這是天上的聚會。但是也有人，他自己不能到天上去，他夢到天上去了，「昔人因夢到青冥」。

劉學鍇、余恕誠：《李商隱詩歌集解》，九〇三頁。

而人間有一個叫伶倫的，是一個很好的音樂家，能夠吹笛子，吹出很美麗的聲音，他吹的一根笛子——說得真是好——他吹的是「孤生竹」啊！什麼樣的笛子？哪樣的竹材做成的笛子？不是那一叢的竹子，是孤生的一根竹子做成的笛子。我們說到一個名琴，是個焦尾的琴。你是什麼琴，你是什麼笛，吹你的人要吹的是什麼？伶倫這個最好的音樂家，他吹的是那個孤單的、世界上唯一的竹笛，他用盡了生平的力量，把竹笛都吹裂了——「卻為知音不得聽」，沒有人聽見他吹，他用生命、血淚吹出來的笛聲，沒有知音聽。這當然是李商隱在感傷他自己的不得知遇，這首詩很好。那後邊這句就很無聊了，《和韓錄事送宮人入道》*，錄事是個卑微的官職，一個姓韓的，是李商隱的朋友，他跟一個宮人可能有一點感情，可是皇帝把這個宮人送到廟裡面去了。唐朝，常常會有宮中婦女到道觀裡去做女道士，連楊貴妃還做過女道士呢。李商隱跟人家開玩笑，有時候就寫這種無聊的詩，說「星使追還不自由，雙童捧上綠瓊輈」。韓錄事跟這個宮人很好，因為她是宮人嘛，所以被朝廷追回去了，然後被放到一個車上，「九枝燈下朝金殿，三素雲中侍玉樓」。然後她朝拜了皇帝，跑到道觀裡去修行了，「鳳女顛狂成久別」，所以跟韓錄事是不能見面了，怎麼癲狂她也見不了面了。「月娥孀獨好同遊」，從此，她是孤獨地在道觀裡面了。「當時若愛韓公子」，說這個被送到道觀裡去的女子，如果當年她真是跟韓錄事有感情，他們兩人一定有很多的遺憾——「埋骨成灰恨未休。」這首詩是李商隱很無聊的一首詩，我把它拿過來用了。「波遠

* 劉學鍇、余恕誠：《李商隱詩歌集解》，三〇九頁。

難通望海潮，朱紅空護守宮嬌。伶倫吹裂孤生竹，埋骨成灰恨未銷」。他說的是「恨未休」，因為押韻，我改了一個字，說「恨未銷」。我遙遠的期待——「波遠難通望海潮」；我「朱紅」的持守——也「空護」「守宮嬌」；我用我的生命吹出來的美麗的笛聲——「伶倫吹裂孤生竹」，卻沒有人聽，所以是「埋骨成灰恨未銷」。這是我的接受，所以不只是詮釋，你們讀了李商隱，還不是爭論他說了些什麼，而是你從李商隱那裡得到了什麼，李商隱的境界，在你的內心裡，有著什麼樣的一種感發。

我曾寫了《夢中得句雜用義山詩足成絕句三首》，第三首說的是：「一春夢雨常飄瓦，萬古貞魂倚暮霞。昨夜西池涼露滿，獨陪明月看荷花。」這首詩中，只有「獨陪明月看荷花」是我的句子，其他的都是李商隱的。其實我這首詩是完全把李商隱的意思改變了。因為李商隱的「一春夢雨常飄瓦」是《重過聖女祠》*中的句子，聖女祠是果然有這麼一個地方。李商隱寫了好幾首過聖女祠的詩，《重過聖女祠》《再過聖女祠》，至少三次寫到聖女祠。表面上看，聖女祠就是一個供奉女仙的祠，所以他說：「白石巖扉碧蘚滋，上清淪謫得歸遲。一春夢雨常飄瓦，盡日靈風不滿旗。」李商隱這首詩完全是寫這個聖女祠所在的地方的情景，「白石巖扉碧蘚滋」。那麼第二句呢？「上清淪謫得歸遲」，就歸結到這些女神仙，說從天上貶下來了，沒有回去了。那麼他在這裡——在這個聖女祠的廟宇之中，他的情緒是如何呢？是「一春夢雨常飄瓦，盡日靈風不滿旗」。寫外在的環境，代表了一種內在的情思。「蕚綠華來無定所，

劉學鍇、余恕誠：《李商隱詩歌集解》，一四八〇頁。

杜蘭香去未移時」，這其實沒有很大的意思，就是用兩個女仙的名字，這個人來了又走了，那個人剛剛也走掉了，李商隱的詩就是我說的有的很好，有的不是很好，這兩句就沒有太多的意思。「玉郎會此通仙籍，憶向天階問紫芝」，有人就說李商隱曾經學過道，他用女仙表示一種感遇，「玉郎」是個男子，就說與這些女仙，他們之間有一種感情，「玉郎會此通仙籍」，曾經有過一種遇合，「憶向天階問紫芝」，這是李商隱的原詩。我完全是斷章取義，我只取了「一春夢雨常飄瓦」，但是被我取下來以後，跟我取的第二句一對比，這意思就不同了。因為在李商隱的詩裡邊只是寫外界的一個景象，「一春夢雨常飄瓦，盡日靈風不滿旗」，寫風寫雨，是女仙的祠，所以寫得那麼輕柔那麼縹緲。

那我跟第二句對比了，相對的兩句是偶句了，「萬古貞魂倚暮霞」，這句出自李商隱的《青陵臺》：「青陵臺畔日光斜，萬古貞魂倚暮霞。莫訝韓憑為蛺蝶，等閒飛上別枝花。」*這裡面有一個故事，說從前有一個宋王，看見韓憑的妻子很美麗，就把她給霸佔了。韓憑死後，韓憑的妻子雖然是被宋王給霸佔了，可是她還是懷念原來的丈夫舊日的感情，所以她就想要自殺，她把衣服——用什麼東西我不知道，典故上記載說「腐其衣」，把衣服變成容易腐爛，所以她就在青陵臺上跳下去。還說當她自殺的時候，左右的侍女本來想抓住她的衣服，可是因為她的衣服已經腐爛了，所以衣服就斷裂了，她就死了。據說她曾經跟宋王說希望能夠跟韓憑合葬，可是宋王故意不

劉學鍇、余恕誠：《李商隱詩歌集解》，一一五三頁。

給他們合葬，就把他們兩人分葬了兩個墳墓，說你們如果真的有感情，你們自己合在一起吧。不久之後，這兩個墳上就生芽長樹長枝葉，然後這兩棵樹的枝葉就互相糾結在一起了，變成連理的樹了。而中國的神話還有一種傳說，說夫妻兩個因愛情而殉死的，死後就會變成一對蝴蝶，這也是梁山伯、祝英台變蝴蝶的由來。所以李商隱是說，這個青陵臺代表一個女子的貞潔，女子殉情而死，所以他說「青陵臺畔日光斜」，在斜日的餘暉之中，滿天都是紅色的晚霞，這麼高，這麼美，這麼艷麗，就如同那個在青陵臺殉死的女子的萬古貞魂，她貞潔的魂魄化成西天這些美麗的晚霞——「青陵臺畔日光斜，萬古貞魂倚暮霞。」可是李商隱這個人，總是把未來說得很悲觀，就跟他說月亮一樣——「初生欲缺虛惆悵，未必圓時即有情。」*他是說，就算你們殉節死難，就算這個女子有這個「萬古貞魂倚暮霞」的貞守，可是你要知道，當這個魂魄變成蝴蝶以後，你就不要奇怪，韓憑這個男子變成蝴蝶，他就「等閒飛上別枝花」了。李商隱從來都是用很悲觀的態度寫詩。那我的詩也與他完全無關，我說「一春夢雨常飄瓦，萬古貞魂倚暮霞」，這兩句在李商隱的詩裡邊是兩件事情，而且李商隱的「一春夢雨常飄瓦」只是寫景物，並沒有很深刻的意思，這個「萬古貞魂倚暮霞」呢，在李商隱的詩裡邊是一種諷刺、一個對比，說韓憑就「等閒飛上別枝花」了。可是當我把這兩句摘錄下來，「一春夢雨常飄瓦，萬古貞魂倚暮霞」，它們就合起來變成了一種境界。就是說代表你一種美好的夢、追尋，「一春夢雨常飄瓦」，就是這樣柔細的、這樣飄

*過水穿樓觸處明，藏人帶樹遠含清。初生欲缺虛惆悵，未必圓時即有情。
——李商隱《月》

飛的一種夢想，這是你的夢想。那麼從你的品節來說呢，是「萬古貞魂倚暮霞」，是你的持守、你的品節，像西天的晚霞那樣高遠、那樣燦爛，是萬古都不會改變的，所以是「貞魂」。我把它們摘出來，這兩句就具有「象喻」的意味了，就是在對比之中，成全了一個「象喻」的意思。

「昨夜西池涼露滿」呢？也是李商隱的詩：「不辭鶗鴂妒年芳，但惜流塵暗燭房。昨夜西池涼露滿，桂花吹斷月中香。」如果說李商隱的詩裡邊果然有——經過牛李的黨爭，而對於令孤綯以後之對他的疏遠，對他之不加援手——有一種怨意——這個肯定是有的，我前面已經講過《九日》那首詩，「霜天白菊繞階墀」「九日樽前有所思」，然後他說「郎君官貴施行馬，東閣無因再得窺」。李商隱對於令孤綯的怨意，那首詩是表現得很明顯的。這一首《昨夜》有人也認為是這樣一種意思，說「不辭鶗鴂妒年芳，但惜流塵暗燭房」*。「鶗鴂妒年芳」是化用《楚辭》中的句子：「恐鵜鴂之先鳴兮，使夫百草為之不芳。」*鶗鴂鳥一叫，春天就過去了，群芳都零落了，他是說春天芬芳的花草之生命的短暫，他說鶗鴂鳥妒忌這個芳華，所以牠一叫，這個芳華就零落了。他說我「不辭」——我對於人的美好光陰之消逝不推辭，我知道這是人的定命，每個人都會衰老，「不辭鶗鴂妒年芳」。我所覺得可痛惜的，就是「流塵暗燭房」——光明的蠟燭，它的燭房——蠟燭的心——是光明的，是熱烈的，可是被塵土給遮暗了。所以他說，人的生命的短暫是不可避免的，可是人生活在世界上應該得到——一個我

* 劉學鍇、余恕誠：《李商隱詩歌集解》，一一九五頁。

* 洪興祖：《楚辭補注・離騷經章句第一》，北京：中華書局，一九八三年，三九頁。

所期待的、我願意得到他理解的人——可是我沒有得到。所以說這是最可惜的一件事情，這是遺憾的一件事情，所以「不辭鶗鴂妒年芳，但惜流塵暗燭房」。而這是從本質上說——我是不得人諒解的。何況在這樣的情景之中，「昨夜西池涼露滿」。我們常常說「西池」，常常說「西窗」，難道不能東池、東窗嗎？但是「西」，是代表一種淒涼的意思；「東」，是生發的意思。所以他說「西池」，說「涼露」，都是淒涼的，都是寒冷的。昨天晚上，是「昨夜西池涼露滿」，「桂花吹斷月中香」。據說月亮裡邊有桂花樹，每當八月十五的時候，你就可以聞到桂花的香氣，而月亮裡邊桂花的桂子會墜落到人世來。他說「昨夜西池涼露滿」，不用說我不能到月中去，不用說月中的桂子不落到地上來，不用說這個了，「桂花吹斷月中香」——這是一個倒裝的句子——就是連桂花的月中香都被完全吹斷了。他是表示他的追求、他的希望完全都落空了，這是李商隱。而且呢，我們還有一種聯想，可以這樣說，就是人家說「蟾宮折桂」，就代表男子的仕宦能夠得到滿足。現在蟾宮的桂你不但折不到，就連桂花的香氣都聞不到了，被風給吹斷了。所以這首詩，雖然我們不能像《九日》那首詩那麼切實地指說，可是他對於令孤綯的這種怨意，是可能有的，「不辭鶗鴂妒年芳，但惜流塵暗燭房」。

總而言之，李商隱這三首詩，一個是聖女祠，「一春夢雨常飄瓦」是寫景的；一個是「萬古貞魂倚暮霞」，是說到青陵臺韓憑妻子的貞魂，而李商隱從來對美好的都懷疑，都不相信，所以他說「莫訝韓憑為蛺蝶，等閒飛上別枝花」，就算你是萬古貞魂，可是韓憑變成蝴蝶以後，他可能就飛上別的花朵了；至於《昨夜》呢，很可能是李商隱對於他人生仕宦不得意的一種感慨。可是當它們結合在一起來用的時候，就都抽離了原詩的意思，就在我重新的結構之中了。「一春夢雨常飄瓦，萬古貞魂倚暮霞」，這是自己的夢想、自己的持守，「昨夜西池涼露滿」，不管經過怎樣的寒冷，在什麼樣寒冷的境界，我仍然有一個追求一個嚮往，我「獨陪明月看荷花」，這是我。每個人性格都不同，這是表現我的性格。這是我用了李商隱的詩。我在溫哥華的時候有一個朋友，他說，其實這首詩中的三句詩都是你從李商隱三首不同的詩中摘錄來的，可是合在一起，哎，好像是一首很完整的詩啊，「一春夢雨常飄瓦，萬古貞魂倚暮霞。昨夜西池涼露滿」，所以我「獨陪明月看荷花」嘛。

這是我用李商隱的詩句寫的詩，好，我現在就說這已經不是李商隱的詩了，而且也不是我對李商隱詩的解釋，這是我用了李商隱的詩，但很可能不是李商隱的原意，所以你可以背叛他的原意。而這是什麼？這是「興發感動」，一可以生二，二可以生三，三可以生無窮，是李商隱的詩從我這裡引發的我的一切。講李商隱的詩，有西方的文論，有中國的詩學，有詮釋，有接受。從李商隱的詩詮釋到什麼？而我用義山詩句寫的是什麼？這已經是從詮釋到感發和接受了，所以詩歌的生命是不死的。

五、中西視域下的李商隱詩歌之特色

這個題目，我雖然講了很多次，還是沒有完全說清楚，因為牽涉的方面很複雜。關於中國古代的詩說，一是孔子，讚美子貢、子夏說：「賜也，始可與言詩已矣，告諸往而知來者。」（《論語．學而篇》）「起予者商也，始可與言詩已矣。」（《論語．八佾》）孔子注重在感發中的聯想，說「詩可以興」，就是可以給你感發的聯想，你從它給你的感動之中，要在你的心靈、智慧之中，發生某一種作用。而孔子為什麼是這樣子呢？這其實也有歷史的背景，因為春秋時代諸侯的聘問都是用詩來作對話的。《左傳》中很多地方都有這樣的記載，比如說晉國的公子重耳，當他離開晉國，流亡到外邊的時候，見到秦穆公，秦穆公吟一首詩，公子重耳吟一首詩。而所謂這樣的吟詩，都不見得是詩的本義，其實，是興發感動出來的一種東西。它和孔子的詩說，都注重這種引申出來的意思，都可以算作西方文論所說的「創造性背離」，但是這兩種「創造性背離」，有一種根本性質的不同。春秋各國使者的這種「引詩」來辦外交的方法，是「斷章取義」，他們不管整個詩的意思，就用這兩句話來代表當時的意思，也是一種「創造性背離」。可是孔子所說的「詩可以興」*，讚美子貢、子夏的那種活學活用，是對這個詩句的本質的心靈上的啟發和感動，王國維所說的成大事業、大學問者有三種境界，就是這種興發感動式的「興」。所以，王國維一方面說，「昨夜西

子曰：「小子何莫學夫詩？詩，可以興，可以觀，可以群，可以怨。邇之事父，遠之事君；多識於鳥獸草本之名。」楊伯峻《論語譯注．陽貨篇第十七》，一九六頁。

風凋碧樹。獨上高樓，望盡天涯路……」，這是成大學問、大事業的三種境界；一方面又說，這是「詩人之憂生也」「詩人之憂世也」*。同樣一句話，他這裡說是這個意思，那裡說是那個意思。他雖然在兩個地方說的意思不同，但基本的性質是相同的，都是從自己的心靈的啟發、感動來說的，不是「斷章取義」的使用、應用，而是一種你對於這個詩的本質的感發，你內心中的一種從它的原義生發出來而不必與原義相同的感動、興發。一定要把這個弄得清楚，這是中國的說詩，有這麼一派。這是最早的春秋時代，孔子所注重的。

可是漢儒以後，毛傳、鄭箋，就開始比附，說這個是諷刺什麼什麼人，那個是諷刺什麼什麼人，這個是什麼政治，那個是什麼政治，才有了這種將「比興」跟「美刺」結合在一起，附和歷史說詩的方法。這要分別來看待，若果然有這種歷史背景的，是可以的，比如說現在有人要箋注陳寅恪的詩，說這個說的是什麼，那個說的是什麼，它真的有歷史背景，你把它發掘出來，這是可以的。可是有的時候，詩裡未必有這種意思，你非要說它是這種意思，這就是一種牽強附會的說法了。所以，這些都是要分別清楚的。雖然都是從詩裡邊引申興發出來的，但是有很多的性質的不同。像張惠言說「『照花』四句，《離騷》『初服』之意」*，我們可以在「照花前後鏡」「懶起畫蛾眉」中，找到一個文化上的語碼的傳統，給人這種聯想，這個還是可以的。至於後來，像清朝的端木埰這些人，說南宋的王沂孫的詞，就有很多是牽強比附了，他那些比附

「『我瞻四方，蹙蹙靡所騁』，詩人之憂生也。『昨夜西風凋碧樹。獨上高樓，望盡天涯路』似之。『終日馳車走，不見所問津』，詩人之憂世也。『百草乾花寒食路。香車繫在誰家樹』似之。」王國維《人間詞話》，第六頁。

張惠言：《詞選》，唐圭璋《詞話叢編》第二冊，一〇六九頁。

很複雜，我也不同意他的說法，所以沒有引申出來，但是你們可以去看。所以，這有種種的不同。春秋的時候，引詩的自由發揮，而漢儒則用比興、美刺來說詩，有的恰當，也有的不恰當，要分別來看待；論詞的比興之說，有的是有道理的，可以依循的，有的是牽強的。要養成這種分別、辨析的能力。

至於李商隱的《錦瑟》詩，當然有些人——就是中國舊傳統的說詩人，喜歡牽強比附——說這個是說什麼，那個是說什麼——一定要給它一個本事。我說過，這個情況是要分別看待的，有的是果然有這個本事的，有的是不必然有的，你要很仔細地做出分辨來。哪一個是牽強比附，哪一個不是牽強比附，你要對它有分辨的能力。

還有呢？就是我講到西方的文論，我說過艾略特的「新批評」——要離開作者，回到作品，不是說這個作者的原意是什麼，是作品本身表現了什麼——艾略特曾經提出一個我也曾在西方的文論中引用的概念，叫作 objective correlative＊，objective 是外在的，correlative 就是跟這個詩有一個相關的關聯。這個沒有什麼恰當的翻譯，我曾經把它翻作「外應物象」。他們有一個定義，就是說，你完全不用說明，完全都是形象（image），一大串的形象，而這一大串的形象裡邊，表現了某一種情意。之所以提出這個論點，是因為新批評學派的作者就用這種方法來作詩。一個最好的例證就是艾略特的《荒原》（*The Waste Land*），它用了很多西洋的典故，有宗教上的典故、哲學上的典故、文學上的典故，都是典故。有人認為，它整體說來，是反映當時他那個時代

T. S. Eliot, "Hamlet and His Problems", in his *The Sacred Wood: Essays on Poetry and Criticism*（1920）, Mont-ana: Kiesinger Publishing, 2010.

的那種文化上的荒蕪零亂的某一種感覺，可是，你很難把它講出來，它就是一串串的形象。李商隱的《錦瑟》詩，還不完全是如此，《錦瑟》的首尾兩聯還是比較理性的，首聯「錦瑟無端五十弦，一弦一柱思華年」，是總起；尾聯「此情可待成追憶，只是當時已惘然」，是總結；中間四句都是一串一串的形象。這就很近於艾略特所說的那種 objective correlative，但這還不是李商隱這種風格的代表作。我曾經講過一組他這種風格的代表作——《燕臺四首》，《錦瑟》還有一個總起、總結，《燕臺》完全沒有，完全是形象，一大串美麗的形象，一大串美麗的聲音，它從來沒有說明是什麼。當然，我曾經嘗試，說了《燕臺四首》。我說《燕臺四首》，不是比附、牽強——一定說這句話說什麼歷史，那句話說什麼歷史，我都沒有說；我用的是孔子和王國維的辦法——它這個形象給我的內心的興發感動是什麼。我認為，讀詩最重要的是「詩可以興」，如馬一浮在《復性書院講錄》中講的，詩給你的，忽然間有一個感動，可以使死者復生、仆者興起，內心給你一種生命的震動和興起，這是真正的好詩。那些從外表的事實來比附的，有的確實有——就是說，有的作者，就是用這種猜謎語的辦法、牽強比附來作詩的，他是這麼作的，你可以用牽強比附地來找，像余英時之箋釋陳寅恪。但是，一般真正所謂「詩」，是給人興發感動的，說的是你自己真正的受用，不是跟人家鬥智的猜謎語，是這個詩歌的生命，給了你什麼樣的興發感動，這才是最基本、最重要的，我是這麼以為。

還有，自從有了艾略特這種用一大串形象、根本不加說明的所謂 objective correlative 的作法，後來的西方英美文學又發展出一種「意識流」（stream of consciousness）的作法，像詹姆斯・喬伊斯（James Joyce）的長篇小說《尤利西斯》（*Ulysses*）。我六十年代在北美的時候，正是大家熱衷於討論他這本書的時候。它有時候整頁一個標點都沒有，讀了半天，真是不知道它說什麼。可是，相對而言，比較來說，《尤利西斯》還是可以懂的，裡面還是有情節、故事，喬伊斯最難懂的一部作品是《芬尼根的守靈夜》（*Finnegans Wake*），那天我看到報紙上說，中國把這本書翻譯出來了，第一個中譯本。而且我覺得很了不起的是，翻譯的人是個女性，這是很難得的，有這麼深厚的廣泛的西方文化背景的知識，能夠翻出來大家都翻不動的一本書，是了不起的，翻譯的人叫戴從容，是中文系的，她是中文系中修外國文學的。我真的覺得這位女士很了不起，很多人認為我們女子頂多有點感性，能夠傷春悲秋地寫點詩，講詩也就是興發感動，作詩是感性的，說詩也是感性的，可是這位戴從容女士實在了不起，把這個困難的，而且牽扯到西方的宗教、哲學、文學這麼複雜的背景的東西翻出來了，實在很了不起。而且，這種做法——我現在可以念一段戴女士的話來給大家聽，她說：「詩人的職責，不在於描述已經發生的事，而在於描述可能發生的事……就是指敘述未必實有其事，卻必須合乎規律、合乎邏輯、合乎情理。然而在文學史上，有一些作品確實有意或者無意地違背了規律、邏輯、情理，由此帶上了喬伊斯所說的一種『荒誕』

的特徵。」這是可能的，而且要用非常怪誕的不合邏輯、不合情理、完全悖謬的故事，表現人生最基本的、最深刻的、最內在的感受和意義。《尤利西斯》和《芬尼根的守靈夜》，這是喬伊斯的嘗試。其實另外一個小說家，對西方影響也很大的，就是弗蘭茲·卡夫卡（Franz Kafka）。他的那些小說表面上完全不合情理，完全不合現實，可是他真是寫出了人性最內在、最深刻的本質。戴女士說，這些作者「往往把目光放在人性的本質和生存的最終極的意義上。虛構的離奇的世界往往是這類藝術擺脫現實枷鎖所必須採取的『另一個』空間」*。因為人都被現實限制了，你就要打破現實，探尋出那個最根本的東西。這種作品，不可無一，不可有二。宇宙之大，世界之間，你的創造有這種可能性，你可以用最不現實的、最不邏輯的東西表現一個最基本的東西，因為只要有現實，就有了侷限，你要有一個現實、一個背景、一個歷史，它就是給你的一個限制。那個本質一定是要超越那個現實的，所以，你要打破所有的外在的限制，表現那個本質，這本來是人類可以創造，可以嘗試，可以走的一條路。可是這種創作、這種打破，第一，是要你有一個真正的內涵，有一個很深刻的人性的本質的東西；第二，是要你真的在文學上，有能夠用各種不尋常的方式表達的能力。如果不是真的有很深刻的東西要表達，掌握文字的能力也不夠，隨便搞些新奇的花樣，那你肯定是失敗的。現在我們就講回李商隱，我在臺灣寫的那篇講李商隱《燕臺四首》的名為《舊詩新演》的文章中，就已經把李商隱和卡夫卡做過比較。就是說李商隱的詩，尤其是

戴從容：《芬尼根的守靈夜·中譯本導讀》，上海：上海人民出版社，二〇一二年，第一九頁。

他的《燕臺四首》，真是符合於艾略特所說的objective correlative，都是一大片形象，沒有給你說明，它不像《錦瑟》有開頭有結尾，但是它真是有東西，不是沒有東西，它的整體，而且可以說每一句裡面，都有非常敏銳的、非常深刻的感情，有對於人生的種種體驗。

還有就是，我們說詩，如果它本來有的意思，比如陳寅恪的詩——它真是反映了當時那個時代、那個環境的生活，把它找出來，這是不錯的；可是，如果沒有，你給它牽強比附，那就是失敗的。之前我們講李商隱的詩，涉及中國傳統的詩說，發展下來有兩派，一派是一定要把它指實，一定要把它比附，一定要把它說成是什麼很切實的東西；一派是根本不說，什麼高古、清幽，完全都不說，這都是走極端。而最重要的，還不在於你怎麼樣說。一個人讀詩最重要的，是詩的生命在你的生命裡有了什麼樣的作用，這是最重要的。

李商隱的詩，常常是悲觀的，我還寫了一首李商隱的詩。我們開始不是講過李商隱一首詩嗎？「路繞函關東復東，身騎征馬逐驚蓬。天池遼闊誰相待，日日虛乘九萬風。」我不是說，當我遭遇到不幸苦難的時候，也曾用李商隱的詩，也寫過很多悲觀的詩，「換朱成碧餘芳盡，變海為田夙願休」，我也說「埋骨成灰恨未銷」。可是我到八十多歲以後，人家說你八十多歲以後怎麼樣了呢。李商隱的詩說「路繞函關東復東，身騎征馬逐驚蓬」。這首詩我用了它的韻，我說「一任流年似水東，蓮華凋處孕蓮蓬。天池若有人相待，何懼扶搖九萬風」。有一個年輕的朋友，看了我的詩，我說「天池若有人相待，何懼扶搖九萬風」，他說真有一個人等待嗎？其實我說的，不是一個現實的人，「天池若有人相待」，就是你的人生，你有沒有找到你人生的價值和意義的所在。假如你真的找到人生的意義和價值的所在，你就有了一個期待。我以前也曾經失落，也曾經悲哀，也曾經遭受到很多的苦難，我的苦難是非常多的，可是我現在覺得，我真正的寄託，我的心意是在傳承，就是剛才我說的，古人留下了這麼多美好的詩篇，這些詩篇裡邊有這麼多美好的心靈、美好的志意、美好的願望，我要盡我的力量，把我所知道的、所體會的說給年輕人知道。如果沒有盡到我的責任，我覺得我是上對不起千古以上的詩人，下對不起年輕的學生，我說「天池若有人相待」，也許，也許我講的不是怎麼好，但是我是真誠的。也許有人看了我的書，聽了我的演講，就像馬一浮所說的，如「仆者之起，如病者之蘇」，讓你心裡邊一動，有仁心發起之處，我覺得那就是我的願望達到了。我說「天池若有人相待，何懼扶搖九萬風」，我覺得，我的希望、我的願望是看到有繼起的年輕人。我已經這麼老了，已經是遲暮之年；你們大家正是芳華的時候，所以我希望每一個青年人都能夠在詩裡邊得到興發，得到感動，能夠找回你們那一點仁心的發動之處。

（劉靚整理）

——原載《北京社會科學》二〇一四年第六期，收入時略有改動

附錄二 略談李義山的詩

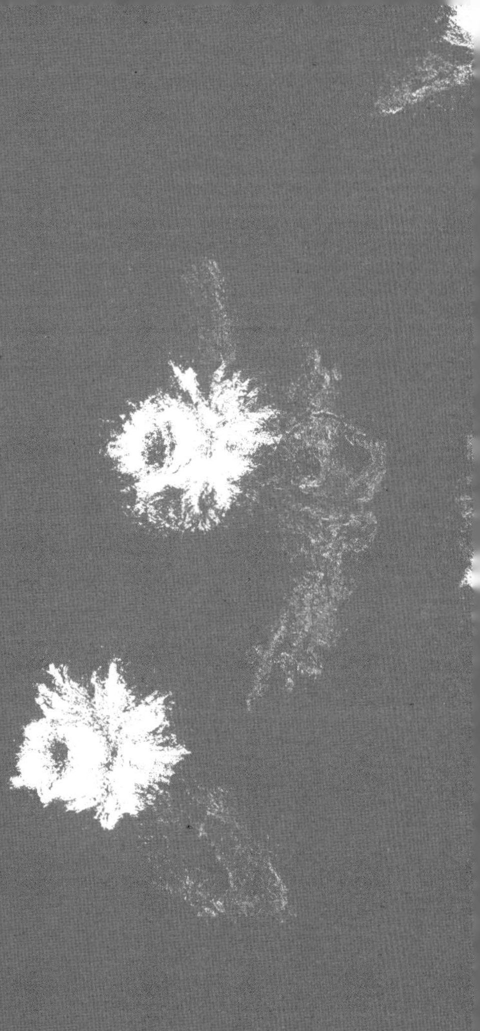

從來繫日乏長繩，水去雲回恨不勝。
欲就麻姑買滄海，一杯春露冷如冰。（《謁山》）

石橋東望海連天，徐福空來不得仙，
直遣麻姑與搔背，可能留命待桑田？（《海上》）

姮娥搗藥無時已，玉女投壺未肯休。
何日桑田俱變了，不教伊水向東流。（《寄遠》）

青女丁寧結夜霜，羲和辛苦送朝陽。
丹丘萬里無消息，幾對梧桐憶鳳凰？（《丹丘》）

苦海迷途去未因，東方過此幾微塵。
何當百億蓮花上，一一蓮花見佛身。（《送臻師二首》其二）

曾逐東風拂舞筵，樂遊春苑斷腸天。
如何肯到清秋日，已帶斜陽又帶蟬。（《柳》）

荷葉生時春恨生，荷葉枯時秋恨成。
深知身在情長在，悵望江頭江水聲。（《暮秋獨遊曲江》）

不辭鶗鴂妒年芳，但惜流塵暗燭房。
昨夜西池涼露滿，桂花吹斷月中香。（《昨夜》）

遠書歸夢兩悠悠，只有空床敵素秋。
階下青苔與紅樹，雨中寥落月中愁。（《端居》）

路繞函關東復東，身騎征馬逐驚蓬。
天池遼闊誰相待，日日虛乘九萬風。（《東下三旬苦於風土馬上戲作》）

要介紹一個詩人，我們有時可以由他的生平入手，譬如杜甫就是一個例子；有時則可以由詩人的朋友對他的描寫來介紹，杜甫《贈李白》詩說：「秋來相顧尚飄蓬，未就丹砂愧葛洪。痛飲狂歌空度日，飛揚跋扈為誰雄？」這首詩可以說相當準確地為李白勾劃出一副面影。然而除此之外，有些詩人必須由作品的本身來認識，現在我們要談的李義山就是這一類的詩人。

葉嘉瑩讀誦《暮秋獨遊曲江》

前面我選了李義山的十首七言絕句，我認為它們很能代表他的風格、精神和他對生命所持的態度。李義山的詩本身就是很有魅力的，前面的十首絕句，我們可以發覺在詩題典詞的本身間並沒有很重要的關聯，如叫作《昨夜》的一首，是因為詩裡就有「昨夜」兩個字，叫作《丹丘》的一首，是因為詩裡就有「丹丘」二字，又如《海上》一首也是一樣。由於這樣的情形，李義山詩的題目，我們知道或者不知道並沒有很重要的關係，我們不一定可以從詩題得到對於那首詩的意義的深切暗示，因此我覺得要瞭解李義山詩，主要是應該面對每一首詩的本身，看你究竟能從中感受一些什麼。以前的人用什麼樣的態度來解釋和欣賞他，我們現在先不談，我想我們還是從詩的本身的瞭解入手。

要瞭解前面的十首詩以前，我想先談談一個詩人跟外界發生關係時的 approach 的問題，也就是他跟外界接觸時的途徑，他怎樣去接觸外界，怎麼樣去感受事物。approach 是非常重要的，每個詩人接觸外界的路子都不同，同樣的一個東西，你怎麼樣去接受它，怎麼樣去描寫它，它進到你的裡邊是怎麼樣進去的，你又怎麼樣去把它表現出來，這對於一個詩人是最基本、最重要的，所以在介紹李義山以前我想先談這一點。

李義山詩讀起來真有無可奈何的感覺，他那種充滿悵惘哀傷的感情，你對它真不知如何是好。杜甫詩大都是寫天寶之亂以後的生活，那些生活是很悲苦的，但杜甫在詩中始終抱有一點希望，他一直希望朝廷變好，人民的生活能有改善，他雖然在悲哀之中，可是一直抱著這種希望。李義山就不同了，他的詩表現一種迷失，好像有所追求、有所期待，可是永遠也追求不到，永遠也期待不得。他對外界、對生命所取的觀照態度總是病態的、殘缺的、悲哀的、痛苦的，我們可以說這是他對問題的探觸方式，是他獨特的「詩思」，是他通往外界的 approach。在此我可以先舉個例子，前面引的《東下三旬苦於風土馬上戲作》有兩句說：「天池遼濶誰相待，日日虛乘九萬風。」這是用的《莊子》大鵬鳥的寓言，相同的寫大鵬鳥「扶搖直上九萬里」的如李白，他是取這樣的態度：「大鵬一日同風起，扶搖直上九萬里。假令風歇時下來，猶能簸卻滄溟水。」*表現一份天才的狂想和自我期許。蘇東坡則說：「九萬里風安稅駕，雲鵬今悔不卑飛。」*他雖說「悔」了，雖表現了高飛者寂寞孤獨的悲哀，但還認為自己是「高飛」的，只是比李太白少了一點狂氣。而李義山就不同了，他完全著重在悲哀的一面，寫天池的無人，寫高飛的徒勞和空虛，「誰相待」「日日」「虛乘」都是很深沉的迷失和絕望，而他在詩裡就把這種感情深刻地表現著。現在我們可以開始講他的詩了。

前面引的十首詩，可以分為四類：第一到第四首是以神話為主題；第五首是贈人，表現他對宗教的瞭解；第六、七首是詠物；第八首到第十首寫他自己的生活。我們可以從這四方面對李義山詩有一較深度的瞭解。

第一首詩說：「從來繫日乏長繩，水去雲回恨不勝。欲就麻姑買滄海，一杯春露冷如冰。」首二句寫得真是絕望，真是失望的悲哀。他說要把太陽繫住，卻缺乏這麼

大鵬一日同風起，扶搖直上九萬里。假令風歇時下來，猶能簸卻滄溟水。時人見我恆殊調，聞余大言皆冷笑。宣父猶能畏後生，丈夫未可輕年少。
——李白《上李邕》

早知臭腐即神奇，海北天南總是歸。九萬里風安稅駕，雲鵬今悔不卑飛。可憐倦鳥不知時，空羨騎鯨得所歸。玉局西南天一角，萬人沙苑看孤飛。
——蘇軾《次韻郭功甫觀予畫雪雀有感二首》其一

長的繩子，而這不僅在我如此，從古以來人類就無法繫住太陽，也就是說世界上有一種永恆存在的無常的悲哀，是沒有一個人能挽回的，也是李義山接著說的「水去」「雲回」，同樣是無可奈何的兩種現象，那是無法挽留的逝去悲哀。後兩句則表現他曾是追求過的，曾經想向天上的神仙麻姑買下整個滄海，可是得到的是什麼？是一杯春露而已，而且是「冰冷」的一杯。歷來注解家都說這是李義山求令狐綯的一首詩，這些先不必管，我們此處要的是面對詩的本身，那種徘徊失去的悲哀，以及它的自質和表現方式。（《撫州南城縣麻姑山仙壇記》云：「麻姑自言接待以來，見東海三為桑田，向聞蓬萊水乃淺於往者，會時略半也，豈將復還為陸陵乎？」）

第二首：「石橋東望海連天，徐福空來不得仙。直遣麻姑與搔背，可能留命待桑田？」這是寫秦始皇派徐福入海求仙的事。李義山說徐福去求仙了，可是他看到的是海連天，他是「空來」了，因為找不到神仙。後面一句說希望得到神仙麻姑來搔背，可是那是不可能的。他這首詩的意思是說，在世界上你想追求的卻偏偏得不到，就像你想等待滄海變為桑田一樣。

第三首：「姮娥搗藥無時已，玉女投壺未肯休。何日桑田俱變了，不教伊水向東流。」月宮中嫦娥之搗不死之藥，天上的玉女之不斷投壺，都是永遠沒有止息的工作。桑田俱變，伊水東流，哪一天才能夠如此呢？不過是沒有希望的追求和等待罷了。（《神異經》云：「東王公與玉女投壺，脫誤不接，天為之笑，開口流光，今電是也。」）

第四首：「青女丁寧結夜霜，羲和辛苦送朝陽。丹丘萬里無消息，幾對梧桐憶鳳凰？」李義山常把他的悲哀表現為一種悵惘的哀傷，有所追求、期待而不得，可是他那份追求、期待是永遠不肯罷休的。如這首詩的第一句，青女，也就是霜神，懇切地希望結成美麗的霜華，霜華是潔淨美麗的東西，是由霜之女神辛苦殷勤的感情和勞力所結成的，然而當這感情和勞力付出以後，卻不免明朝被日光融化的命運。由霜的遭遇迅速地轉到人的處境，第三句就說「丹丘萬里無消息」，丹丘是不死之鄉，是晝夜常明之處（《楚辭‧遠遊》「仍羽人於丹丘兮，留不死之舊鄉」）。這就是說所追求的理想境界是在萬里之外，一點消息也沒有。如果丹丘是不存在的，也許根本就不要追求，但「幾對梧桐憶鳳凰」，鳳凰是求不到的，可是我們看到梧桐樹，而神話中梧桐是鳳凰棲落的，所以雖然丹丘是在萬里之外且無消息，然而我仍徒勞地追求著，如同等待鳳凰一樣，就是說我要放下來而我沒有辦法放下來。李義山另外的詩說「春蠶到死絲方盡，蠟炬成灰淚始乾」，他一直在追求期待，也一直在追求期待不得的哀傷之中。

前面說的這一組都是有關神話的，他說到麻姑、嫦娥、玉女、青女、滄海、丹丘等等，這些神話有一個共同的意義，那就是它們都在表現遙遠渺茫的追求而不能獲得，他所用的神話是如此的。現在我們來看他寫人世，前面引的第五首是送給和尚的，他說：「苦海迷途去未因，東方過此幾微塵。何當百億蓮花上，一一蓮花見佛身。」很多人送給和尚的詩都是表示覺悟的，如杜甫《遊龍門奉先寺》說「欲覺聞晨鐘，令人已從招提遊，更宿招提境。
陰壑生虛籟，月林散清影。
天闕象緯逼，雲臥衣裳冷。
欲覺聞晨鐘，令人發深省。
——杜甫《遊龍門奉先寺》

發深省」*，是說了悟到人世的虛幻。現在我們來看李義山怎麼寫。首句說我們在苦海中淹沒淪陷且迷途，可是我們不知因果，不知為什麼今生會如此。第二句的「微塵」指的是塵劫，佛家講劫，說世界上幾千百年就有一「劫」，到那時宇宙的一切都消滅了，這一句的意思是說自從佛法傳到東方，已經過了好多次大塵劫了，如果佛法真能拯救我們，我們早就脫苦海了。因此第三、四句就反問要等到哪一天，我才能看到百億朵的蓮花上，每一朵都顯現了救星？也就是說哪一天整個宇宙才會充滿了佛的光明的圓滿的境界？這是李義山送和尚的詩，我們可以看出他對拯救對宗教的態度。

以下來看他寫物，第六首：「曾逐東風拂舞筵，樂遊春苑斷腸天。如何肯到清秋日，已帶斜陽又帶蟬。」柳樹曾芬芳地拂在歌舞的筵席上，時間是遊園的春天，在這樣美麗的地方、這樣使人動情的季節中的柳樹，何以肯忍受那淒美秋日時披滿身上的斜陽和一片垂死的秋蟬的叫聲？有當日那樣好就不應該落到今日的下場，有今日的下場就不應該有當年的好。你看李義山對生命、人生的疑問，是：「如何肯到清秋日，已帶斜陽又帶蟬。」

第七首也是詠物的：「荷葉生時春恨生，荷葉枯時秋恨成。深知身在情長在，悵望江頭江水聲。」第一句說悲恨是與生命同時生長起來的，有生命就有悲哀。到了秋天生命完全成熟了，那恨就停止了嗎？不是的，是「秋恨成」。「成」字寫得真好，是成熟。辛稼軒說：「少年不識愁滋味，愛上層樓，愛上層樓，為賦新詞強說愁。而今識得愁滋味，欲說還休，欲說還休，卻道天涼好個秋。」（《醜奴兒．書博山道中壁》）到了生命的晚年，才是真正對人生的恨體會得最深的時候。接下來「深知身在情長在」，是說我深深地知道生命存在，我的感情就存在；感情存在，我的恨就存在。而它像什麼？它像江頭的流水滔滔滾滾不斷地向東流去。說起來應該是悵望江頭的水，而他選加了一個「聲」字，這樣便不但看到江水東流，還聽到它嗚咽的聲音。李義山另一首詩也說「悵望西溪水，潺湲奈爾何」*，人生不但像江水東流，還帶著這樣潺湲嗚咽的聲音。

他所看到的柳、荷花是這樣的一面。杜甫說「花柳更無私」*（《後遊》），這是他對花柳的體認，王維說「行到水窮處，坐看雲起時」*（《終南別業》），這是他對水、雲的態度，他們都有一種了悟，一種哲理性的達觀，而李義山看到的是「悵望江頭江水聲」，所以一個詩人接觸外物的方式是不同的。

最後我們就要來看李義山寫他自己的生活了。第八首：「不辭鶗鴂妒年芳，但惜流塵暗燭房。昨夜西池涼露滿，桂花吹斷月中香。」《離騷》說：「恐鵜鴂之先鳴兮，使夫百草為之不芳。」相傳鶗鴂叫的時候，一切花草都將零落了。屈原是說怕牠一叫，百草就不再芬芳了，李義山深入一層，這裡的深入正如「直遣麻姑與搔背，可能留命待桑田」，就算真的能得到和保有了，但你能等到那一天嗎？這是層次上的深入。本來鶗鴂是妒年芳的，但李義山以為這樣的情景我是不避免的，百草千花要零落殆盡是

悵望西溪水，潺湲奈爾何。
不驚春物少，只覺夕陽多。
色染妖韶柳，光含窈窕蘿。
人間從到海，天上莫為河。
鳳女彈瑤瑟，龍孫撼玉珂。
京華他夜夢，好好寄雲波。
——李商隱《西溪》

寺憶曾遊處，橋憐再渡時。
江山如有待，花柳更無私。
野潤煙光薄，沙暄日色遲。
客愁全為減，舍此復何之？
——杜甫《後遊》

中歲頗好道，晚家南山陲。
興來每獨往，勝事空自知。
行到水窮處，坐看雲起時。
偶然值林叟，談笑無還期。
——王維《終南別業》

無法避免的，也就是說最不幸的結果我都不避免。我只是惋惜「流塵暗燭房」，燭房是燭心所在的地方，生命的短促及其必定凋落是我不逃避的，可是我悲哀那無緣無故飛來的塵土把燭心淹沒，使它的光輝幽暗，人生最可悲的是光明被遮蓋，被他人誤會和摧毀，這才是我最惋惜的。「昨夜西池涼露滿」，表面上是說涼露灑滿西池，可是「涼」字、「滿」字所呈現的寒冷遍徹的感覺是非常深刻的。李義山寫寒冷的感覺如「青女素娥俱耐冷」，都給人以孤清的淒寂的心靈上的寒冷之感。末句「桂花吹斷月中香」，相傳月中有桂樹，現在我希望聞到桂花的香氣，可是被風吹斷了，所以我與月中的桂樹是完全隔絕了，更不用說到月宮。從表面上看，這詩是寫昨夜的露水、月中的桂樹等等，但就整首詩的表現手法來說，並不是寫實的。鶗鴂不是寫實的，而是象徵的，「鶗鴂妒年芳」「流塵暗燭房」都是一種「意象」，用來象徵生命的短暫和遭際。

第九首：「遠書歸夢兩悠悠，只有空床敵素秋。階下青苔與紅樹，雨中寥落月中愁。」詩題是《端居》，就是閒居的意思。首句說遠人的書信遙遠渺茫，返鄉的夢也好久做不成了，我只有什麼？「只有空床敵素秋」，一張一無遮蔽的床，我靜臥抵抗外界的寒冷孤寂。接著兩句是李義山慣用的兩兩相對的對句，這種對句，我以為是在表示有多重可能，階下的青苔、紅樹並舉，就是說不論它是綠色的或紅色的，在雨中或在月光之下都一樣愁苦。這一首是寫他的家居生活，下面一首則是寫他的旅行，他說：「路繞函關東復東，身騎征馬逐驚蓬。天池遼闊誰相待，日日虛乘九萬風。」第一句是寫實，寫他是經過函谷關向東行。第二句在寫實中就有跳出去的意思了，「征馬」是遠行的馬，「驚蓬」是驚飛的秋天的蓬。杜甫《贈李白》詩說「秋來相顧尚飄蓬」，而李義山這句詩說「身騎征馬逐驚蓬」，可見他覺得他的一生是像漂泊的蓬了。這還不算，他在路上想到什麼？這樣的遠行，他覺得像是從北海南飛，要飛到南方天池的大鵬鳥一樣，同時他又想：在那麼遙遠的天池邊還有誰在等待我？明知沒人等待，所以我的行旅也就成了白白的、徒然的漂泊了，像驚蓬一樣隨風而轉。同樣是寫旅途，杜甫說「騎驢十三載，旅食京華春」（《奉贈韋左丞丈二十二韻》），陸放翁以詩人的瀟灑在細雨中騎驢入劍門*，李義山卻說「天池遼闊誰相待，日日虛乘九萬風」，一切只不過是徒勞罷了。

衣上征塵雜酒痕，遠遊無處不消魂。此身合是詩人未？細雨騎驢入劍門。——陸游《劍門道中遇微雨》

現在我們來談談李義山詩的特色和形成的原因。

李義山在中國古代詩人中是最善於用象喻的大家，比如前面講過的滄海、桑田、伊水等等，當然他也有寫實的作品，我只是說象喻是他作品的重要特色。跟別的詩人比較起來，他用的象喻手法最多，也最好，而且他還是真正有心用象喻來表現的。像陶淵明，有的時候用菊花、松樹、雲、鳥，也是一種象喻，可是陶淵明之取用這些東西作象喻，只是他心裡有一種概念，而那概念與松、菊、雲、鳥的意義有相合之處，所以他偶然就用了，不是有意地、具有反省地在經營象喻。杜甫詩中有些詩雖然是寫實的，但有象喻的意味存在，但他也不是有心去寫，只可以說是一種感情的投射，就是感情和人格的影子，因此他在象喻手法上並無特殊成就。李義山是有心在象喻上下功夫的。前面十首詩，每一首都有其象喻存在，你不能只按它們表面的、現實上的意義來解釋。他在使用象喻的手法時，喜歡用悵惘的、迷離的、幽微杳渺的意象，總之不是很確實的東西，它們的意義是很難明確地解說的。為什麼他的象喻在取象的外表和內容上有這種特質——而這無疑成了他作品的一大特色——我們可以由內在和外在的原因來探討。

先談內在的原因。決定一個詩人作品的風格有兩個要素，一是它的本質，一是表現方式。陶詩是屬於澄明的靈性的表現，李義山詩在本質上則屬悵惘哀傷的類型，而他喜歡的表現方式則取象於現實無有之物。他借神話來表現是如此，即使寫到自己也是「昨夜西池涼露滿，桂花吹斷月中香」，那桂花不是人間的，又如「天池遼闊誰相待，日日虛乘九萬風」借來象喻的鵬鳥也是現實無有的，所以我們可以說在本質上和表現方式上，李義山是屬於高絕的心靈特質的詩人。這問題我在前面已經說明過，這裡不詳談。

其次談外在的原因。我們先從他的幼年談起。李義山的幼年是很不幸的，他在《祭裴氏姊文》中說「年方就傅，家難旋臻」，據張采田《玉谿生年譜會箋》說，李義山父親死時，他只有十歲，他是長子，而他父親死於浙東，於是他就扶柩回河南的故鄉。《祭裴氏姊文》說：「躬奉板輿，以引丹旐。」而那時是「四海無可歸之地，九族無可倚之親」，可見如何淒慘。以後三年喪滿了，那時是「衣裳（即喪服）外除，旨甘是急，乃占數東甸，傭書販舂」。「旨甘」是說奉養父母的食物，在此是指生活；「占數東甸」是說居住在洛陽；「傭書」是抄寫工作；「販舂」，根據馮浩注李義山詩文集有幾種解釋，有人說「舂」是舂米，「販」是出賣的意思，就是說李義山當時會做舂米的工作，可是有人以為「舂」是「簸」的錯字，因此「販舂」是賣簸箕。不管怎麼說，我們知道李義山在年少的時候，曾經做過辛苦卑賤的工作。如果說他父親死時是十歲，那麼「衣裳外除」時他也不過是十三歲，十三歲就挑起生活的擔子，他的不幸我們是可以想見的，所以我想李義山幼年的不幸在他心靈上是有很大的打擊的，加以他在本質上是感覺特別敏銳的人，因此他所受的刺激和傷害必然更大。這便是何以他的詩總是病態的、殘缺的、悲哀的、痛苦的，這是外在因素之一。第二個原因就是他平生的遇合，李義山平生的遇合是造成他的不幸的很重要的原因。李義山是懷州河內人，就是現在的河南，當令孤楚做河陽節度使時，他「以所業文干之」，拿文章給地位高的人看，希望由此得到賞識，這是唐代很普遍的現象。令孤楚看了以後，「以其少俊，深禮之，令與諸子遊」，由是李義山舉進士第。後來王茂元鎮守河陽，請李義山到他的幕府做秘書，同時「愛其才，以子妻之」，於是李義山就成了王茂元的女婿。王茂元是李德裕的好友，而令孤楚和他的兒子令孤綯是牛僧孺的一黨，一邊是翁婿之情，一邊是兩代世交，李義山以一介孤寒書生無辜地被牽入牛李黨爭之中，而且是在一個兩面不得諒解的夾縫裡，這是他心中充滿著不得諒解的悲哀和痛苦的原因。

外在原因的第三點是他一生仕宦不如意。令孤綯做了十年宰相，「以商隱背恩，尤惡其無行」（《舊唐書》），因此當王茂元死後，李義山到京師，便遭到「久之不調」的命運，所以他的大半生是依人幕府，做書記、判官一類的工作，他一生輾轉於許多幕府之間，所過的都是不得志的生活。這一個原因也許使他的詩形成隱晦與不正面敘寫的特色。他有的詩根本就是「無題」，還有雖然有題面等於無題的，因為那題目只是詩中的二字，前面說過的不算，其他如《錦瑟》《瑤池》《人欲》*等都是。何以如此，就是因他有些悲哀痛苦不是能用一個具體的題面來敘寫的，這一點也可以說是對人生綜合性的體認以後的痛苦和感覺，不是針對某人某事而發，不能以一個題目限定它，所以是「無題」，如曹丕所說：「憂來無方，人莫之知。」*（《善哉行》）還有一個原因，是他所寫的感情或因某人某事而發，但不能明白說出來，對李義山來說，確實是有很多難以言說的感情的，因為那是許多錯綜的恩怨，不管是對令孤綯還是王茂元。

李義山作品中有《燕臺四首》，分春夏秋冬來寫，前人有許多不同的解釋。這四首詩不能看成是無題詩，因「燕臺」二字不出現在詩中。馮浩、張采田等人認為，燕臺是唐人對使府（即幕府）的一種稱呼，李義山《燕臺四首》是寫他與使府中的一個後房妻妾的愛情。我以為這四首詩之命名為「燕臺」，是因為他大半生都過著依人幕府的生活，《燕臺四首》就是描寫他大半生的悲慘、整個人生的不如意，他的追尋、

人欲天從竟不疑，莫言圓蓋
便無私。秦中已久烏頭白，
卻是君王未備知。
——李商隱《人欲》

上山採薇，薄暮苦饑。溪谷
多風，霜露沾衣。
野雉群雊，猿猴相追。還望
故鄉，鬱何壘壘！
高山有崖，林木有枝。憂來
無方，人莫之知。
人生如寄，多憂何為？今我
不樂，歲月如馳。
湯湯川流，中有行舟。隨波
轉薄，有似客遊。
策我良馬，被我輕裘。載馳
載驅，聊以忘憂。
——曹丕《善哉行》其一

失落和迷惘，不一定限於哪個幕府，他的意思是說：我的一生就是過的這種幕府生活。這四首詩最可以把他各方面的特色表現出來，因為太長了，此處不談。

前面說李義山是中國古代詩人中使用象喻手法的大家，現在我們以《錦瑟》一詩為例，看他怎麼把意象綜合組織起來。

錦瑟無端五十弦，一弦一柱思華年。
莊生曉夢迷蝴蝶，望帝春心託杜鵑。
滄海月明珠有淚，藍田日暖玉生煙。
此情可待成追憶，只是當時已惘然。

首先我們應抓住「錦瑟」這個意象，它是非常精美的樂器，而據傳說，五十弦的錦瑟彈起來是「令人悲哀不止」，於是泰帝破為二十五弦，但李義山寫的是五十弦，可以想見是悲哀到無法忍受的程度的，可以解釋說：有這樣美好心靈的詩人卻有這樣深沉的悲哀。詩的首二句是總起，接下來四句是意象，以一個「思」字引起。「莊生曉夢迷蝴蝶」這句，夢是迷惘的，曉夢則又是短暫的，而莊子蝴蝶夢的寓言是何等的迷惑。「望帝春心託杜鵑」，所謂「春心」，是「春心莫共花爭發，一寸相思一寸灰」。這句和上句組織起來，它的意義是：人生是短暫的（曉夢），但多情的春心，即使魂魄變成杜鵑（望帝），還要泣血，口口聲聲說「不如歸去！」接下來二句，滄海、藍田，月明、日暖，珠有淚、玉生煙，都是非常鮮明的對比。我剛說過並舉的對比在詩中表示多種可能，此二句所有的意象都在表示詩人曾有過那樣的經驗或境界，至此便來個總結了，那就是「此情可待成追憶，只是當時已惘然」。「可待」的意思，是說五、六兩句的所有經歷，不待日後回憶而在事發當時就已惘然了。整首詩就是這樣錯綜組合起來的，首尾有綱領的提挈。《燕臺四首》的組織也是如此。

中國傳統詩論，一貫認為寫景寓情必須明白可見，就是說要可瞭解、可認識的，而這種瞭解和辨識偏重理性的知解。李義山完全不是這種形態的詩人，他在中國古代詩人中是很可注意的一位，他是第一個有心地、自覺地使用象喻手法的大家，而這種表現是不適合於我們傳統文學理論的要求的，因此他的詩便遭遇到好多誤解，這是因為人們都用理性的解說去探究他、剖析他，而不由感性去直接面對他和接近他的詩，這樣的欣賞態度是我們一向缺乏的，因此在無法抗拒李義山詩的魅力而又不得確解的時候，批評家只好說「望帝春心託杜鵑，佳人錦瑟怨華年。詩家總愛西崑好，獨恨無人作鄭箋」了。

（曹西馬筆記）

——原載臺灣大學學生刊物

附錄三　講李商隱《燕臺四首》

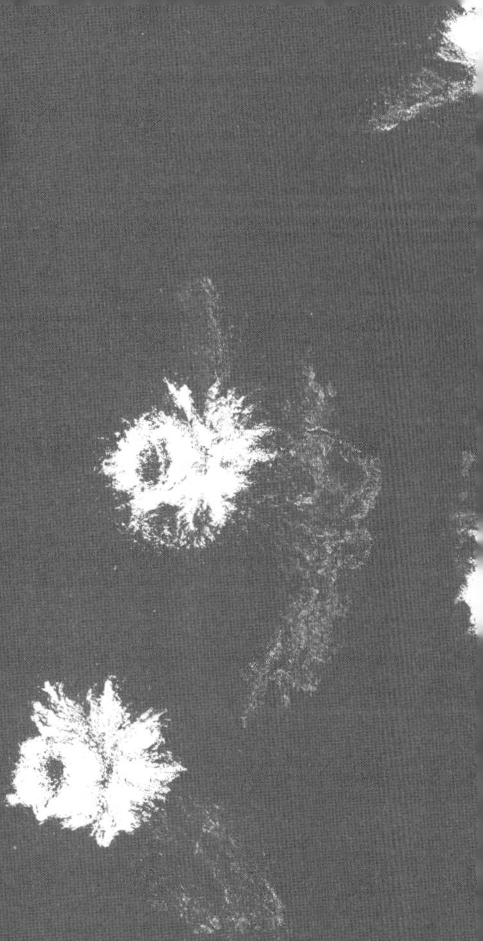

西方的符號學認為，語言、文字都是一種符號。在詩歌裡邊，語言符號的作用是非常微妙而且豐富的，它的形、音、義各有各的作用，結合起來形成一種整體的美，所以在具體講解之前，我還是先把這幾首詩給大家念一遍：

風光冉冉東西陌，幾日嬌魂尋不得。
蜜房羽客類芳心，冶葉倡條遍相識。
暖藹輝遲桃樹西，高鬟立共桃鬟齊。
雄龍雌鳳杳何許，絮亂絲繁天亦迷。
醉起微陽若初曙，映簾夢斷聞殘語。
愁將鐵網罥珊瑚，海闊天翻迷處所。
衣帶無情有寬窄，春煙自碧秋霜白。
研丹擘石天不知，願得天牢鎖冤魄。
夾羅委篋單綃起，香肌冷襯琤琤珮。
今日東風自不勝，化作幽光入西海。（《春》）

前閣雨簾愁不卷，後堂芳樹陰陰見。
石城景物類黃泉，夜半行郎空柘彈。

綾扇喚風閶闔天，輕帷翠幕波洄旋。
蜀魂寂寞有伴未？幾夜瘴花開木棉。
桂宮留影光難取，嫣薰蘭破輕輕語。
直教銀漢墮懷中，未遣星妃鎮來去。
濁水清波何異源，濟河水清黃河渾。
安得薄霧起緗裙，手接雲軿呼太君。（《夏》）

月浪衡天天宇濕，涼蟾落盡疏星入。
雲屏不動掩孤嚬，西樓一夜風箏急。
欲織相思花寄遠，終日相思卻相怨。
但聞北斗聲迴環，不見長河水清淺。
金魚鎖斷紅桂春，古時塵滿鴛鴦茵。
堪悲小苑作長道，玉樹未憐亡國人。
瑤琴愔愔藏楚弄，越羅冷薄金泥重。
簾鉤鸚鵡夜驚霜，喚起南雲繞雲夢。
雙璫丁丁聯尺素，內記湘川相識處。
歌唇一世銜雨看，可惜馨香手中故。（《秋》）

天東日出天西下，雌鳳孤飛女龍寡。
青溪白石不相望，堂中遠甚蒼梧野。
凍壁霜華交隱起，芳根中斷香心死。
浪乘畫舸憶蟾蜍，月娥未必嬋娟子。
楚管蠻弦愁一概，空城舞罷腰支在。
當時歡向掌中銷，桃葉桃根雙姊妹。
破鬟倭墮凌朝寒，白玉燕釵黃金蟬。
風車雨馬不持去，蠟燭啼紅怨天曙。（《冬》）

他說了些什麼？是不是朦朧詩？大家在聽我讀的時候也許會發現，這四首詩常常寫到一個女子，好像有一種愛情，又好像有一種追尋，總之，他寫得恍惚錯綜、深微幽窈，讀罷真是讓人深感無可奈何！像這樣的詩，究竟應該怎麼講解呢？一般來說，中國過去講詩的人都喜歡結合歷史背景來進行分析，考察詩人所生活的時代、生平以及詩的內容等等，這本來是不錯的。比如講杜甫的詩，我們就一定要考證那些詩的寫作背景是怎樣的，因為杜甫的詩需要這樣講。不過，詩有很多類型，針對不同類型的詩，講解時應該採用不同的方法、途徑，用英文說，就是不同的 approach。《毛詩・大序》上說「情動於中而形於言」，所以中國的詩歌非常注重興發感動的作用。以中國最古老的詩歌總集《詩經》為例，歸納其引起作者和讀者感發的幾種方式，我們可以歸納出賦、比、興三種。賦就是說你不用一個形象，只用敘述說明，就給人一個直接的感受，從而引起相應的感動。一般情況下，大家都以為有一個鮮明形象的詩才算是好詩，比如王昌齡的《從軍行》：「青海長雲暗雪山，孤城遙望玉門關。黃沙百戰穿金甲，不破樓蘭終不還。」再如王之渙的《涼州詞》：「黃河遠上白雲間，一片孤城萬仞山。羌笛何須怨楊柳，春風不度玉門關。」這都是先用一個形象起頭的。可是賦這種體式不是如此，它只靠敘述的口吻，就可以直接打動你了。以杜甫的《醉時歌》*為例，這是杜甫送給他的一個朋友——鄭廣文的詩。他說：「諸公袞袞登臺省，廣文先生官獨冷。甲第紛紛厭粱肉，廣文先生飯不足。先生有道出羲皇，先生有才過屈宋。德尊一代常坎軻，名垂萬古知何用！」這完全用的是賦的方法：前四句兩兩相對，一揚一落，使「諸公」的顯達奢靡與「廣文先生」的迍邅困頓形成鮮明的對比；五、六兩句先說「先生」的德如何高、才如何大，又揚了起來，緊接著便說，即使如此，仍然是「常坎軻」「知何用」，又沉了下去。另外一種是興，像「關關雎鳩，在河之洲。窈窕淑女，君子好逑」，這首詩大家非常熟悉，說的是先聽到雎鳩鳥叫的聲音，見到沙洲上鳥的形象，由此而產生了欲尋佳偶的聯想。再比如《詩經》中的另一篇《苕之華》：「苕之華，芸其黃矣。心之憂矣，維其傷矣！」*這裡用「苕華」黃萎的形象來表現人生的憂傷，也是以一個形象引起感發的。像這種由物及心、由形象過渡到情意的表現方

諸公袞袞登臺省，廣文先生官獨冷。甲第紛紛厭粱肉，廣文先生飯不足。
先生有道出羲皇，先生有才過屈宋。德尊一代常坎軻，名垂萬古知何用！
杜陵野客人更嗤，被褐短窄鬢如絲。日糴太倉五升米，時赴鄭老同襟期。
得錢即相覓，沽酒不復疑。忘形到爾汝，痛飲真吾師。
清夜沉沉動春酌，燈前細雨檐花落。但覺高歌有鬼神，焉知餓死填溝壑。
相如逸才親滌器，子雲識字終投閣。先生早賦歸去來，石田茅屋荒蒼苔。
儒術於我何有哉？孔丘盜跖俱塵埃！不須聞此意慘愴，生前相遇且銜杯。

——杜甫《醉時歌》

苕之華，芸其黃矣。心之憂矣，維其傷矣！
苕之華，其葉青青。知我如此，不如無生！
牂羊墳首，三星在罶。人可以食，鮮可以飽！

——《詩經．小雅．苕之華》

法，就叫作興。還有一種是比，例如《詩經》中的《碩鼠》：「碩鼠碩鼠，無食我黍。三歲貫女，莫我肯顧。逝將去女，適彼樂土。樂土樂土，爰得我所。」＊因遭遇到統治者的聚斂剝削，詩人內心先有了一種痛苦與不平，於是用「碩鼠」的形象來比喻那些剝削者，它是由心及物——內心先有了一種情意，然後找到一個外物的形象來表達這種情意。這種表現方式，我們稱之為比。

以上我對賦、比、興三種方式做了一個簡單的介紹。一般說來，中國傳統的批評家們，正是一貫用這三種方式結合歷史背景來說詩的，這樣說詩比較容易掌握詩歌的內容。可是，李商隱的這幾首詩，你很難簡單地說它們就是由心及物或者由物及心，因為整組詩都是由各種各樣的形象構成的。在西方的文學批評裡，講到形象與情意的關係也有很多種，像明喻（simile）、隱喻（metaphor）、轉喻（metonymy）以及寓託（allegory）、象徵（symbol）、擬人（personification）、舉隅（synecdoche）等等。對於李商隱這組詩中的形象，如果用西方的文學術語來說，大概可以借用艾略特的用語「外應物象」。也就是說，整組詩是用一連串的形象間接地傳達作者的某種情意的。雖然這種情意與這些形象有相當的關聯，可是作者始終沒有清楚地說出他所要說的到底是什麼。所以對於這幾首詩，你就不能進行完整而理性的分析和說明了。不過，有許多人還是用舊傳統的方法來猜測，作出了各種各樣的解釋。

先就本詩題目及所寫人物而言，有人以為「燕臺」是一個女孩子的名字，而春、

碩鼠碩鼠，無食我黍！三歲貫女，莫我肯顧。
逝將去女，適彼樂土；樂土樂土，爰得我所。
碩鼠碩鼠，無食我麥！三歲貫女，莫我肯德。
逝將去女，適彼樂國；樂國樂國，爰得我直。
碩鼠碩鼠，無食我苗！三歲貫女，莫我肯勞。
逝將去女，適彼樂郊；樂郊樂郊，誰之永號。

——《詩經．魏風．碩鼠》

夏、秋、冬四首詩正是寫她一年四季不斷追尋的過程；也有人認為，「燕臺」指的使府，也就是那些地方行政長官的幕府。據歷史記載，燕昭王曾經築黃金臺以招攬天下的賢士，黃金臺即是「燕臺」，它代表能夠招募賢才來工作的地方，所以後來人們常稱幕府、使府為「燕臺」。根據這一點，有人就推測說《燕臺四首》中所寫的那個女子或許是使府後房的姬妾，因為李商隱的一生都是在使府之中度過的，在此期間，他有可能與府主的後房人產生感情，於是寫了這組詩。還有人認為，李商隱早年曾一度在玉陽山學道，當時有可能愛上某個女道士，而《燕臺》詩中又有一些神話的典故，所以這四首詩或許是寫女冠的。另外，因為這組詩的第四首《冬》中有一句是「桃葉桃根雙姊妹」，於是又有人說，這首詩應該是寫兩個女子，即當時皇宮裡的飛鸞和輕鳳，所以寫的是李商隱本人與宮嬪的戀愛關係。

就地點而言，有人說，這首詩中寫了「石城」，石城有兩個，一個是石頭城，即南京，一個是湖北竟陵的石城；他又說「蜀魂」，蜀指的是四川；而「瘴花」「木棉」，豈不應該又到雲南那邊去了；至於「雲夢」「湘川」，當然是楚地：所以這許多可以指實的地方色彩，是不妨認為詩中女主人公是在南方的。假如再檢查詩中北方地方色彩如「濟河」「黃河」「燕臺」等，則「詩中忽南忽北，正是原作者故弄狡獪，無意將謎底告人」（勞幹《李商隱·燕臺詩評述》）。

再就四首詩中春、夏、秋、冬的章法而言，有人說第一篇「春」是細寫「春情怨思」，第二篇「夏」是追述舊時的幽會，第三篇「秋」是說那個女子又離開他到遠方去了，第四篇「冬」是說「我」還羈留此地的一種悵恨之情。

總之，對於這幾首詩，前人眾說紛紜，莫衷一是。因為時間關係，我不能給大家一一遍舉。現在我所要說的，則是與這四首詩有關的一個故事。除了《燕臺四首》以外，李商隱還寫過一組名為《柳枝五首》的詩。在那組詩的序文中，他是這樣說的：「柳枝，洛中里娘也」，柳枝是河南洛陽的一個女孩子；她喜歡「吹葉嚼蕊」，「嚼蕊」就是吃花，臺灣詩人余光中就寫過「食花的怪客」，總而言之，她非常喜歡那些芬芳美好的事物；她也喜歡音樂，「調絲擫管，作天海風濤之曲，幽憶怨斷之音」——有這樣一種幽深、嗚咽、哀怨、淒斷的聲音。再說她的裝束，是「生十七年，塗妝綰髻未嘗竟」，這個女孩子的生活習慣、所愛好的，不同於一般的女孩子，人家總是該做什麼就做什麼，化妝就要化得徹底，可她不是，她化妝從來沒有化完過。所以，她的那些親戚鄰居就「疑其醉眠夢物斷不娉」，覺得這個女孩子整天癡癡迷迷、恍恍惚惚的，一定嫁不出去了。有一天，李商隱一個名叫讓山的從兄弟騎馬經過柳枝家門前，在院南邊的柳蔭旁下馬吟誦了這四首《燕臺》詩。在這裡我還要順便說一下吟誦的重要性。詩歌是要吟誦的，在吟誦時，你要把你的聲音給它，讓你的生命和感情透過你自己的聲音與詩歌結合起來。所以中國有很多關於吟誦詩歌而使人感動的故事。比如《聊齋》裡的《連鎖》一篇，說青年書生楊於畏進京趕考，暫時住在鄉間的一個荒僻的地方。

他每天晚上都聽見外邊有一個女子吟詩的聲音——「玄夜淒風卻倒吹，流螢惹草復沾幃」，其聲哀婉，其情幽怨。後來，楊生走出去尋覓那個吟詩的女子，結果她一閃即逝，只在草地上留下了一個香囊。他把香囊拿了回去，而那個女子後來還是出現了。她本是一個女鬼，最後還魂與楊生結成夫婦，這當然是一個美滿的故事。再有，像《聊齋》中的另一篇《白秋練》的故事，也是一個因聽人吟詩而受感動的例證。

所以，當柳枝聽到讓山吟誦這四首詩的時候，馬上驚問道：「誰人有此？誰人為是？」我覺得這真是掌握了問話要點的兩句非常好的問話，「誰人有此」者，是說誰能有這樣的一份感情；「誰人為是」者，是說誰能作出這樣的詩。「有」是指內心的情思，「為」是指作詩的才能——什麼人有這樣的感情？什麼人有這樣的才能？前些年我與四川大學的繆鉞先生合作撰寫《靈谿詞說》時曾經說過，如果說李商隱平生有一個知己的話，那麼這個人肯定是柳枝。因為她還沒有看，她只是聽到別人吟誦這幾首詩，就體察到這個作者的感情、才華與一般人是不同的，就有了如此深刻的感動。當柳枝這樣問時，讓山就回答說：這是我的一個從兄弟李商隱寫的。於是柳枝「手斷長帶」，她就用手把衣服上的帶子斷掉一節交給讓山，說：你將此帶交給那個寫詩的人，請他明天到這裡來與我相見。第二天，李商隱果然就來了。而柳枝也一改以前的「塗妝綰髻未嘗竟」，她是「丫鬟畢妝」。「丫鬟」是古代女子的一種髮型。古代的女子有很多種髮型：如果是「高鬟」，在頭頂上把髮髻梳得很高，那是高貴莊嚴的一種髮式；如果是「倭墮髻」，垂在旁邊的，像溫庭筠的詞中所說的「倭墮低梳髻，連娟細掃眉。終日兩相思」＊（《南歌子》），就表現了一種浪漫的情思；而現在我們說的「丫鬟」，是一邊梳一個髻，這就顯出女孩子清純活潑的特點。「丫鬟畢妝」，「畢妝」就是嚴妝，這一次她化妝化得一絲不苟，「抱立扇下，風障一袖」。等到李商隱來了，柳枝就對他說：「後三日，鄰當去濺裙水上，以博香山待，與郎俱過。」在古代，清明節前後，有很多女孩子都要去水邊鬥草尋芳，湔洗衣裙，以驅除不祥。柳枝說：三天以後，我要在博山香爐之內焚一爐最好的香，等待你的到來。李商隱當時答應了，可那時他與另外幾個朋友約定要去京師參加考試，而其中一個人把他的行李偷偷先帶走了。所以他不能久留，便失信於柳枝，沒等到約會的日子，就離開了那裡。後來，等到他再回來的時候，讓山告訴他說：那個女孩子已經嫁給別人了。於是，他寫了《柳枝五首》這組詩。

我之所以要給大家講這個故事，第一，是因為這個故事與《燕臺四首》有一定的關聯，它曾經引起過柳枝那樣深的感動，證明它果然是好詩；第二，因為有了這個故事，後來的一些評注說詩的人就說，這《燕臺四首》所寫的，可能就是李商隱和柳枝的愛情故事。比如什麼「石城景物類黃泉」哪，「內記湘川相識處」哪，這很多的地名，都說的是柳枝結婚以後去了這裡，又去了那裡等等。我們說這種猜測顯然是不可能的，因為根據李商隱的《柳枝》詩序，是他先寫了《燕臺》詩，然後被柳枝聽到，才引起

倭墮低梳髻，連娟細掃眉。終日兩相思。為君憔悴盡，百花時。

——溫庭筠《南歌子・倭墮低梳髻》

感動的，所以《燕臺》所寫之人自然不會是柳枝。那麼這四首詩究竟寫了些什麼呢？既然它沒有一句落實之語，而其中所寫的人物、地域等等又不可確指，所以我們不妨將這些理性的東西暫時拋開，用另外一種方式來進行講解。這次講演的題目是「從西方文論看李商隱的幾首朦朧詩」，下面，我們就將西方文論中有關的內容作一下簡單的介紹。

先從闡釋學講起，闡釋學又叫詮釋學，英文是hermeneutics, Hermes在西方神話中是指為宙斯大神（Zeus）傳遞信息的一個使者，而詮釋學原本是指西方研究《聖經》的學者們如何給經文作出正確解釋的一種學問。《聖經》中講，耶穌在傳道的時候，有時也用一些具有象喻意味的故事，而這些故事除了表層的意思之外，還有一些更深層的意思，因此人們可以對它作出很多不同的解釋。可後來西方的一些哲學家們也用這種方式來解釋哲學，所以原來的這種解經之學，也就逐漸脫離了教條的束縛，而發展成為一種可以普遍適用於哲學、文學等解釋的闡釋學了。既然闡釋學的本義是想要推尋出經文中神的旨意，用以解釋文學作品時，則變成要追尋作者的本意。比如李商隱的這幾首詩，它究竟說的是什麼？是寫他的一段戀愛故事嗎？如果是，那麼他所戀的對象又是誰？或許，這是寫他在使府中仕宦的不得志。而他的本意到底是什麼呢？

我們知道，不同的詩人與不同的詩，其寫作背景及寫作方式都各有不同，像杜甫的詩《聞官軍收河南河北》*，就是說聽到官軍收復了河南、河北的一些失地；《自京

劍外忽傳收薊北，初聞涕淚滿衣裳。卻看妻子愁何在，漫捲詩書喜欲狂。白日放歌須縱酒，青春作伴好還鄉。即從巴峽穿巫峽，便下襄陽向洛陽。

——杜甫《聞官軍收河南河北》

赴奉先縣詠懷》，就是說詩人從京城到奉先縣途中的見聞和感受，我們清清楚楚地知道他的本意是什麼。但是像李商隱這樣的詩，我們卻很難說明它的本義。闡釋學除了講本義以外，還講到衍義，就是讀者體會出來的一些意思，不見得是作者的本意，它只是詮釋者本人在不同的時空背景下閱讀作品而獲得的一種理解。無論是本義還是衍義，在西方的闡釋學裡邊，都被認為是可以有很多層次的，所以他們還有另外一些批評術語，比如 multiple meaning，這是從作者的角度，說作者在創作的時候，其本意可能是多重的；再如 plural significance，則是從讀者的角度，說一個作品可以引發讀者多重衍義的推想。可是，不管是作者的本意還是讀者推想出來的衍義，任何一個意思，都應該從作品的文本（text）中引發出來，因為「文本」為闡釋者提供了各種闡釋的可能性。我們要闡釋一個作品，只能透過它的文本去理解。除此之外，別無其他依據。

所謂「文本」，就是作品中語言文字的本體。按照瑞士語言學家索緒爾（Saussure）的說法，「文本」作為一種表意符號，其作用主要可以歸納為兩條軸線：一條是語序軸（syntagmatic axis），是指語法結構的層次；另一條是聯想軸（associative axis），是說每一語彙所可能引起的聯想的作用。如果說語序軸是一條橫向的語言進行的次序，聯想軸則是從縱向生發出的一系列可能聯想到的語譜（paradigm）。比如看到「蛾眉」一詞，你可能想到《詩經》中的「螓首蛾眉」*的「蛾眉」，也可能想到《楚辭》中「眾女嫉余之蛾眉兮」的「蛾眉」，還可能想到李商隱詩中「長眉已能畫」（《無題》）中

手如柔荑，膚如凝脂，領如蝤蠐，齒如瓠犀，螓首蛾眉，巧笑倩兮，美目盼兮。
——《詩經·衛風·碩人》

的「長眉」，這是一條聯想的軸線。索緒爾的理論為以後的學者提供了不少可以發揮的餘地。至於把符號學用於研究詩歌的，則以羅曼・雅各布森（Roman Jakobson）和洛特曼（J. M. Lotman）二人的學說最值得注意。雅各布森把索緒爾所說的兩條軸線綜合在一起，認為詩歌的語言是非常豐富的，既可以從橫向的語序軸引發很多不同的聯想，也可以從縱向的聯想軸引發很多不同的聯想，二者彼此錯雜地交織在一起。他說，詩歌語言具有六面六功能的多重作用，這是雅氏的說法。洛特曼認為：文本都是由語言符號組成的，平時我們所說的語言符號都比較簡單，說「膠片」就是「膠片」，說「書本」就是「書本」，這是約定俗成的日常語言符號；可是，詩歌語言符號常常有很多的信息，這些信息往往結合了一個國家、民族的文化、歷史的背景與傳統，所以當某個語言符號在一個國家使用了很長的時間以後，它就會形成一個帶有很多歷史文化背景的符碼，即「文化的符碼」（cultural code）。比如前面我們說過的「燕臺」二字，它在中國的文化傳統中，就代表了使府、幕府這樣的地方。洛氏還認為，當讀者理解文本的時候，有兩種不同的作用：一種是對於符碼的理性認知（cognition）。比如杜甫說「劍外忽傳收薊北」，就是說我在劍門關外聽說了河北那邊收復失地的消息；再比如說「皇帝二載秋，閏八月初吉」，說的就是肅宗皇帝至德二載的秋季，閏八月初一這一天。這些符碼都可用理性來認知，我們可以清清楚楚地知道他所說的是什麼。還有一種作用屬於感官的印象（sense perception），這完全是一種感覺的感知，不是可以用理性來說明的，你要用感官直接去感受它。

既然語言的符號這麼微妙，有這麼多種作用，所以我們還要講一下接受美學。德國接受美學家伊塞爾在《閱讀活動——一個美學反應的理論》（*The Act of Readin: A Theory of Aesthetics Response*）中，提出文本具有一種可能的潛力（potential effect），就是說詩歌語言中蘊藏了一種可以引發讀者產生多種聯想的作用，而這種作用是在讀者閱讀的過程中加以完成的。還有就是我們前面說，一個符碼，你可以由它聯想到其他文本上的符碼。比如從溫庭筠的「懶起畫蛾眉」*想到《詩經》《楚辭》中的「蛾眉」，這種情況叫作「互為文本」（intertextuality），就是說這個文本裡面包含著那個文本，它們之間的關係是相互的。所以，對於一句詩，有時你可以從前人很多詩歌的語言符號裡把它們鑲嵌在一起，就是 mosaic of tradition，因為那些語言符碼裡包含了古代的很多傳統，它們之間可以「互為文本」，而當很多的文本中有一個 tradition 結合在一起的時候，其中任何一個 tradition 都可以引起你很多很豐富的聯想。

除此之外，講到詩歌語言的作用，我還應該再提一下法國女學者朱麗亞·克里斯特娃的有關理論。克氏在其《詩歌語言的革命》（*Revolution in Poetic Language*）一書中說，詩歌的語言有兩種作用：一種是象徵的作用（symbolic function），一種是符示的作用（semiotic function）。當然，克氏所說的象徵的作用跟我們普通說的象徵是不一樣的。比如說松樹象徵堅貞，這只是簡單地用一個具體事物表現一種抽象意義，而

小山重疊金明滅，鬢雲欲度香腮雪。懶起畫蛾眉，弄妝梳洗遲。照花前後鏡，花面交相映。新帖繡羅襦，雙雙金鷓鴣。

——溫庭筠《菩薩蠻·小山重疊金明滅》

克氏所說的象徵的作用是指詩歌理論裡邊已經約定俗成的一種比較固定並且可以確指的象喻的作用。比如說以「蛾眉」象喻才人志士的品德之美即屬此類。所謂「符示的作用」，是指詩歌語言中那些沒有建立起固定意義的符號的作用，正因為不固定，這種作用才顯得活潑自由，讀者可以產生不同的聯想、作出不同的詮釋。等一下我就要用這種方式來探求李商隱的《燕臺四首》，不過在此之前，我們還應該做一些切實的工作。

一般說來，你要想真正理解一首詩，太拘執死板了就會限制你的興發和想像，這自然是不好的；可是你如果一任主觀，隨便愛怎麼講就怎麼講，又容易流於荒謬隨意的妄說。關於這個道理，我們同樣可以徵引一些與此相關的西方理論。西方接受美學認為，讀者在接受的時候，每個人都可以有不同的接受的想像。義大利接受美學家墨爾加利曾寫過一篇論文，題目是《論文學接受》，在這篇論文裡邊，他提出來一個說法，義大利文是 La trahison creative，英譯為為 creative betrayal，即「創造性背離」。就是說讀者在閱讀的時候，明明知道自己的詮釋很有可能不是作者的本意，但是可以背離作者的本意，作出帶有自己的創造性的解釋。其實，剛才我們也提到了詮釋學，詮釋學認為，每個人的詮釋都是詮釋人自己的感受和理解。本來，他們還曾提出過「詮釋的循環」這一術語，就是說你是從你自己出發，來追尋作品的意思，可是最終你追尋的所得是回到你自己。所以，每個人讀詩都有不同的感受：你讀了有你的感受，他讀了有他的感受；你今天讀這首詩有今天的感受，明天讀這首詩又有明天的感受，但是你永遠不可能追尋出作者的本意來。

我在課堂上常常提到王國維的《人間詞話》。在《人間詞話》裡，王國維提出了「古今之成大事業、大學問者」的「三種境界」，他說：「『昨夜西風凋碧樹。獨上高樓，望盡天涯路』，此第一境也；『衣帶漸寬終不悔，為伊消得人憔悴』，此第二境也；『眾裡尋他千百度，驀然回首，那人正在，燈火闌珊處』，此第三境也。」晏殊、柳永他們有這個意思嗎？沒有。所以他最後又說：「此等語皆非大詞人不能道，然遽以此意解釋諸詞，恐為晏、歐諸公所不許也。」——如果我說這個意思就是晏、歐諸公本來的意思，那恐怕他們是不會同意的。我之所以要在這裡引王國維論詞的例子，就是說讀者的接受不必然是作者的本意，而且王國維也明明知道他所說的不見得是作者的本意，這只是他一個人的「讀者的接受」。如果從西方接受美學的角度來看，這無疑屬於帶有創造性之背離的一種讀法。

既然讀者可以有一種「創造性的背離」，那豈不是解釋任何一首詩，讀者都可以無所限制自由發揮？也不盡然是如此的。前面我們提到讀者的詮釋要以文本為依據，而文本中那些語言符號的微妙作用可以給你一種提示。關於語言符號的這種作用，艾柯在《一個符號學的理論》（*A Theory of Semiotics*）中曾特別提出「顯微結構」一詞。所謂「顯微結構」不是文法上的結構，而是指文本裡邊所包含的那些最細緻、最微妙的質素。它既包括聲音，也包括形體和字意，讀者正是根據這種非常精微的結構所提供的暗示，才能對文本中的潛能做出正確的發揮。所以在說詩的時候，我們一方面要有自己的感發聯想的自由，同時也不能憑任自由，你要放出去的有多少，應該抓住的又有多少，這中間有一個尺寸。你既不能完全放開，也不能死板地被完全套住，一弛一收之間，是非常值得注意的。

明白了這一點，我們再來看李商隱的這四首詩，他所反映的到底是什麼？而他為什麼會有這樣的感情？當然，這還要從李商隱的生平談起。李商隱生在唐憲宗元和七年（八一二年），卒於唐宣宗大中十二年（八五八年），他一生雖然僅活了四十幾歲，可在此期間，朝廷竟然更換了憲、穆、敬、文、武、宣六個皇帝。此時，唐王朝正處於多故之秋，外有藩鎮之患，內有宦官專權，再加上朋黨之爭，這個王朝顯然已經走向沒落了。在朝廷之內，不用說大臣的升降不能由皇帝做主，就連皇帝本人的生殺廢立都被操縱在宦官手中，像唐憲宗，據說就是被宦官陳弘志殺死的，穆宗小皇帝只做了很短時間就去世了，而敬宗是被宦官劉克明殺死的。這是當時的時代背景。再就李商隱的家庭而言，他的父親李嗣只做過卑微的縣令等官吏。在李商隱十歲的時候，李嗣病故於浙西幕府。作為家庭中唯一的男孩子，他要負擔起全家的責任與苦難。所以，他奉喪侍母，把他父親的靈柩從浙江運回到河南鄭州。當他回到故鄉的時候，「四海無可歸之地，九族無可倚之親」：四海之大，沒有一個可以歸屬的地方；九族之中，也沒有一個可以投奔的親人。那時他們一家人生活的困苦簡直是難以形容的。剛回到故鄉時，他連戶口都沒有，等到三年服喪期滿，他才「占數東甸」，也就是在東都畿甸安家落戶。為了奉養母親和其他家人，他不得不「傭書販舂」（《祭裴氏姊文》），給人家做一些抄寫或舂米之類的事情。在這種極其艱難的環境中，他「懸頭苦學」，十幾歲時寫的文章已經頗為可觀了。「十六能著《才論》《聖論》，以古文出諸公間」（《樊南甲集序》）。在他十八歲的那一年，令孤楚到河南做了天平軍節度使，他非常欣賞李商隱的才華，於是聘請他「入幕為巡官」，並且特加優待，教李商隱與自己的兒子令孤綯一同學習當時官場上流行的駢體文。後來，李商隱參加過兩次考試，結果都沒有考上。一直到他二十六歲的時候，高鍇主持貢舉，當時令孤綯已在朝廷中做官，高鍇曾問他：誰是八郎你最好的朋友？令孤綯聽罷連說了三次李商隱。所以這一次李商隱就考中了進士。本來，他在考中以後還是可以回到令孤楚幕下去的，可就在那一年，令孤楚在興元病故。李商隱去參加了喪事，然後在返回長安途中寫下了著名的長詩——《行次西郊作一百韻》，那是在開成二年的冬天。

前面我們說，晚唐社會，宦官專權，像憲宗、敬宗都是被宦官殺死的。等到文宗繼位，他就想改革政治，清除宦官專權這種不合理的現象。於是在太和九年，文宗與李訓、鄭注等大臣共同謀劃，他們先是讓人假裝說在金吾大廳後邊的石榴樹上「夜降甘露」，然後讓宦官首領仇士良等人去驗看，想趁他們進去時殺掉他們。可是宦官首領叫一個小宦官先去試探一下，當他來到那裡的時候，偏偏天不成人之美，一陣風吹過，帳幕被掀起一角，現出後面伏藏著的甲兵，於是事情敗露，自宰相王涯以下的很多朝官都被誅戮了，這就是「甘露之變」。

「甘露之變」以後，文宗更加受到宦官的挾制。有一次他問大臣：「你們覺得我是一個怎樣的皇帝？」大家當然是讚美他如何如何聖明了。可是他說：「我看我自己連漢獻帝都不如，他是受制於權臣，而我是受制於家奴！」他曾經寫過一首詩：「輦路生春草，上林花滿枝。憑欄何限意，無復侍臣知。」他說春天的時候，上林苑中的花開得很漂亮，我本應該去玩賞物華，可是我沒有心情去遊賞，以至於輦路上長滿了春草。我靠在欄杆上，心中有無限的感慨，但是沒有一個侍臣知道我感慨的是什麼。

李商隱早期的詩歌有很多都是感慨「甘露之變」以後的時事的。比如《曲江》一詩：「望斷平時翠輦過，空聞子夜鬼悲歌。金輿不返傾城色，玉殿猶分下苑波。死憶華亭聞唳鶴，老憂王室泣銅駝。天荒地變心雖折，若比傷春意未多。」他說再也見不到皇帝乘坐著翠輦來遊曲江的盛況了；如今，只聽到半夜鬼哭神嚎的聲音。往日那些乘坐金輿侍從皇帝遊賞的妃子們已是一去不返，只有曲江的流水依舊流向玉殿旁的水溝中。第五句用的是西晉陸機的典故。史載陸機因為被宦官陷害而被誅，臨死前曾經說：「華亭鶴唳，豈可復聞乎？」第六句用的是西晉索靖的典故。在西晉滅亡之前，索靖已經預見到國家就要滅亡了，所以當他看到洛陽宮門前的銅駝時，曾感慨地說：

我馬上就要看到你被荊棘蔓草所淹沒了。這兩句是影射「甘露之變」中大批朝臣被殺戮的事情，以及自己對於國家前途命運的深重憂慮。最後他說「天荒地變心雖折，若比傷春意未多」，這真是天荒地變般的巨大變故，我的心都要為之破碎了。不過，與「傷春」相比，還是後者更令我傷懷。錢鍾書曾寫過一句詩「傷時例託傷春慣」*（《故國》），因為中國古人常常把傷時的悲哀用傷春來表現。由這首詩可以看出，李商隱是一個有理想、有才華、關心朝政的人。

太和九年「甘露之變」以後，文宗的年號改成開成。開成二年的冬天，李商隱考中進士不久，寫了那首《行次西郊作一百韻》。在這首詩中，他說了些什麼？他說：「農具棄道旁，饑牛死空墩」，耕田的器具被拋擲在路邊，而耕牛都餓死在荒頹的土臺上。「依依過村落，十室無一存」，我滿懷惆悵地走過了一個又一個的村莊，常常看到十間房子都是空的，裡邊的人不是死了，就是逃走了。「兒孫生未孩，棄之無慘顏」，生下來的嬰兒，還沒等長到成童的年齡，就被他們的父母拋棄了——自顧尚不暇，又怎能養活他們呢？「不復議所適，但欲死山間」，百姓們不再說我們逃到哪裡去，因為已經沒有任何地方可以逃，他們也只能是死在亂山的溝壑之中了。「盜賊亭午起，問誰多窮民」，盜賊在光天白日的中午就敢出來搶劫，他們到底是什麼人？都是些走投無路的窮人！「官健腰佩弓，自言為官巡。常恐值荒迥，此輩還射人」，那些腰間佩戴弓箭的「官吏」們，自稱是替政府巡查「盜賊」，可是恐怕當他們走到荒郊野外

故國同誰話劫灰，偷生坯戶待驚雷。壯圖虛語黃龍搗，惡識真看白雁來。骨盡踏街隨地痛，淚傾漲海接天哀。傷時例託傷春慣，懷抱明年倘好開。

——錢鍾書《故國》

的時候，真不知道他們會做出什麼樣的事情來。最後他說「我聽此言罷，冤憤如相焚」，聽到老百姓說這樣的話，我內心的憤慨就像火燒起來一樣痛苦。所以，「我願為此事，君前剖心肝。叩頭出鮮血，滂沱污紫宸」，為了減輕老百姓的這些痛苦與不幸，我願意在皇帝面前把我的心肝都剖出來；我願意把我的頭顱磕破，流出鮮血染在朝廷的宮殿之上。可是「九重黯已隔，涕泗空沾脣！」《楚辭》上說「君之門兮九重」，你要想見到皇帝，哪裡是容易的事情？君門那麼遙遠、那麼昏暗，層層都是關口，層層都有阻隔；所以我空有滿懷熱切的願望，最後只能涕淚交流，沾濕我的脣邊。你要注意，這首詩是在李商隱考中進士後不久寫的，而此詩所反映的，正是他對於國家和人民的一種深切關懷之情。

剛才我們說李商隱考進士的時候，曾經得到令孤楚的兒子令孤綯的推譽，可就在這一年，令孤楚就病逝了。唐朝的一些官員常常在新進士之中選擇女婿，當時有一個叫王茂元的人，也很欣賞李商隱的才華，於是把女兒嫁給了他。我們知道，晚唐朝廷充滿了朋黨之間的政治鬥爭，令孤家屬於牛僧孺一黨，而王茂元屬於李德裕一黨。李商隱既先受知於令孤楚，而後又就婚於王氏，不自意竟陷入了牛李黨爭的夾縫之中！他一生仕宦很不得意，終年漂泊在各地的幕府之間，歷依天平、袞海、桂管、武寧、東川諸幕。在幕府中寫一些什麼東西？我現在每一次看到李商隱的《樊南文集》，真的是替他難過。你看他的詩，這是多麼有志意、有才華的一個人，而他的文集呢？都是為那些府主寫的應酬文字。當然，李商隱也曾經屢次向令孤綯陳情，希望令孤綯能夠諒解他，希望能夠恢復昔日的一段友情，可是令孤綯始終沒有原諒他。這從李商隱的詩中可以得到證明，他曾寫過一首題為《九日》的詩，「九日」就是重陽節。他說：「曾共山翁把酒巵，霜天白菊繞階墀。」這是懷念令孤楚的，令孤楚在世時非常賞識李商隱的才華，不論有什麼聚會，總是把他帶在身邊，所謂「座旁一人、白衣最少者」，就是指的李商隱了。所以他說「曾共山翁把酒巵」，我記得當年跟隨恩主一起喝酒的時候，正是在白露為霜的秋季；那時，階旁開遍了白色的菊花。然而「十年泉下無消息，九日樽前有所思」，現在恩主死去已有十多年了，過去的一段恩情沒有人再提起，我再也無從述說了，可是每值重陽佳節，當我看到那「霜天白菊」，就會情不自禁地想起一幕幕往事。最後兩句他說：「郎君官貴施行馬，東閣無因得再窺。」「郎君」指的是令孤綯，李商隱這首詩寫於宣宗大中三年，而此時的令孤綯已經身居高位了。這裡我們還要補充一點：為什麼令孤綯在宣宗朝後來能夠做到宰相的高位，而且做了那麼長久。本來，宣宗是憲宗的兒子。當宣宗繼位時，白行簡是宰相。有一天，宣宗對白行簡說：「我記得那年我父親去世，當靈柩被運走時，忽然風雨大作，當時除了一個『頎身長鬚』者依舊陪在靈柩旁沒有離開以外，其他的人都去避雨了，這個人是誰？」白行簡回答說是令孤楚。宣宗就問：令孤楚有兒子嗎？白行簡說：「有，此人叫令孤綯，不過現在他遠在湖州做刺史。」於是，宣宗把令孤綯召回京師，授以官職，後來屢遷至宰相高位。本來，以令孤綯與李商隱當年的交情，當令孤綯身居高位之後，是可以提拔李商隱的，可是他因為黨爭的恩怨，始終不加以援引，所以李商隱在《九日》這首詩中才會有「東閣無因得再窺」的感慨。

李商隱還寫過很多悱惻纏綿的詩，也都是有感於此的。比如《昨夜》：「不辭鶗鴂妒年芳，但惜流塵暗燭房。昨夜西池涼露滿，桂花吹斷月中香。」「年芳」指的是一年的芳華、一年中最美好的日子。「鶗鴂」，屈原在《離騷》中說：「恐鵜鴂之先鳴兮，使夫百草為之不芳。」他說恐怕鶗鴂鳥叫的時候，所有的花草都零落了。在這首詩中，李商隱加深語氣說，鶗鴂鳥叫的時候，一年的芳華都零落了，可是我不逃避這個憔悴零落，因為人都會老死，美好的事物總會消逝，古往今來皆是如此；而最令我感到惋惜、悲哀的，是那蠟燭的燭心被塵土遮暗，是我內心深處的這一份情意沒有人可以理會，沒有人可以諒解！接著「昨夜西池涼露滿，桂花吹斷月中香」：「西池」當然可能是真有一個西池，但是按照詩歌的習慣，「東」——日出之地，是象徵茂盛、興旺、希望的；而「西」——日落之地，則顯得比較衰微、衰颯、隱晦。他說昨天晚上西池中灑滿了涼涼的露水，而那明月之中桂花的香氣都被寒風吹斷，人天之中就這樣永遠被隔絕了。你看他的悲哀、他的感慨，而李商隱的一生就是在這樣的哀思中度過的。

另外，李商隱還寫過一首《賦得雞》：「稻粱猶足活諸雛，妒敵專場好自娛。可要五更驚穩夢，不辭風雪為陽烏。」牠的名字叫作「雞」，雞的職責是什麼？左思說「鉛刀貴一割」*（《詠史》其二）。你就算是一把鉛刀，可你的名字畢竟叫「刀」，那麼，你就要發揮你作為刀的用處。如果你一輩子都沒有用來切一下，那你憑什麼叫刀呢？同樣，雄雞是報曉的，可是這首詩中所寫的「雞」，牠做了些什麼？「稻粱猶足活諸雛」，牠只知道爭食吃——自己吃飽了不算，還搜刮了好多的剩餘食料以養活牠的幼雛；而在搜集這些糧食的時候，牠們「妒敵專場好自娛」，忌妒自己的對手，總想擊敗對方，獨擅這一份權勢。「可要五更驚穩夢，不辭風雪為陽烏」，你可知道，在五更天還沒有亮的時候，你要把那些在黑暗之中的睡夢人驚醒；你不要怕寒風冰雪，要盡你的責任，出來報曉，把太陽叫出來，難道你只是為了搶那些糧食嗎？

從這些詩我們都可以看出，李商隱有理想、才華，關心政治、社會民生，可是他一生沉淪下僚，鬱鬱不得志，所以才寫了這樣悲哀愁苦的詩篇；而且，這種悲哀還不能夠明白地表達出來——令孤楚是他的恩主，王茂元是他的岳父，其間的恩怨猜嫌，必有許多難以言說的苦痛、複雜隱曲的感情。李商隱死後，有一個叫崔珏的詩人寫了兩首《哭李商隱》的詩，其二中有兩句說「虛負凌雲萬丈才，一生襟抱未曾開」，李商隱確實是如此的。

李商隱是一個極富才情的人，他不僅想像力豐富，感情也非常深摯。在這裡，我們不妨將他與唐代另一個有名的詩人李賀作一下對照。李賀比李商隱稍早一些，他的

弱冠弄柔翰，卓犖觀群書。
著論準過秦，作賦擬子虛。
邊城苦鳴鏑，羽檄飛京都。
雖非甲冑士，疇昔覽穰苴。
長嘯激清風，志若無東吳。
鉛刀貴一割，夢想騁良圖。
左眄澄江湘，右盼定羌胡。
功成不受爵，長揖歸田廬。

——左思《詠史》其一

詩寫得也很朦朧，像什麼「畫欄桂樹懸秋香，三十六宮土花碧」*（《金銅仙人辭漢歌》）等，都是這樣。不過我對李賀詩的感受與對李商隱詩的感受是不同的。西方文學批評有一個術語叫作意識批評（criticism of consciousness）。就是說，凡是偉大的作家，他都有一個意識型態（patterns of consciousness），或者 patterns of impulse、patterns of experience。因為每一個人都要接受外在事物的影響，而他們思想感情的活動、所產生的感應，總是因人而異的。我覺得李商隱的意識型態與李賀的意識型態是不同的。如果把他們簡單地作一個分別，我以為：李賀這個人的感受是屬於自我、小我、一己的那種感受，雖然這種感受非常敏銳，但是他缺少了一種博大的關懷之情。這個話很難說，總之，一個人關懷的究竟是什麼，是你自己，你的家庭，還是什麼其他的事物，這似乎是每個人天生來的一種感情中的本質因素，而李商隱與李賀的差別就在於此。儘管李賀比李商隱還早了一點，儘管李商隱的朦朧詩可能受了李賀朦朧詩的影響，但是他們的本質是完全不同的。讀李賀詩給人的感受只是詭奇、精緻、新鮮、敏銳，可是沒有很深厚的東西在裡面，但李商隱是有的。

知道了李商隱的生平及其情感的本質，下面我就講一下他這一組詩的題目為什麼叫「燕臺」了。一般說起來，李商隱詩的題目有很多不同的性質。比如《行次西郊作一百韻》，就是說作者行經長安城的西郊，看到農村社會的種種現象，內心有所感動而寫的一首詩，這是很清楚的。另外，他還寫了一些《無題》詩，像什麼「昨夜星辰

茂陵劉郎秋風客，夜聞馬嘶曉無跡。畫欄桂樹懸秋香，三十六宮土花碧。
魏宮牽車指千里，東關酸風射眸子。空將漢月出宮門，憶君清淚如鉛水。
衰蘭送客咸陽道，天若有情天亦老。攜盤獨出月荒涼，渭城已遠波聲小。
——李賀《金銅仙人辭漢歌》

昨夜風」*（《無題二首》其一）、「相見時難別亦難」（《無題》），這都是大家非常熟悉的。除此之外，還有一些詩雖然也有題目，可它不像《行次西郊作一百韻》這類題目寫得那麼清楚，他只是取詩中的二字為題，所以實際上也仍是接近於無題之作。比如《丹丘》：「青女殷勤結夜霜，羲和辛苦送朝陽。丹丘萬里無消息，幾對梧桐憶鳳凰？」題目叫「丹丘」，是因為這首詩裡邊有「丹丘」二字。又如《瑤池》：「瑤池阿母綺窗開，黃竹歌聲動地哀。八駿日行三萬里，穆王何事不重來？」題目叫「瑤池」，是因為這首詩的頭兩個字是「瑤池」。再如《海上》：「石橋東望海連天，徐福空來不得仙。直遣麻姑與搔背，可能留命待桑田。」因為第一句有「東望海連天」，所以題目就是「海上」。總之，這一類詩的題目多半與詩裡邊的某個字句有關係。那麼《燕臺四首》呢？這組詩既然標明了「燕臺」二字，它自然不同於一般的無題之作；同時，「燕臺」二字又沒有在這四首詩的任何一句中出現過，所以這也不同於像《瑤池》《海上》那樣的取詩中某些字樣為題目的作品。如此說來，「燕臺」應該是有意思的，可它究竟應該是什麼意思呢？

前面我們說過，因為燕昭王曾築黃金臺以招納賢士，所以後來人們習慣於稱使府為「燕臺」。李商隱一生在很多幕府之中做過事，他一直想要回到中央政府工作，可是總也沒有這個機會。最後，當他四十多歲的時候，他所在的幕府是在四川梓州。當時梓州的節度使名叫柳仲郢，李商隱曾寫過一首《梓州罷吟寄同舍》的詩，他說：「不

葉嘉瑩讀誦《無題一》

昨夜星辰昨夜風，畫樓西畔桂堂東。身無彩鳳雙飛翼，心有靈犀一點通。隔座送鉤春酒暖，分曹射覆蠟燈紅。嗟余聽鼓應官去，走馬蘭臺類轉蓬。

——李商隱《無題二首》其一

揀花朝與雪朝，五年從事霍嫖姚。」*「霍嫖姚」即漢朝的嫖姚校尉霍去病，這裡借指柳仲郢。李商隱說：不管是花開的日子還是下雪的日子，我一直跟隨著你，作為你的僚屬已有五年之久了。在這首詩的最後，他說：「長吟遠下燕臺去，唯有衣香染未銷。」我現在長吟著這首留別的詩走下「燕臺」，離開梓州幕府，就要遠行了；這時，只有衣服上所染的餘香還沒有完全消散。在這首詩中，他用了「燕臺」兩個字，而這裡「燕臺」也應該指使府——用李商隱自己的一首詩來證明他另一首詩，這當然是不錯的。就算你證明了那不是使府，你又怎樣去猜測它呢？過去那些守舊的人，說這是李商隱跟使府後房的姬妾談戀愛。這是不可能的，有很多人都反駁過。我曾經一度認為，我們不要那麼死板地說他就是跟使府後房談戀愛，因為李商隱一生漂泊，都是依託在幕府之間，所以這四首詩可能是寫他平生的不幸生活的。但是現在想起來，這也不對。從前面提到的《柳枝》詩序可以知道，這幾首詩是寫在李商隱還沒有考中進士之前，是他先寫了《燕臺》詩，然後才有柳枝的故事。從這一點可以證明，當時他還很年輕，還沒有那種漂泊使府、輾轉依人的經歷與悲慨。既然這也不可能，那麼「燕臺」又應該指什麼呢？

前面我已經給大家介紹了所謂的「創造性的背離」，就是說讀者對作品的詮釋可以帶有讀者自己的創造性。不過，讀者要從文本出發，以文本所提供的可能的潛力為依據，而不能離開太遠。所以下面我就說一下我自己的看法。據考證，李商隱在十七

不揀花朝與雪朝，五年從事
霍嫖姚。君緣接座交珠履，
我為分行近翠翹。
楚雨含情皆有托，漳濱臥病
竟無憀。長吟遠下燕臺去，
惟有衣香染未銷。
——李商隱《梓州罷吟寄同舍》

歲的時候參加過一次考試，結果沒有考上；二十歲時又參加了一次考試，還是沒有考上，他是在開成二年才考中進士的。《燕臺四首》本應寫在《柳枝五首》之前，有人把《柳枝五首》編在開成元年，那麼開成元年以前朝廷發生了什麼事情？大家都知道開成以前的年號是太和，太和九年發生了「甘露之變」，很多朝臣被殺死，以至朝堂一空；李商隱有感於此，曾寫過《曲江》一詩，那時他不過二十歲左右。後來，在他考中進士以後，又寫了《行次西郊作一百韻》的長詩，表達了自己對於國家、朝廷、人民的一份關懷之情。那麼「燕臺」可能是什麼意思？前面提到，「燕臺」的本義是說燕昭王築黃金臺以求天下的賢士，李白曾寫過一首詩，其中有兩句是：「昭王白骨縈蔓草，誰人更掃黃金臺？」（《行路難三首》其二）他說：像燕昭王那樣的人已經沒有了，連昭王的白骨也早已被蔓草所掩埋，什麼人能夠再把黃金臺掃乾淨，以招攬天下的賢士呢？所以我認為，李商隱寫《燕臺》詩的時候，雖然還沒有漂泊依人的悲慨，但他已經是兩次應試都沒有考中，而朝廷又屢遭變故，國事日非，像李商隱這樣有理想、有才華的人，很可能會產生一種追尋理想卻不得知遇的悲哀。聯想到歷史上求賢若渴的明主燕昭王，則這幾首詩以「燕臺」為題，不就可以理解了嗎？

好，我們已經講了題目，下面就來看一下這幾首詩。開始時，我不是說，在四十年前我就寫過一篇論《燕臺四首》的文章（參看《迦陵論詩叢稿》）嗎，在那篇文章中，我引了莊子的「得魚忘筌，得意忘言」，就是說，作為一個竹簍子，是用來捕魚的，你只要捕到魚就好了，至於簍子的形狀等等並不太重要。而且，用「魚」來比喻詩歌的欣賞，我們也有一個傳統，清朝詞學家周濟在談到詞的欣賞時曾經說：「臨淵窺魚，意為魴鯉，中宵驚電，罔識東西。」（周濟《宋四家詞選．目錄序論》）他說，你站到一個淵谷的上面往下看，看到深水之中好像有游魚的影子，可是看不清楚。於是，你就猜測那是魴魚還是鯉魚呢？午夜中宵的時候，忽然間有一條閃電閃過去了，你確實看到了那一閃，可是這個閃電的方向究竟如何呢？還沒等你把握住，它就消失了。在詩歌的欣賞中，有一部分作品也是不可能給予確定解說的。你彷彿感受到了什麼，可究竟是什麼？你又不能夠具體地把它說清楚。像《燕臺四首》這樣的朦朧詩，你應該怎樣去欣賞它？如果就我個人而言，我在思想上有非常自由、非常放縱的一面，這使我說詩時往往不按照古人的任何成法；可是同時，我在行為上又有非常拘執、非常保守的一面，有時候也唯恐逾越禮法。所以，我當年就給我那篇文章起了一個名字，叫《舊詩新演》。就是說，雖然是舊詩，但我給它一個新的演義。中國舊小說中不是有很多演義嗎？像《三國演義》《隋唐演義》等，都是把歷史加以推演，加進去很多作者自己假想的成分；魯迅的《故事新編》也是將現代的意思加到古代的神話故事中。於是我也嘗試一下，看一看舊詩是否可以來一個「新演」呢？我覺得像李商隱《燕臺四首》這樣的詩，如果把它比喻成一條魚的話，你找不到一個合適的魚簍把牠抓上來，所以我就親自跳到水裡邊，去摸一摸這條魚。或許，我也沒有把魚撈上來，我也沒能讓大家看到整條魚，證明一下牠究竟是魴魚還是鯉魚，但是我確實摸到那條魚了，我有一種很真切的感受。下面，我就把我自己的感受說出來給大家做一個參考，看看他到底寫了些什麼。

風光冉冉東西陌，幾日嬌魂尋不得。
蜜房羽客類芳心，冶葉倡條遍相識。
暖藹輝遲桃樹西，高鬟立共桃鬟齊。
雄龍雌鳳杳何許，絮亂絲繁天亦迷。
醉起微陽若初曙，映簾夢斷聞殘語。
愁將鐵網罥珊瑚，海闊天翻迷處所。
衣帶無情有寬窄，春煙自碧秋霜白。
研丹擘石天不知，願得天牢鎖冤魄。
夾羅委篋單綃起，香肌冷襯琤琤珮。
今日東風自不勝，化作幽光入西海。

這是這組詩的第一首《春》，從春天裡人的感情之萌生寫起。春天是怎樣來臨的？李商隱在一首《無題》中寫道：「颯颯東風細雨來，芙蓉塘外有輕雷。」「颯颯」是風雨的聲音，「東風」自然是指春天的風。伴隨著春風，春雨灑落下來了，這句寫的是春天的景象。「芙蓉」就是荷花，他說在荷塘的外面，我聽到隱隱的雷聲。雷聲是驚眠起蟄的——冬天，很多草木都黃落了，很多昆蟲也伏藏到地下去了；可是，當雷聲響起的時候，草木都萌生發芽了，昆蟲也都復甦，然後從土地裡邊爬出來了，萬物的生命都被呼喚起來了。這時，大自然的春意帶給人的是什麼呢？《文心雕龍・明詩》篇中說：「物色之動，心亦搖焉。」鍾嶸《詩品・序》中也說：「若乃春風春鳥，秋月秋蟬，夏雲暑雨，冬月祁寒，斯四候之感諸詩者也。」這都是說由於外界的春夏秋冬、風雲月露等各種景色的變化，從而引起人內心的感動。所以，當春天來到，塘外傳來陣陣輕雷聲的時候，那個女子是「金蟾嚙鎖燒香入，玉虎牽絲汲井迴」。「金蟾」，「金」就是銅，中國古人常常把「銅」說成是「金」，那麼「金蟾」就是指蟾狀的銅製香爐；「嚙」是咬；「鎖」是「關住」，因為香爐的爐口處有一個鈕，當爐蓋兒蓋下來的時候，一下子就咬緊、關上了。你所封鎖、關住的是什麼？是「燒香入」。「燒」是何等熱烈，「香」是何等芬芳，而封鎖它的「金爐」又是何等珍貴！所以，詩應該怎麼樣寫，應該怎麼樣欣賞，不是說你猜測出它所寫的究竟是哪一個人，她的名字是叫「燕臺」，還是什麼使府後房的姬妾，等等，這些外在的東西並不重要，你且不用管它；真正重要的，是它的感情的本質是什麼。譬如喝酒，重要的不是那盛酒的杯子是方的還是圓的，它的外形怎麼樣，而是那杯中的酒芳醇甘洌的程度到底如何。像李商隱的這首詩，他把情感本質表現得真是好，你必須一個字一個字地去體會。這種分析方法，如果引證西方文論來說，早在十九世紀，新批評學派（new criticism）就提出了細讀（close reading）的方式。所謂細讀，就是要逐字地仔細去讀，看它每一個語言文字符號都表示什麼。後來，義大利符號學家艾柯就提出「顯微結構」一詞，強調語言符號本身那種最精微、最細緻的本質、質地。比如一張桌子，它是樟木做的，還是黃楊木做的？它的紋理怎麼樣？你摸上去有什麼感受？總之，你要有一種最精微的分辨。總之，你如果想真正仔細地欣賞一首詩，就應該養成這種最精緻、細微的感受和辨別能力。

剛才我們說「金蟾嚙鎖燒香入」這個形象表現了她的感情像黃金一樣珍貴、香一樣芬芳、燃燒一樣熱烈，又像嚙鎖那樣深閉。這個女孩子除了燒香以外，還做了些什麼？古代沒有自來水，只是在庭院中有水井，所以，這個女子在燒香之後就去打水。怎麼打？是「玉虎牽絲汲井迴」。「玉虎」就是轆轤把柄上的虎狀裝飾；「絲」是井繩，要想把井裡的水打上來，這個轆轤上的井繩就得千迴百轉。所以你看，當「颯颯東風細雨來，芙蓉塘外有輕雷」的時候，這個女孩子有了「金蟾嚙鎖燒香入」這樣芬芳熱烈、珍貴美好的感情，有了「玉虎牽絲汲井迴」這樣悱惻纏綿、千迴百轉的情意，她就要找一個投注的對象了。像韋莊的《思帝鄉》*中所說的：「春日遊，杏花吹滿頭。陌上誰家年少、足風流？」又如馮正中的《拋球樂》*說：「款舉金觥勸，誰是當筵最有情？」所以，下面兩句他就說：「賈氏窺簾韓掾少，宓妃留枕魏王才。」「賈氏」

春日遊，杏花吹滿頭。陌上誰家年少、足風流？妾擬將身嫁與一生休。縱被無情棄，不能羞。

——韋莊《思帝鄉・春日遊》

逐勝歸來雨未晴，樓前風重草煙輕。谷鶯語軟花邊過，水調聲長醉裡聽。款舉金觥勸，誰是當筵最有情？

——馮延巳《拋球樂・逐勝歸來雨未晴》

是指晉朝賈充的女兒，賈充手下有一個叫韓壽的僚屬，常常來賈府，這個女子看到他年少貌美，一見鍾情，於是偷偷與他私會，還把父親在朝廷所得的最珍貴的香送給了這個年輕人。後來，這件事情被賈充發覺，就把女兒嫁給了韓壽，這是一個很美好的結局。「宓妃」在這裡指曹丕的皇后甄氏，據說甄氏在嫁給曹丕之前，曾與曹植有一段感情。在她被讒死後，留給曹植一個枕頭，曹植經過洛水，夢見甄氏，於是寫了《洛神賦》。李商隱這兩句話是說賈氏在簾後向外偷窺，對韓壽鍾情，是因為愛他年少俊美；宓妃留枕予魏王曹植，是因為仰慕他的才華——你有這樣的感情，就要尋找一個值得自己投注感情的對象，但最終的結果如何呢？「春心莫共花爭發，一寸相思一寸灰。」春天是來了，萬紫千紅的花朵都開放了，可是你的春心不要像那花朵一樣開放，因為你每一寸的相思，最終都會像那燃燒的香一樣，寸寸化為灰燼。

由這首詩我們可以看出，李商隱一方面有這樣熱烈的感情，有這樣執著的追尋，可是他追尋的結果總是失落的。我用這首《無題》來講我們現在這首《春》，你看它的第一句，當「風光冉冉東西陌」的時候，春天的到來，就引起了你的春心，你要有所追尋了。需要注意的是，他沒有說「春光」，而是說「風光」，「風光」與「春光」有什麼不同？我不是說一個人鑒賞詩歌要養成一種精微、銳敏的感受與辨別能力嗎？因為「春光」顯得比較死板，而「風」給人一種動態的感受，「風光」再加上「冉冉」二字，則天光雲影都在流動徘徊，一切的光影都在搖盪之中。這是飄飛舞動的春天，是充滿生意的春天。那麼，春天是從哪裡來的？——「東西陌」，在那各個方向的小路上，到處都是明媚的春光，到處都有春天的氣息。我們說春天的到來會引起人的追尋，而他要尋什麼？尋一個「嬌魂」。李商隱寫得真是美！他要尋的還不是一個「美人」，而是「嬌魂」。「美人」只是一個外在的美的形體；而「嬌魂」則是屬於人精神、靈魂深處的一種最寶貴的本質。在剛才那首《無題》中，他說「春心莫共花爭發，一寸相思一寸灰」，現在他又說「風光冉冉東西陌，幾日嬌魂尋不得」——我不是沒有追尋，可是我尋了那麼多日子，卻沒有找到一個可以投注感情的「嬌魂」。你「尋不得」就算了，可是他還在「尋」——「蜜房羽客類芳心，冶葉倡條遍相識」。

李商隱這個人真是善於想像，他詩歌裡邊的意象很豐富。不同於形象，我們說一個放映機、一個皮包，這只是形象，而意象是透過你內心的情意創造出來的那個形象。李商隱詩裡邊的意象是很妙的，他說「蜜房羽客類芳心」，在那花心的深處，藏著有花蜜的花房；而蜜蜂煽動著翅膀翩翩飛舞，即是「蜜房羽客」。郭璞在《蜂賦》中說「亦託名於羽族」——蜜蜂屬於帶翅膀的那一類昆蟲，所以這裡的「羽客」指的就是蜜蜂。「蜜房」的「房」字用得好，它給人一種閉藏深隱的感覺。「蜜房羽客類芳心」就是說蜜蜂飛到花房深處去尋找那最甜的蜜，這種尋覓與人對芳心的尋覓是有類似之處的。那麼怎麼樣去追尋？「冶葉倡條遍相識」。如果只看外表，「冶」和「倡」都不是很好的字眼：「冶」是過分風流的樣子，「倡」是過分浪漫的樣子。可是如果反過來想，

「冶」給人一種非常艷麗的感覺，「倡」給人一種非常茂盛的感覺；「冶葉」是那麼美的葉子，「倡條」是那麼繁茂的枝條！如果不追尋就算了，真的要追尋，就要「遍相識」，把所有可能尋找的地方——每一片葉子、每一根枝條都去尋找到。

在這種追尋之中恍然如有所見了。他說：「暖藹輝遲桃樹西，高鬟立共桃鬟齊。」「藹」是煙靄迷濛的樣子，「暖藹」是說在春天的暖日和風中有這種溫暖的感覺和迷濛的光影；「輝遲」是說太陽的光輝已經遲遲地快要西斜了。這時候，就在桃樹的西邊，彷彿有一個女子，「高鬟立共桃鬟齊」。這句話好像不太通。「高鬟」我們理解，是指女子頭頂上梳得高高的髮髻；而「桃鬟」呢？桃樹本是一種植物，它又沒有頭髮，怎能也梳一個鬟髻在頭上？李商隱的詩就是這樣，你不能用理性來說明它，但是可以用心靈來感受。這句是說，當他追尋不得卻仍在追尋的時候，恍惚之中彷彿真的就看見了那個人，看見一個高鬟的女子站在那裡，而且「立共桃鬟齊」，跟那開滿桃花的桃樹並立在一起，那萬朵繁花竟真的如同美人頭上的簪花高髻了！正如溫庭筠《菩薩蠻》所說的「照花前後鏡，花面交相映」。可是這只是「暖藹輝遲桃樹西」之中的一個幻影。

於是，他接下來說：「雄龍雌鳳杳何許，絮亂絲繁天亦迷。」你真的找到了這樣一個對象嗎？李白有一首詩說：「張公兩龍劍，神物合有時。」（《梁甫吟》）「張公」指的是晉朝的張華，據說張華在晚上觀察天象，看到斗牛之間有光氣上衝於天，於是，他找到了另一個也懂得天象的人雷煥來看。雷煥說這是寶劍之光氣，是從豐城那裡發出來的。等到雷煥到豐城任縣令後，他叫人在豐城的監獄內掘地數尺，挖出了一對寶劍，一把送給了張華，自己留了一把。後來，張華在政治鬥爭中被殺，他的寶劍也不知所終了；而雷煥死後，就把寶劍給了他的兒子。有一次，雷煥的兒子佩著那寶劍出去遊歷，經過一條河邊時，寶劍突然從腰間一躍而出，跳到水裡去了。他趕緊叫人潛到水中去找，可那些人上來報告說，他們並沒有看見什麼劍，只看到兩條龍游走了。李白這兩句詩是說張華與雷煥的兩把寶劍雖然分隔了這麼久，可是它們終歸有重新會合到一起的時候。天下有這樣的好事嗎？果然每個人都能夠找到自己應該會合的那個人嗎？不是的，「雄龍雌鳳杳何許」，在這句中，龍與鳳是一個對比，雄與雌是一個對比，不管是雄龍還是雌鳳，無論是男性還是女性，他們都沒有找到他們應該找到的對象，一切都是這樣地渺茫，當你追尋了很久卻終無所得的時候，就「絮亂絲繁天亦迷」。你看一看外面的景物，茫茫天地之間，到處是零亂的游絲。李賀說「天若有情天亦老」（《金銅仙人辭漢歌》），這種迷惘，這種失落，天若有情，定也早已為之意亂情迷了。

李商隱的詩有追尋，有失落，失落以後還是要追尋的。前幾天我看了一個有關唐詩的磁碟，其中有一段是根據李白《月下獨酌》*的詩意改編的，他們讓一個現代人穿上古裝扮演李白，獨自在那裡走，天上真的出現了一輪明月，然後李白就舉起酒杯，對月而飲。我覺得它雖然有人有景，但那只是一個外表的故事，說李白是舉杯邀月，而這首詩裡邊真正的生命、真正的感情，卻沒有表現出來。其實，這首詩所寫的，是

花間一壺酒，獨酌無相親；
舉杯邀明月，對影成三人。
月既不解飲，影徒隨我身；
暫伴月將影，行樂須及春。
我歌月徘徊，我舞影零亂；
醒時同交歡，醉後各分散。
永結無情遊，相期邈雲漢。
——李白《月下獨酌》

一個天才在寂寞之中的飛揚的掙扎。「花間一壺酒」，在這麼美的花間，又有一壺美酒，這本是很好的一件事；可是，你有沒有一個可以傾訴的對象呢？沒有，是「獨酌無相親」。李商隱說「縱使有花兼有月，可堪無酒更無人」＊（《春日寄懷》），大自然有花有月，它對得起我們，可縱然如此，我們人間又有什麼呢？我既沒有美酒可飲，周圍又沒有一個相知的人，就這樣白白地辜負了大自然所賜予的良辰美景。李白雖然也說「獨酌無相親」，但是他不像李商隱。李商隱說「春心莫共花爭發，一寸相思一寸灰」，他已經斷定了這種相思的無益。可李白不是，他是要飛起來的，所以，他在「獨酌無相親」的孤獨寂寞之中，要「舉杯邀明月，對影成三人」，他要舉起酒杯，邀天上的明月，把月亮當作自己的朋友。李白不是還寫過「卻下水精簾，玲瓏望秋月」＊（《玉階怨》）嗎？就算周圍沒有一個朋友，我「相看兩不厭」的還有那敬亭山呢！＊「舉杯邀明月」然後是「對影成三人」，我抬起頭來，看到天上的明月；低下頭來，地上還有我的影子。這樣，月、我、影就成為三個人了。你看「花間一壺酒」是高揚起來的，「獨酌無相親」就沉落了下去；「舉杯邀明月，對影成三人」兩句又揚起來了。接著「月既不解飲，影徒隨我身」。我雖然把月亮當作能夠安慰我的朋友，可月亮肯跟我舉杯共飲嗎？影子雖然親密地伴隨著我，可我能跟它談話嗎？事實上，月亮既不能與我共飲，影子也只是白白地跟著我，它永遠不能夠與我對話。這兩句又沉下去了。但李白還是要試著飛起來的，他說：「暫伴月將影，行樂須及春。」有這樣美好的春

世間榮落重逡巡，我獨丘園坐四春。縱使有花兼有月，可堪無酒又無人。青袍似草年年定，白髮如絲日日新。欲逐風波千萬里，未知何路到龍津。
——李商隱《春日寄懷》

玉階生白露，夜久侵羅襪。卻下水精簾，玲瓏望秋月。
——李白《玉階怨》

眾鳥高飛盡，孤雲獨去閒。相看兩不厭，只有敬亭山。
——李白《獨坐敬亭山》

天，有這樣美麗的花、皎潔的月、芳醇的酒，我又何必悲哀？還是讓我暫且與月亮、影子為伴，及時行樂吧！「我歌月徘徊，我舞影零亂」，我唱起歌來，引得那月亮在雲間徘徊；當我起舞的時候，我的影子也隨我一同起舞，呈現出零亂的姿態：這兩句是飛起來的。然後再沉下去說：「醒時同交歡，醉後各分散。」我醒著的時候，月亮和影子都是我的朋友；可是我醉倒之後，既不知道月亮，也不知道影子了。李白就此一直沉落下去嗎？不是，他最後還是會飛起來的：「永結無情遊，相期邈雲漢。」如果我在有情的人間再也找不到一個朋友，那麼我就要永遠跟無情的大自然中的事物交朋友，不管它是月亮也好，是敬亭山也好，我所期待的如果不在人間，那當然是在天上，在那麼遙遠的白雲、銀漢之中。所以，這種飛揚的掙扎才是李白這首詩的好處，不是說有個穿古裝的人在月亮底下舉一杯酒就能夠表現出來的。

從這首詩我們可以看出，李白是一個在失落之中總要飛揚起來的人，可李商隱不是這樣，他不是說「雄龍雌鳳杳何許，絮亂絲繁天亦迷」嗎？不過，他並沒有停止追尋，所以他接著說：「醉起微陽若初曙，映簾夢斷聞殘語。」當我夢迴酒醒的時候，天邊還有一片「微陽」。「微陽」是說那日光已經不是很亮，也不是很溫暖了，是殘留下來的一點落日的餘暉。儘管如此，可在我看起來，這餘暉就像是破曉時的日光。我怎麼能夠把自己的追尋放棄？我雖然沒有尋到什麼，但是在我的意識之中，它就在我的眼前、身旁，是「映簾夢斷聞殘語」。杜甫在《夢李白》一詩中說：「落月滿屋樑，猶疑照顏色。」*他說我夢到我所懷念的那個友人，夢醒之後，落月照在屋樑之上，恍惚間，我彷彿看到了夢中友人的身影。杜甫這兩句詩只是說似乎看到了友人的影子，而李商隱則不僅看到了人影，還「聞殘語」——夢中談話的聲音還依稀留在耳邊，像韋莊的詞說的「昨夜夜半，枕上分明夢見。語多時，依舊桃花面，頻低柳葉眉」*（《女冠子》）。所以「映簾夢斷聞殘語」就是說當我醒來時，落日的餘暉照在簾子上，我還隱隱聽到她跟我夢中談話的聲音，可這些都是假象，是我夢中的影像、夢中的聲音。

「愁將鐵網罥珊瑚，海闊天翻迷處所。」他說我雖然滿懷哀愁，可我一定要再去尋找，用什麼方法去找？我要用「鐵網罥珊瑚」。據說珊瑚生在海底的礁石上，海人先是用一面鐵網沉入水底，珊瑚慢慢地生長，然後一枝一枝從網的空隙中透網而出。等到它長得足夠大的時候，海人把鐵網一拉，那珊瑚就被連根網出來了。李商隱說，我要做一面最堅固的鐵網，下到最深的海底，把那最美麗的珊瑚撈上來。但是，我的網下在哪裡呢？果然有珊瑚在裡邊嗎？我果然能夠把那珊瑚撈上來嗎？「海闊天翻迷處所」——茫茫的大海，渺渺的長空，哪個地方是我可以下網撈珊瑚的所在？我要尋找的一切到底在哪裡？

在這種失落的悲哀中，他接著說：「衣帶無情有寬窄，春煙自碧秋霜白。」《古詩十九首》中說：「相去日已遠，衣帶日已緩。」你始終沒有見到你所懷念的那個人，所以你因他而憔悴，像柳永的《蝶戀花》中所說的「衣帶漸寬終不悔，為伊消得人憔

死別已吞聲，生別常惻惻。
江南瘴癘地，逐客無消息。
故人入我夢，明我長相憶。
恐非平生魂，路遠不可測。
魂來楓林青，魂返關塞蒙。
君今在羅網，何以有羽翼。
落月滿屋樑，猶疑照顏色。
水深波浪闊，無使蛟龍得。
——杜甫《夢李白二首》其一

昨夜夜半，枕上分明夢見。語多時。依舊桃花面，頻低柳葉眉。
半羞還半喜，欲去又依依。覺來知是夢，不勝悲。
——韋莊《女冠子·昨夜夜半》

悴」。一個人的消瘦憔悴在哪裡見到？就在你的腰帶越來越鬆的地方見到。「衣帶無情」，因為它明明告訴你，說你又憔悴了，你又消瘦了，你是失落的。《古詩十九首》中還說：「思君令人老，歲月忽已晚。」＊歲月無情，人生有限，而等待卻是無限的。「衣帶無情有寬窄」，有誰來關心你這種等待的寂寞與悲哀呢？那「春煙自碧秋霜白」，春天的煙柳、煙草自然只是一片迷濛的碧綠，而秋天的冷露凝霜也只是一片無奈的蒼白！由春到秋，由春煙之碧到秋霜之白，這些對你有一種安慰嗎？李商隱寫過一首詠蟬的詩，他說：「本以高難飽，徒勞恨費聲。五更疏欲斷，一樹碧無情。」＊任你叫到五更，聲音都稀疏得快要斷絕了，可那滿樹的碧葉卻是無情的，有誰來關懷你這生命短暫的哀蟬呢？

　　我的等待像什麼？「研丹擘石天不知，願得天牢鎖冤魄。」馮浩注引《呂氏春秋》說：「石可破也，而不可奪堅；丹可磨也，而不可奪赤。」這是何等堅貞的一種品質！正如陸放翁的一首詠梅詞中所說的「零落成泥碾作塵，只有香如故」＊（《卜算子》）。如果我是梅花，如果梅花有香氣，那麼，就算我零落在地上，被車馬軋得粉碎，可我的香氣依然存在。所以，「研丹擘石天不知」就是說，作為丹，任憑你怎樣研磨，我的紅色永遠不改；作為石頭，無論遭到怎樣的擘裂，我堅固的本性是永遠存在的。但是，就算你不變，你這種遭到研磨擘裂的痛苦有人同情、有人理解嗎？沒有，「研丹擘石」是「天不知」。我的心魂始終沒有找到一個安頓的所在，所以我「願得天牢鎖

行行重行行，與君生別離。
相去萬餘里，各在天一涯。
道路阻且長，會面安可知？
胡馬依北風，越鳥巢南枝。
相去日已遠，衣帶日已緩。
浮雲蔽白日，遊子不顧返。
思君令人老，歲月忽已晚。
棄捐勿復道，努力加餐飯。
——《古詩十九首・行行重行行》

本以高難飽，徒勞恨費聲。
五更疏欲斷，一樹碧無情。
薄宦梗猶泛，故園蕪已平。
煩君最相警，我亦舉家清。
——李商隱《蟬》

驛外斷橋邊，寂寞開無主。已是黃昏獨自愁，更著風和雨。
無意苦爭春，一任群芳妒。零落成泥碾作塵，只有香如故。
——陸游《卜算子・詠梅》

冤魄」。什麼是「冤魄」？含情莫展、屈抑難伸的魂魄。既然我在人間找不到一個安頓的所在，那麼，我寧願將自己煩冤的魂魄永遠鎖在天牢之中。

春天即將逝去，春天呼喚起來的春情也已經落空，夏天就要來到了。他接著說「夾羅委篋單綃起，香肌冷襯琤琤珮」。有一天，當那風光冉冉的春天已經走了的時候，你就要把春天所穿的夾衣收起來放到箱子裡，穿上夏天薄薄的紗衣。「香肌冷襯琤琤珮」說的正是夏天的感覺，從哪裡感覺到的？從衣飾與肌膚上感覺到的——當你脫掉身上厚重的衣服時，肌膚便與佩玉接觸在一起；而這個時候，你確確實實感覺到春天永遠地消逝了。「今日東風自不勝，化作幽光入西海」，到了今天，已是「東風無力百花殘」，春天再也不能夠喚回來了，而大自然的春光、人的春心，這一切都到哪裡去了？「春歸何處？寂寞無行路」*（黃庭堅《清平樂》），它們都已「化作幽光」，那麼幽深、那麼黯淡、那麼渺茫的一線光影；可是，這縷幽光也消逝了。消逝在哪裡？「入西海」。消逝在那茫茫的、深深的、無底可尋的碧海之中了。哪裡的海？如果是東風，自然是向西吹的，所以他說是「化作幽光入西海」。

從「風光冉冉東西陌，幾日嬌魂尋不得」的追尋，一直到最後，他仍然沒有尋找到——「今日東風自不勝，化作幽光入西海」，春天已經走了，於是夏天來到了。

春歸何處？寂寞無行路。若有人知春去處，喚取歸來同住。
春無蹤跡誰知？除非問取黃鸝。百囀無人能解，因風飛過薔薇。
——黃庭堅《清平樂・春歸何處》

前閣雨簾愁不卷，後堂芳樹陰陰見。
石城景物類黃泉，夜半行郎空柘彈。
綾扇喚風閶闔天，輕帷翠幕波洄旋。
蜀魂寂寞有伴未？幾夜瘴花開木棉。
桂宮留影光難取，嫣薰蘭破輕輕語。
直教銀漢墮懷中，未遣星妃鎮來去。
濁水清波何異源，濟河水清黃河渾。
安得薄霧起緗裙，手接雲軿呼太君。

這一首的標題是《夏》。我們說不同的作者對於同一主題的感受也是不同的，比如一般人寫夏天，大多是寫其炎熱、喧囂、驕陽似火的一面，而李商隱的這一首《夏》中所寫的，則完全是另外一種情景。「前閣雨簾愁不卷，後堂芳樹陰陰見」，這是一個陰雨連綿的夏天。從亭閣的前面望過去，是「雨簾愁不卷」，這個「雨簾」，如果用西方新批評學派所提倡的「細讀」的方式來評說，它其實有兩種可能：一個是說「前閣」真的掛著一個「簾」，簾外正下著雨；另一個是說飄飛的雨絲正像簾幕一樣，《西遊記》中不是還有「水簾洞」嗎？水既可以成簾，雨當然也可以成簾了。如果說「雨簾」有兩種可能，「愁不卷」就也有兩種可能：若是前者，「不卷」的就應該是閣前所掛的簾幕；若是後者，則「不卷」的就是雨，是那雨一直沒有停止，像杜甫說的「雨腳如麻未斷絕」（《茅屋為秋風所破歌》）那樣。前面是「雨簾愁不卷」，後面呢？「後堂芳樹陰陰見」。「芳樹」是芬芳美好的樹，當然「芳」也可能是說有花，就是沒有花，綠葉滿枝，像杜甫《秋雨嘆》*中所說的「著葉滿枝翠羽蓋」，那也是美好茂盛，充滿欣欣生意的樹。「陰陰」也有兩種可能：一是說繁茂的樣子，同時也是陰暗的樣子，在這樣美好的季節，儘管有美好的芳樹，但畢竟是陰暗的。這兩句明明寫的是夏季，他卻從那麼陰沉晦暗的雨天著筆，「前閣」是「雨簾愁不卷」，「後堂」是「芳樹陰陰見」，而閣內之人自「愁」，堂外之樹自「芳」，此亦一生命，彼亦一生命，生命的繁盛美好與生命的黯淡哀愁形成了鮮明的對照。前面我們講到了「顯微結構」，李商隱這兩句詩正是從生命相反的兩面下筆，寫出了一種極其複雜而微妙的感受。

接著兩句：「石城景物類黃泉，夜半行郎空柘彈。」中國歷史上有兩個「石城」，都很著名：一個是南京的石頭城，另一個是湖北竟陵的石城。竟陵的石城之所以出名，是因為那裡出了一個名叫莫愁的女子。《舊唐書．音樂志》記載：「石城有女子名莫愁，善歌謠。」當時有一個歌謠說：「莫愁在何處？莫愁石城西。艇子打雙槳，催送莫愁來。」*（《古樂府．莫愁樂》）這就很妙了，從字面上看，莫愁就是沒有憂愁的意思。我們說「石城」是美好的，石城的女子也應該是美好的，更何況那石城的女子名叫「莫愁」呢？可是他說「石城景物類黃泉」。「黃泉」還不同於黃昏，黃昏只是一日之終、

雨中百草秋爛死，階下決明顏色鮮。著葉滿枝翠羽蓋，開花無數黃金錢。
涼風蕭蕭吹汝急，恐汝後時難獨立。堂上書生空白頭，臨風三嗅馨香泣。
——杜甫《秋雨嘆三首》其一

莫愁在何處？莫愁石城西。艇子打雙槳，催送莫愁來。
聞歡下揚州，相送楚山頭。探手抱腰看，江水斷不流。
——《古樂府．莫愁樂》

日落之時，而黃泉卻是在地下，也就是我們說的「九泉之下」。他說為什麼本應該是非常美好的人間的石城，現在看起來竟然像「黃泉」一樣呢？「夜半行郎空柘彈」，「柘」是一種樹，據說這種樹的枝條非常有彈性，可以做成彈弓。《西京雜記》上記載：「長安五陵人以柘木為彈，珍珠為丸，以彈鳥雀。」另外《晉書》上也記載了一個有關「彈弓」的故事：潘岳長得非常美麗，他年少時帶著彈弓出去，遊賞打獵時，道旁的婦女們都把他包圍起來；如果他坐著車的話，那些婦女就把很多鮮花美果丟到他的車上去。可是現在呢？「夜半行郎空柘彈」，雖然他是一個年輕人，他的相貌也可能很美，但是他夜半出去，卻只是「空柘彈」，白白地出來，白白地拿著那麼好的柘木彈弓。當然，好的彈弓也代表了這個年輕人好的身手。王國維說：「萬事不如身手好，一生須惜少年時。」*（《浣溪沙》）一個少年，有這麼好的身手，出去大家都讚美，那豈不更好？可是現在你是夜半出來的，正如項羽所說的「富貴不歸故鄉，如衣錦夜行」，沒有一個人看見你，誰能來欣賞你？這兩句寫的是一種不得知賞、不得知遇的寂寞與悲哀。

但是，夏天畢竟來了，所以他接著說：「綾扇喚風閶闔天，輕帷翠幕波洄旋。」「綾扇」是指用帛綾做成的扇子，班婕妤的《怨歌行》說：「新裂齊紈素，皎潔如霜雪。裁為合歡扇，團團似明月。出入君懷袖，動搖微風發。」*扇子當然是用來煽風的，可是在這句詩中，他不說「綾扇煽風」，而是說「綾扇喚風」。李商隱用字就是很妙，

草偃雲低漸合圍，雕弓聲急馬如飛。笑呼從騎載禽歸。萬事不如身手好，一生須惜少年時。哪能白首下書帷！

——王國維《浣溪沙》

新裂齊紈素，皎潔如霜雪。裁為合歡扇，團團似明月。出入君懷袖，動搖微風發。常恐秋節至，涼飆奪炎熱。棄捐篋笥中，恩情中道絕。

——班婕妤《怨歌行》

他詩中的許多字真是有自己的一種獨特的感受，而且那些字往往不是已經固定下來的一種說法，是李商隱自己的創造。「綾扇喚風」是說綾扇的搖動好像是一種呼喚——把風召喚來了；從哪裡召喚來的？從「閶闔天」。「閶闔」指的是天門。那精美的綾扇把天上的風召喚下來了，召喚下來後怎麼樣？「輕帷翠幕波洄旋」，那翠色的帷幔本來是用最薄的絲織品做的，此時被天風吹動，就如同洄旋的水波一樣。杜甫有句曰「天青風捲幔」*（《傷春》），這真是夏日生活中一種很美麗的情景。

有這樣美麗的景色，人又如何呢？「蜀魂寂寞有伴未？幾夜瘴花開木棉。」「蜀魂」就是杜鵑，傳說古代蜀國的國君望帝失去了自己的國家，於是他的魂魄變成了杜鵑鳥，日夜悲啼「不如歸去，不如歸去」，直到啼出血來。這一句是說，當杜鵑鳥叫的時候，春天就遲暮了，而這一聲聲寂寞悲哀的呼喚，有人回答嗎？有人理解嗎？它能否得到一個伴侶的安慰呢？「幾夜瘴花開木棉」，南方素稱瘴癘之地，所以「瘴花」就是南方的花。南方有一種高大的木棉樹，開紅色的花朵，在這樣高而且紅的木棉花的映襯下，那寂寞的蜀魂應該更加寂寞了。

作者從白天寫起，那麼到了晚上呢？「桂宮流影光難取，嫣薰蘭破輕輕語。」這兩句真是寫得既朦朧又分明。前面我們說李賀的詩寫得也很朦朧，因為他不是用認知的符號寫出來的。以「畫欄桂樹懸秋香，三十六宮土花碧」（《金銅仙人辭漢歌》）二句為例，他說畫欄旁的桂樹上所懸掛的是秋天的香，秋香是什麼？是桂花。那麼「土

鶯入新年語，花開滿故枝。
天青風捲幔，草碧水通池。
牢落官軍遠，蕭條萬事危。
鬢毛原自白，淚點向來垂。
不是無兄弟，其如有別離。
巴山春色靜，北望轉逶迤。
——杜甫《傷春五首》其二

花」又是什麼？是青苔。「秋香」「土花」，這都是不常見的符號，寫進詩中便給人一種很朦朧的感覺，只是李賀的詩不能給人很多情感上的感受。再看李商隱這兩句詩：「桂宮留影光難取」，「桂宮」，古書上說月亮裡邊有桂樹，所以「桂宮」就是月宮。從月宮之中灑下來的月影很美，但是你能夠掌握住它嗎？不能，這個光你是抓不住的。雖然把握不住，可你似乎聽到了，「嫣薰蘭破輕輕語」。「嫣」是美麗的，「薰」是芬芳的，「蘭破」是指蘭花含苞乍破的樣子。如果說花有一種語言，我們不是常常說「花如解語」嗎？所以這句是說那嫣然的、馨香的蘭花在微風輕拂中悄然綻放，你彷彿覺得它真的說話了。

如果有「桂宮流影」這樣美麗的光影，有「嫣薰蘭破」這樣親切的聲音，你希望能把它抓住，握在手裡，擁入懷中，所以繼續追尋，「直教銀漢墮懷中，未遣星妃鎮來去」。「直教」是說我簡直要這樣做，怎麼樣做？我要教天上的銀河墮入到我的懷中；如果能夠這樣，那麼「未遣星妃鎮來去」。「星妃」指的就是織女，傳說織女跟牽牛每年只有在七夕的晚上才能見一次面，剛剛來了，馬上就要走了；「鎮」是經常、常常的意思。這句是說，如果我真能夠按照我的願望把它留住的話，我就不再教那個星妃常常地來了又匆匆地走了。從這句也可以看出，李商隱與李賀確實是不同的。李賀雖然也用了一些很生僻的字面，可他沒有深厚的感情在裡面，而李商隱的詩裡卻包含了深厚的感情。

你美好的願望究竟實現沒有？「濁水清波何異源，濟河水清黃河渾。」我畢竟沒有能夠把銀河擁抱在我的懷中，因為我們本來是不同的，一個是濁水，一個是清波，永遠不能夠在一起。在這裡你要知道，詩人用字往往各有重點。以「清濁」二字為例，杜甫在《秋雨嘆》中說：「去馬來牛不復辨，濁涇清渭何當分？」＊他說在這樣陰雨連綿的日子裡，你什麼都看不清楚，是清是濁，你分辨不出來。顯然，杜甫是用這樣的詩句來慨嘆當時唐朝的政治，他的重點在於清濁。而李商隱這句詩的重點就不是清濁了，他只是表示一種分別，濁水、清波二者的源頭不同，性質不同，歸屬也不同，像徐志摩說的「你有你的，我有我的，方向」（《偶然》）；濟河的水是清的，黃河的水是渾的，濟河有濟河的方向，黃河有黃河的方向，所以你「直教銀漢墮懷中，未遣星妃鎮來去」那是不可能的。

儘管如此，他還是不能放棄，「安得薄霧起緗裙，手接雲軿呼太君」，你能夠在不同之中果然找到一點可能會合在一起的地方嗎？他說，有一天我真的把那個女子迎來了，當她來的時候，她穿著「緗裙」——淡黃色的衣裙，那麼嬌柔的顏色，那樣飄逸的情緻，就好像籠著一層薄霧一樣。「手接雲軿呼太君」，「雲軿」是仙女所乘的車，「太君」是神話中對於仙女的稱呼。他說當她的雲車到來的時候，我就親自去迎接她，在以手親接雲軿之際，更伴隨著低低的呼喚，這是一種何等令人欣喜的情景！然而，這一切都是在「安得」二字的籠罩之下，「安得」正是未得，我終歸什麼也沒有得到。

＊闌風長雨秋紛紛，四海八荒同一雲。去馬來牛不復辨，濁涇清渭何當分？禾頭生耳黍穗黑，農夫田婦無消息。城中斗米換衾裯，相許寧論兩相直。

——杜甫《秋雨嘆三首》其二

月浪衡天天宇濕，涼蟾落盡疏星入。
雲屏不動掩孤顰，西樓一夜風箏急。
欲織相思花寄遠，終日相思卻相怨。
但聞北斗聲迴環，不見長河水清淺。
金魚鎖斷紅桂春，古時塵滿鴛鴦茵。
堪悲小苑作長道，玉樹未憐亡國人。
瑤琴愔愔藏楚弄，越羅冷薄金泥重。
簾鉤鸚鵡夜驚霜，喚起南雲繞雲夢。
雙璫丁丁聯尺素，內記湘川相識處。
歌唇一世銜雨看，可惜馨香手中故。

這一首是《秋》。「月浪衡天天宇濕，涼蟾落盡疏星入」，這兩句是從秋夜淒清的景色寫起的。秋天的月亮是最明朗的了，所以是「月浪衡天」。這個「衡」字有的版本作「衝」，當然這樣也未嘗不可，只是「衝」字在這兩句中顯得太強勁了，而「衡」字通「橫」，「月浪衡天」就是說月光如水波般布滿了整個天空。「天宇濕」，月光的波浪從天上流瀉開來，把天邊都沾濕了。面對著這如水的月光，那人一夜沒有合眼。

「涼蟾落盡疏星入」，「蟾」代表月亮，傳說月中有蟾蜍，所以月宮也叫蟾宮，那麼秋天的月亮當然是「涼蟾」了；當月亮落下去的時候，天上還有幾點孤星，「入」是說星光從天上、窗外照射到窗內來。

「雲屏不動掩孤顰，西樓一夜風箏急」，這兩句是從人事著筆的。「雲屏」即雲母屏風，李商隱的《嫦娥》詩說：「雲母屏風燭影深，長河漸落曉星沉。」雲母屏風沉靜不動，它所遮掩的是什麼？是那個孤獨女子憂傷的面貌。李白詩「美人捲珠簾，深坐顰蛾眉。但見淚痕濕，不知心恨誰」（《怨情》），也是寫一個顰眉的女子。「西樓」，李後主說「無言獨上西樓」*（《相見歡》），一般來說，中國詩歌的每一個字都有它的感情與暗示，這裡的「西樓」還有前面《春》那一首中的「西海」，都能給人一種或衰颯或黯淡的感受。「風箏」，這裡不是指小孩子在天上放的紙鳶，古人所說的「風箏」相當於檐前鐵馬之類，風一吹就錚鏦而鳴的東西。當那個女子看盡了這一夜的「涼蟾落盡疏星入」的時候，她所聽到的是「西樓一夜風箏急」。

在這樣的環境中，她「欲織相思花寄遠」，如果你真有相思的感情，就應該把你所有的相思織成花朵——相思當然是如花朵一般美麗了，不僅如此，我還要把它寄給遠方我所懷念的那個人，可是「終日相思卻相怨」，整日地相思，整日內心都充滿了哀怨。「相思」為什麼還要「相怨」呢？這從《紅樓夢》中可以看出來，林黛玉對寶玉本來有很深厚的感情，可是見面時常常要爭吵，這是因為愛之深，所以才有怨，如

無言獨上西樓，月如鉤。寂寞梧桐深院鎖清秋。剪不斷、理還亂，是離愁。別是一番滋味在心頭。
——李煜《相見歡》

果沒有愛，也就無所謂怨了。

這樣的相思、這樣的哀怨，有誰知道？「但聞北斗聲迴環，不見長河水清淺。」你在樓中聽到的只是北斗迴環的聲音。杜甫的《同諸公登慈恩寺塔》中說：「七星在北戶，河漢聲西流。」*他說北斗星就在我的窗外，我聽到天上銀河向西流瀉的聲音。當然我們知道地球有自轉公轉，你看北斗的那七顆星，它斗柄所指的方向，不僅每個夜晚，從天黑到天亮，它每時要轉很多方向，就是一年之間，它的方向也是日有不同的；而北斗轉的時候，光陰也在不斷地流逝，積時成日、積日成月、積月成年，這麼長久的相思、這麼長久的哀怨！但是「不見長河水清淺」，我們的阻隔，如果天上的銀漢一樣，能不能盼到水淺的一天呢？如果真的那樣，我們不用鵲橋就可以過去相見了。可那麼長的時間都過去了，長河的水始終沒有變清淺，我們永遠是「盈盈一水間，脈脈不得語」*（《古詩十九首》）。

「金魚鎖斷紅桂春，古時塵滿鴛鴦茵。」「金魚」，古時候的鎖經常做成一條魚的形狀，因為據說魚這種動物是從來不閉眼睛的，把鎖做成魚的形狀，就是取其長夜不瞑、日夜看守的意思。「金魚」鎖的是什麼？「紅桂春」：「桂」，多麼芬芳的花；「紅」，多麼美艷的顏色；「春」，多麼美好的季節！可是現在，所有的「紅桂春」，這一切芬芳美好的事物，都被金魚鎖斷了。「古時塵滿鴛鴦茵」，「鴛鴦」本是幸福美滿的象徵，而茵褥上綉著鴛鴦的圖案，更容易讓人產生溫柔旖旎的聯想，但是那「鴛

高標跨蒼天，烈風無時休。
自非曠士懷，登茲翻百憂。
方知象教力，足可追冥搜。
仰穿龍蛇窟，始出枝撐幽。
七星在北戶，河漢聲西流。
羲和鞭白日，少昊行清秋。
秦山忽破碎，涇渭不可求。
俯視但一氣，焉能辨皇州。
回首叫虞舜，蒼梧雲正愁。
惜哉瑤池飲，日晏崑崙丘。
黃鵠去不息，哀鳴何所投。
君看隨陽雁，各有稻粱謀。
——杜甫《同諸公登慈恩寺塔》

迢迢牽牛星，皎皎河漢女。
纖纖擢素手，札札弄機杼。
終日不成章，泣涕零如雨；
河漢清且淺，相去復幾許！
盈盈一水間，脈脈不得語。
——《古詩十九首·迢迢牽牛星》

鴦茵」上已經布滿了塵土，還不是一天的塵土，是「古時塵滿」——自古以來就是這樣的。

「堪悲小苑作長道，玉樹未憐亡國人。」「小苑」，泛指一切精美的園林宮苑等。杜甫的《秋興八首》說「芙蓉小苑入邊愁」*，這裡的「芙蓉小苑」指的是長安城外的芙蓉苑。那裡本是皇家的宮苑，可是有一天國家敗亡了，這些宮苑就荒廢而變成了行人的大道了。人世間的世變滄桑，多少事情都過去了，這原是自古而然的。「玉樹未憐亡國人」，「玉樹」是指南朝陳後主所作《玉樹後庭花》*的曲子，陳後主當然是亡國之君了，李商隱所哀憐的並不是那個唱《玉樹後庭花》的亡國之人，而是小苑化作長道。前面我們講李商隱的《曲江》時說「天荒地變心雖折，若比傷春意未多」，「天荒地變」豈不悲哀？但是我悲哀的還不是這個，而是「傷春」，因為天荒地變只是一時的變故，而傷春則是人世間永久的美好光陰、美好事物的消逝；同樣，「玉樹亡國人」僅限於一個國家、一個君主的得失成敗，而「小苑作長道」則是千古的興亡、千古的盛衰。

「瑤琴愔愔藏楚弄，越羅冷薄金泥重。」阮籍的《詠懷》詩說「夜中不能寐，起坐彈鳴琴」*，當你內心有一種激動的感情而不能安定下來的時候，你可以彈琴，用音樂來消解。「愔愔」是形容琴聲的安和柔美；「楚弄」，「弄」是一個曲調，比如《梅花三弄》《蔡氏三弄》等等，「楚弄」就是楚調，陶淵明的詩就有標題為「怨詩楚調」

瞿塘峽口曲江頭，萬里風煙接素秋。花萼夾城通御氣，芙蓉小苑入邊愁。
珠簾繡柱圍黃鵠，錦纜牙檣起白鷗。回首可憐歌舞地，秦中自古帝王州。
——杜甫《秋興八首》其六

麗宇芳林對高閣，新粧豔質本傾城；
映戶凝嬌乍不進，出帷含態笑相迎，
妖姬臉似花含露，玉樹流光照後庭。
——陳叔寶《玉樹後庭花》

夜中不能寐，起坐彈鳴琴。
薄帷鑒明月，清風吹我襟。
孤鴻號外野，朔鳥鳴北林。
徘徊將何見，憂思獨傷心。
——阮籍《詠懷》其一

者，可見楚調是哀怨的。這句用的是反襯的句法，他說你表面上聽起來，那瑤琴的聲音是安和柔美的，可是它裡邊其實隱藏了多少哀愁幽怨的感情！下邊一句「越羅冷薄金泥重」同樣用的是反襯。「越羅」是越地出產的絲織品，它的質地很薄，穿在身上自然有寒冷的感覺；「金泥」應指「越羅」上所印的金粉的花紋。於是，那麼凝重、富麗的「金泥」便與那麼輕軟、淒冷的越羅形成了鮮明的對比，傳達出一種非常微妙的感受。

「簾鈎鸚鵡夜驚霜，喚起南雲繞雲夢。」古代有很多貴族家庭常常在華美的居室中掛著鸚鵡，在秋天的霜夜，鸚鵡因寒冷而驚起，不停地叫著，於是喚起了「南雲繞雲夢」。蘇東坡有一首詞說：「明月如霜，好風如水，清景無限。曲港跳魚，圓荷瀉露，寂寞無人見。紞如三鼓，鏗然一葉，黯黯夢雲驚斷。」*（《永遇樂》）「夢」是渺渺茫茫的，南方是溫暖多情的地方，所以，那驚霜鸚鵡的叫聲就喚起了「雲夢」。「雲夢」在中國詩歌中是一個符碼，宋玉《高唐賦》中說在雲夢山上，楚王遇見神女，她「朝為行雲，暮為行雨，朝朝暮暮，陽臺之下」，可見，「雲夢」本是一個多情浪漫的夢，而當這樣的夢被喚起之時，她就要給自己相思懷念的那個人寫一封信了。

「雙璫丁丁聯尺素，內記湘川相識處。」「璫」就是耳環。古詩說「耳中明月璫」，「明月璫」自然是明月珠做成的耳環了。耳環都是成對的，所以是「雙璫」；兩個耳環放在一起，上面的珠玉或金銀相互碰撞，便發出「丁丁」的聲音。「丁」字念ㄓㄥ，

明月如霜，好風如水，清景無限。曲港跳魚，圓荷瀉露，寂寞無人見。紞如三鼓，鏗然一葉，黯黯夢雲驚斷。夜茫茫，重尋無處，覺來小園行遍。天涯倦客，山中歸路，望斷故園心眼。燕子樓空，佳人何在，空鎖樓中燕。古今如夢，何曾夢覺，但有舊歡新怨。異時對，黃樓夜景，為余浩嘆。

——蘇軾《永樂遇・彭城夜宿燕子樓》

《詩經》裡說「伐木丁丁」，形容伐木的聲音。他說我要把我的一對耳環封在書札裡邊寄給遠方的人。李商隱還有一首《春雨》也說：「遠路應悲春晼晚，殘宵猶得夢依稀。玉璫緘札何由達，萬里雲羅一雁飛。」*我究竟怎麼樣寄給他呢？「內記湘川相識處」。他說，我在那封信裡邊還寫下了我們當年相見的地方。在哪裡相見的？在「湘川」。因為這句詩裡出現了「湘川」二字，所以很多人就去考證了，說李商隱在湘川認識了誰，那個女子是什麼人，叫什麼名字，等等。其實也不必然如此，你看《楚辭》上說什麼湘君、湘夫人啦，總之，湘川這個地方有很多女神，是非常浪漫、充滿想像的地方。

最後兩句：「歌唇一世銜雨看，可惜馨香手中故。」「歌唇」自然指所思女子的歌唇，李後主的《一斛珠》說：「一曲清歌，暫引櫻桃破。」*他說我們雖然分別了，可是我在記憶中永遠能夠想見你的歌唇，想見你歌吟時的情景，而這一切，我都是含著滿眼的淚水看到的。「可惜馨香手中故」，「馨香」是指寄書者手上的芳香，但這僅有的一縷餘香也不會永遠存留，它終將在你的手中——這麼珍重它、愛惜它的人的手中漸漸地逝去。這兩句同樣用了對比的手法，如此美麗的歌唇卻要銜淚帶雨而看，如此美好的馨香卻不能長保，他總是既寫那美麗、浪漫、多情的一面，又寫那寒冷、寂寞、悲哀的一面。而到此馨香漸故之時，秋天已經過去了。

天東日出天西下，雌鳳孤飛女龍寡。

悵臥新春白袷衣，白門寥落意多違。紅樓隔雨相望冷，珠箔飄燈獨自歸。遠路應悲春晼晚，殘宵猶得夢依稀。玉璫緘札何由達？萬里雲羅一雁飛。

——李商隱《春雨》

曉妝初過，沉檀輕注些兒個。向人微露丁香顆，一曲清歌，暫引櫻桃破。羅袖裛殘殷色可，杯深旋被香醪涴。繡床斜憑嬌無那，爛嚼紅茸，笑向檀郎唾。

——李煜《一斛珠·曉妝初過》

青溪白石不相望，堂中遠甚蒼梧野。
凍壁霜華交隱起，芳根中斷香心死。
浪乘畫舸憶蟾蜍，月娥未必嬋娟子。
楚管蠻弦愁一概，空城舞罷腰支在。
當時歡向掌中銷，桃葉桃根雙姊妹。
破鬟倭墮凌朝寒，白玉燕釵黃金蟬。
風車雨馬不持去，蠟燭啼紅怨天曙。

這首《冬》是這組詩的最後一章，開頭「天東日出天西下」寫得真是有力量。當然，李商隱有時是用一些飽含感情的字樣，像什麼「銜雨看」「掩孤嚬」等等。但是，即使他不用那些字樣，他的一些詩句同樣帶著很強大的感動人的力量。前面我們提到索緒爾的理論，他說語言的作用有語序軸和聯想軸兩條軸線，而語言的感發力量有時從語序軸帶出來，有時則是從聯想軸帶出來。李商隱這句詩的感發力量即是從語序軸帶出來的，「天東日出天西下」，一個是「天東」，一個是「天西」，才說「出」，轉眼就說「下」，這是何等匆遽的無常！屈原說「日月忽其不淹兮，春與秋其代序」，一天的遲暮是這樣，一歲的遲暮也是這樣。短短七個字，說得斬釘截鐵，強烈地使人感受到一種生命無常的震撼力量。接著「雌鳳孤飛女龍寡」，「雌鳳」與「女龍」性別相同而種類不同，而無論是「雌鳳」還是「女龍」，她們都是孤獨的；無論哪一個族類，他們的生命都是充滿缺憾的。

「青溪白石不相望，堂中遠甚蒼梧野。」「清溪」指青溪小姑，是一個美麗的女子；「白石」指白石郎，是一個英俊的男子。本來，青溪邊美麗的女子應該與白石英俊的男子結成同生共命的伴侶，可是他們卻「不相望」，兩個人永遠不能相見。「堂中遠甚蒼梧野」，「蒼梧」是什麼地方？是舜死的地方。傳說舜去南巡，死在蒼梧的山野裡，李白的《遠別離》*寫的就是帝舜與娥皇、女英的別離。那是一種怎樣的別離？一般說來，人世間的別離，或者是生離，或者是死別，就算是死了，總歸有個埋葬屍骨的地方。可是舜死在蒼梧之野，葬在九嶷山上，連屍骨都沒能運回來；不僅屍骨沒有運回來，連墳墓都不知道在哪裡。所以娥皇、女英在湘水邊哭泣，淚下沾竹，化作斑斑的血淚。現在李商隱說「堂中遠甚蒼梧野」，本來堂中應該是很近的，可沒想到即使在這麼近的堂中，竟然像隔著蒼梧的山野那麼遙遠，這真是一種永恆而無望的隔絕。

「凍壁霜華交隱起，芳根中斷香心死。」現在已經是冬天了，「壁」給人一種隔絕封鎖的感受，「凍壁」則完全處於寒冷的封鎖包圍之中了。「霜華」，他寫得真是美！因為凡是大自然的結晶，往往呈現一種細小的花的形狀，所以既然雪可以叫雪花，那麼霜也可以叫「霜華」了。「交」是交叉錯綜；「起」是一層一層增加上去它的厚度；

* 遠別離，古有皇英之二女，乃在洞庭之南，瀟湘之浦。
海水直下萬里深，誰人不言此離苦？
日慘慘兮雲冥冥，猩猩啼煙兮鬼嘯雨。
我縱言之將何補？
皇穹竊恐不照余之忠誠，雷憑憑兮欲吼怒。
堯舜當之亦禪禹。
君失臣兮龍為魚，權歸臣兮鼠變虎。
或云：堯幽囚，舜野死。
九嶷聯綿皆相似，重瞳孤墳竟何是？
帝子泣兮綠雲間，隨風波兮去無還。
慟哭兮遠望，見蒼梧之深山。
蒼梧山崩湘水絕，竹上之淚乃可滅。
——李白《遠別離》

「交隱起」，凍壁上的霜華是那樣濃密地交錯在一起，越積越厚了。在這樣寒徹骨的隔絕之下，「芳根中斷香心死」，你真就斷了芳根、死了香心——不管你多麼美好芬芳的情思，都死去了，都斷絕了。

「浪乘畫舸憶蟾蜍，月娥未必嬋娟子。」「浪」是徒然的意思，「蟾蜍」代表天上的月亮。你不是嚮往天上的明月嗎？你不是一直想「直教銀漢墮懷中」嗎？可是即使你真的能夠乘坐著畫船到月宮上去，找到那個美麗的嫦娥，她也未必像你所想像期待的那樣美好。我的老師顧隨先生寫過一首《浣溪沙》*，其中有這樣幾句：「底事今朝花下見，不如夙昔夢中來。空花此後為誰開？」他說以前我在夢中嚮往一個形象，只是沒想到今天真的在花下見到它，卻與我夢中所想的不一樣，我的理想落空了。從今以後，就算有一朵空花，它又為誰而開放呢？連空花都幻滅了。所以李商隱這兩句詩寫得真是非常絕望，本來你還有一個理想，還在追尋，但是現在你不僅知道了這一理想本無實現的可能，而且連這種追尋的本身，也難免於最終幻滅的下場。

「楚管蠻弦愁一概，空城舞罷腰支在。」因為這句中出現了「楚管」「蠻弦」的字樣，所以有人就考證，說這個女子是不是又到了楚地、到了南方了？其實，李商隱不見得是這個意思，剛才我們說，一個詩人，他用字的重點是不同的，你不必一定要抓住它考證一番，說「楚管」在哪裡，「蠻弦」又在哪裡，你不用管它。在這裡，「楚」「蠻」是兩個不同的地方；「管」「弦」是兩種不同的樂器。他說不管是楚管也好，

記得年時已可哀，風簾竹影寄徘徊，屋樑落月費疑猜。底事今朝花下見，不如夙昔夢中來，空花此後為誰開？
——顧隨《浣溪沙·記得年時已可哀》

燈已闌珊月氣寒，舞兒往往
夜深還。只因不盡婆娑意，
更向階心弄影看。
——姜夔《燈詞四首》其二

是鑾弦也好，你無論用什麼地方的樂器來演奏什麼地方的音樂，總之都是「愁一概」——悲痛都是相同的。「空城舞罷腰支在」，姜白石的詩說「只因不盡婆娑意，更向階心弄影看」*（《燈詞》），你起舞，應該有人欣賞才對，可是你舞的地方在哪裡？在「空城」；空城還不說，空城也已經是「罷舞」了，如果一直沒有人見過你婆娑的舞姿，將來也永遠不會再有見到的可能了。儘管你不能再舞，但你的腰支仍在。杜甫說：「老去才難盡，秋來興甚長。」（《寄彭州高三十五使君適、虢州岑二十七長史參三十韻》）你畢竟不能放棄自己曾經珍貴美好的才質。

「當時歡向掌中銷，桃葉桃根雙姊妹。」剛才我們說「可惜馨香手中故」，你當年的那些歡笑都消逝了，在哪裡消逝的？在你的掌中，就是在你自己的手掌中，你也沒有辦法把握住它，無法把它留住。那麼你失去了多少？「桃葉桃根雙姊妹」，因為這一句的緣故，蘇雪林女士就認為李商隱寫了兩個女子，就是皇宮裡的飛鸞和輕鳳姊妹。其實，這句的「桃葉桃根」與前面的「楚管鑾弦」一樣，你不用去考察，說到底是楚還是鑾，是管還是弦。不用說一個女子不存在了，就是「桃葉桃根」一對姊妹、一雙女子都不存在了。作者將「桃葉」「桃根」並列，又加上「雙姊妹」三字，這都是在加重語氣，加重這種美好事物雙雙落空的悲慨。在「當時歡向掌中銷」「桃葉桃根雙姊妹」這一切美好的事物都消失之後，你還剩下些什麼呢？

「破鬟倭墮凌朝寒，白玉燕釵黃金蟬。」高明的詩人用字，美麗的字有美麗的好處，不美的字有不美的好處。李後主說「晚妝初了明肌雪」*（《玉樓春》），那是嚴妝，非常完整、一點破綻都沒有的一種裝束。可是「破鬢」，當她消磨到現在，她的倭墮鬢已經殘破不整了。你要用你的殘破來面對什麼？「凌朝寒」，你要面對第二天清晨的寒冷。李商隱還有一首詩說：「遠書歸夢雨悠悠，只有空床敵素秋。」（《端居》）他說我等待遠方的書信，可是書信沒有來；那麼，就讓我做一個歸家的夢，但夢也沒有做成。現在我只有一張寒冷的空床，而我面對的、包圍我的卻是那肅殺寒冷的秋天。可以想見，當一切都歸於殘缺破滅的時候，你以如此空虛孤寂的心靈，面對「朝寒」「素秋」這樣寒冷的侵襲，這是何等難以忍受的悲苦！「白玉燕釵黃金蟬」，關於「白玉燕釵」還有一個傳說，據《洞冥記》記載，漢武帝時有一根玉釵，被放在一個盒子裡邊，等到昭帝繼位以後，打開盒子一看，那玉釵忽然變成一隻白燕飛走了。這個神話故事我們且不管它，總之，「白玉燕釵」是一種最美麗的玉釵。「黃金蟬」，指的是一種蟬形的飾物。這句是說，雖然你的頭上還有「白玉釵」「黃金蟬」這麼美好的飾物，可它們都是沒有感情的東西，而你的髻鬟畢竟已經殘亂不堪了。

最後兩句：「風車雨馬不持去，蠟燭啼紅怨天曙。」本來風雨多象喻摧傷阻隔等等，可是李商隱的這句詩把「風」想像成「車」，把「雨」想像成「馬」。如果風為車雨為馬，這麼奔騰馳驟時，它們是否能把我帶到我所愛的人那裡去？不，儘管你希望如此，但風不會變成車，雨也不可能變成馬，現在只有風雨，只有朝寒，「風車雨馬」

晚妝初了明肌雪，春殿嬪娥魚貫列。笙簫吹斷水雲間，重按霓裳歌遍徹。臨春誰更飄香屑？醉拍欄杆情味切。歸時休放燭紅光，待踏馬蹄清夜月。
——李煜《玉樓春·晚妝初了明肌雪》

不會把你帶去，而此時長夜將盡，你點燃的蠟燭也即將滴盡最後的紅淚，「春蠶到死絲方盡，蠟炬成灰淚始乾」，逝者如斯，所餘者只有泣血的哀啼而已。

從第一首《春》到這一首《冬》，從「風光冉冉東西陌」的生意萌發，經過多少纏綿往復的追求嚮往，到最後只剩得「蠟燭啼紅怨天曙」這樣臨終的哀怨，正像《紅樓夢》中所說的「想眼中能有多少淚珠兒，怎禁得秋流到冬，春流到夏」，李商隱這幾首詩真是寫盡了宇宙間亘古長存的一種長懷憾恨的心靈境界。

四十年前，當我寫《舊詩新演——李義山〈燕臺四首〉》一文即將結束的時候，我收到臺北友人寄來的一本雜誌，刊名叫《現代文學》。這份刊物是白先勇等人編的，他們當時在臺大外文系讀書，經常介紹一些西方的文學作品，在那本雜誌上，有一篇介紹猶太裔的捷克作家卡夫卡的譯文。當然，我這個人喜歡跑野馬，我就想到十九世紀的一個近代的西方小說家居然與我國唐代的一個詩人之間有某些相似的地方。

第一，李商隱與卡夫卡之所以成為出色的文學家，主要的一個原因是他們本來所稟賦的一種迥異於常人的以心靈取勝的品質。我們說一個人的作品之所以好、之所以能夠取勝於人，有很多的原因：也許是內容好，也許是詞句好，也許是思想好，也許是意義好，可是我覺得像卡夫卡、李商隱這樣的作者，他們主要是靠其最本質的心靈取勝的。當時那期雜誌上還登了一個名叫梁景峰的人翻譯的一篇《卡夫卡簡介》，在那篇文章中，他引用了卡夫卡的日記，日記中說我的創作，就是我夢幻一般的內在生活的表現。梁景峰說像卡夫卡的作品，我們不能用理性去領悟，光是追尋一個內容的概要，這是沒有多大作用的。所以，我們只有竭盡心力去體會作品之中的象徵性及其語言的造型，才能夠打開他的作品來加以探究。

第二，李商隱與卡夫卡都非常善於把真實的生活體驗揉合在自己充滿夢幻的心靈幻想之中，所以他們的作品往往不是純粹的寫實，也不是純然的幻想，更不是出於理性的寓言或託寓。李商隱的某些詩篇同卡夫卡的小說一樣，既不是以理性來敘寫的現實，也不是以狂妄的夢想製造出來的幻境，更不像一般傳統的作者用託寓、寓言所做出來的有心的安排。他的作品一般都是真實生活在其夢魘般的心靈之中的反映，而也就在這種經過反射的變態的映像之中，讀者從作品不同的角度可以得到許多不同的感受。而且，我們可以賦予它們不同的意義，他們的作品也就在這種多面的感受、多面的解說的可能性之中，顯示出他們所獨有的一份特殊的美感。

第三，從讀者對他們的態度來說，卡夫卡跟李商隱也有某些相似之處。當時那本《現代文學》雜誌上還有陸愛玲翻譯的愛德文穆爾的《卡夫卡論》，文中說：「假如有人承認他的優點的話，他便毫無選擇餘地地要把那些優點列於首席。另一方面也有許多人覺得他無甚優點，且認為竟有如許讀者尊他為相當有天才的作家是不可思議的。」我想這種情形是因為他們的作品所寫的多是一種心靈的感受，所以要想欣賞他們的作品，就應該先有一顆與他們相接近的心靈，然後才能進入屬於他們心靈的夢幻的境界中去，作出比較深刻的體會和欣賞，而那種心靈並不是每個人都相同的，所以有的人非常欣賞，有的人就完全不能夠欣賞，甚至輕視或詆毀。

以上是我個人一時聯想所及的卡夫卡與李商隱的某些相似之處，我自己曾經寫過一首題為《讀義山詩》的絕句：

信有姮娥偏耐冷，休從宋玉覓微辭。
千年滄海遺珠淚，未許人箋錦瑟詩。

我相信世界上果然有一個像嫦娥那樣的女子，她「碧海青天夜夜心」，她忍耐了高空的寒冷，可是大家都不相信怎麼會有這樣的人，願意過這樣的生活？對於李商隱的某些詩，你不要給他牽強比附，說那一定是寫他與使府後房的姬妾談戀愛，或者說那女子就是皇宮裡的飛鸞和輕鳳，或者說他一定有什麼託寓，是諷刺哪一個政治上的人物等等。千載之下，他的詩篇就像滄海之中留下的一顆顆閃爍著晶瑩淚點的珠顆，即淚即珠，即珠即淚；而義山詩中那種深微幽窈的心靈境界只可以相類似的心靈去感觸探尋，他是不許人給他作箋注、作解說的。既然不許作箋注，我今天說了這麼多，實在是很愚妄的徒勞。

好，這次講座我們就結束在這裡。

美玉生煙：葉嘉瑩細講李商隱 / 葉嘉瑩著 . -- 初版 . -- 臺北市：大塊文化，2019.12
面；　公分 . --（葉嘉瑩作品集；23）

ISBN　978-986-5406-19-6（平裝）

1.（唐）李商隱　2. 中國詩　3. 詩評

851.4418　　108016454

葉嘉瑩作品集23

美玉生煙

——葉嘉瑩細講李商隱

作　者：葉嘉瑩
封面畫作：李美慧
責任編輯：李濰美
封面設計：許慈力
文字校對：趙曼如、李昧、李雪
法律顧問：董安丹律師、顧慕堯律師
出　版：大塊文化出版股份有限公司
地　址：台北市10550南京東路四段二十五號十一樓
網　址：www.locuspublishing.com
讀者服務專線：0800-006689
電　話：(02) 87123898　傳眞：(02) 87123897
郵撥帳號：18955675　戶名：大塊文化出版股份有限公司
總 經 銷：大和書報圖書股份有限公司
地　址：新北市24890新莊區五工五路二號
電　話：(02) 89902588（代表號）傳眞：(02) 22901658
初版一刷：二〇一九年十二月
初版二刷：二〇二二年十一月
定　價：新台幣三八〇元
Printed in Taiwan